初級英語檢定複試測驗 ① 詳解

寫作能力測驗詳解

第一部份：單句寫作

第 1～5 題：句子改寫

U0084672

1. The Smiths have lived here since 1995.

   How long _____?

   > 重點結構：直述句改為疑問句
   >
   > 　解　答：<u>How long have the Smiths lived here?</u>
   >
   > 句型分析：How long + 助動詞 + 主詞 + 動詞？
   >
   > 　説　明：本句為表「從過去某時間開始一直持續到現在，並仍在進行的動作」的「現在完成式」，改為 How long（多久）的疑問句時，助動詞 have 須與主詞 the Smiths 倒裝，並將時間副詞 since 1995 去掉，改成問號。

2. We will finish the work today.

   The work _____ today.

   > 重點結構：被動語態
   >
   > 　解　答：<u>The work will be finished by us today.</u>
   >
   > 句型分析：主詞 + 助動詞 + be 動詞 + 過去分詞 + by + 受詞
   >
   > 　説　明：主動語態改為被動語態時，以主動語態的受詞 the work 做被動語態的主詞，後面依主動語態的時式接 be 動詞及動詞的過去分詞形式，即 will be

finished，最後再接介系詞片語及時間副詞 by us today。

* finish〔'fɪnɪʃ〕v. 完成；結束

3. Andrea loaned 10,000 dollars to her sister.

Andrea ———————————————————— dollars.

重點結構：loan 的用法

解　答：Andrea loaned her sister 10,000 dollars.

句型分析：主詞＋loan＋直接受詞（人）＋間接受詞（物）

說　明：「把東西借給某人」有兩種寫法：

> loan *sth.* to *sb.*
> loan *sb.* *sth.*

這題要改為第二種寫法。

* loan〔lon〕v. 借；借貸

4. I thought the movie was frightening.

The movie ———————————————————— me.

重點結構：frighten 的用法

解　答：The movie frightened me.

句型分析：主詞＋frighten＋受詞

說　明：frighten 為及物動詞，可直接接受詞，依原句為過去式，故改成 frightened。本句的意思是「這部電影把我嚇壞了。」

* frighten〔'fraɪtn̩〕v. 使驚嚇

5. Where is the supermarket?

   Can you tell me _____?

   重點結構：直接問句改為間接問句

   解　答：<u>Can you tell me where the supermarket is?</u>

   句型分析：Can you tell me ＋疑問詞＋主詞＋動詞？

   說　明：Can you tell me 後面須接受詞，故直接問句
   　　　　 Where is the supermarket? 須改為間接問句當受
   　　　　 詞，即「疑問詞＋主詞＋動詞」的形式。

第 6～10 題：句子合併

6. Donald enjoyed the cake.

   Donald's mother made the cake.

   Donald _____ that _____.

   重點結構：that 引導形容詞子句

   解　答：<u>Donald enjoyed the cake that his mother made.</u>

   句型分析：主詞＋動詞＋受詞＋that＋形容詞子句

   說　明：that 在此為關係代名詞，代替先行詞 the cake，引
   　　　　 導形容詞子句，句意是「唐納德喜歡他媽媽做的蛋
   　　　　 糕。」故主要子句 Donald enjoyed the cake 放在
   　　　　 that 之前，形容詞子句 his mother made 放在 that
   　　　　 之後。

   ＊ enjoy〔ɪn'dʒɔɪ〕v. 喜歡；享受

7. Harry might call.

   Please take a message.

   If _____.

   重點結構：直說法條件句

   　解　答：<u>If Harry calls, please take a message.</u>

   句型分析：If＋主詞＋動詞（現在式）＋, ＋please＋動詞

   　說　明：if 後面接條件子句，常放在主要子句之後，若 if 放

   　　　　　在句首，則條件子句和主要子句之間須加一個逗號。

   　　　　　本句句意為：「如果哈利打電話來，請記下留言。」

   ＊ *take a message* 記下留言

8. Marie is very busy.

   Marie cannot go shopping with us.

   Marie is too _____.

   重點結構：too…to＋V. 的用法

   　解　答：<u>Marie is too busy to go shopping with us.</u>

   句型分析：主詞＋be 動詞＋too＋形容詞＋to V.

   　說　明：這題的意思是「瑪麗太忙了，沒辦法跟我們一起去

   　　　　　購物。」用「too…to＋V.」合併兩句，表「太…

   　　　　　以致於無法～」。

   ＊ *go shopping* 去購物

9. Betty is too short.

   She cannot reach the shelf.

   Betty _____ enough to _____.

重點結構：enough to 的用法

解　答：Betty is not tall enough to reach the shelf.

句型分析：主詞＋否定 be 動詞＋形容詞＋enough to＋V.

說　明：enough 在這裡當副詞，放在形容詞後修飾形容詞，後面接不定詞，形成「夠…足以～」。提示中的「貝蒂太矮了」，意即「貝蒂不夠高」，故 Betty is too short 須改為 Betty is not tall，放在 enough to 前，後面再寫 reach the shelf。

* reach〔ritʃ〕v. 伸手觸及；接觸到　　shelf〔ʃɛlf〕n. 架子

10. My uncle gave me a black dog.

The dog is small.

My uncle gave me _____.

重點結構：形容詞的排序

解　答：My uncle gave me a small black dog.

句型分析：主詞＋動詞＋間接受詞＋直接受詞

說　明：這題的意思是「我叔叔給了我一隻小黑狗」，「小」與「黑」都是用來形容「狗」的形容詞，當有數個形容詞用來修飾相同名詞時，排列順序大致如下：大小／長短／形狀 → 新舊 → 顏色→ 國籍→ 材料／性質。

第 11～15 題：重組

11. _____.

two hours / for / study / always / we

重點結構：頻率副詞的用法

解　答：We always study for two hours.

句型分析：主詞＋頻率副詞＋動詞＋for＋時間

說　明：always 爲頻率副詞，須放在主要動詞前或 be 動詞後，本句句意爲：「我們總是讀書讀兩小時。」

12. I learned _____.

　　how / I / was / ride / to / a child / a bicycle / when

重點結構：名詞片語（疑問詞＋不定詞）

解　答：I learned how to ride a bicycle when I was a child.

句型分析：主詞＋動詞＋how＋不定詞＋副詞子句

說　明：疑問詞 how＋不定詞 to ride a bicycle 爲名詞片語，做 learned 的受詞，表示時間的副詞子句 when I was a child 放在句尾，本句的意思是「我小的時候學習如何騎腳踏車。」

13. Let's _____.

　　playing / a / movie / go / basketball / instead of / to

重點結構：Let's 和 instead of 的用法

解　答：Let's go to a movie instead of playing basketball.

句型分析：Let's＋原形動詞＋instead of＋動名詞

說　明：Let's 須接原形動詞，而 instead of 爲介系詞，後面須接名詞或動名詞，又 play（打）後面須接球類，合起來爲「instead of playing basketball」，本句的意思是：「我們去看電影吧，不要打籃球。」

＊ *go to a movie* 去看電影　　*instead of* 而不是

14. How long ＿＿＿＿＿＿＿＿＿＿＿＿＿＿＿＿＿＿?

　　you / roller-skating / been / have

　　　重點結構：現在完成進行式的問句

　　　　解　答：<u>How long have you been roller-skating?</u>

　　　句型分析：How long + have/has + 主詞 + been + 現在分詞？

　　　　說　明：「have/has + been + V-ing」表示「從過去某時間
　　　　　　　　開始一直持續到現在，並仍在進行的動作」的「現
　　　　　　　　在完成進行式」，改成 How long 的問句時，How
　　　　　　　　long 後面須接助動詞 have，再接主詞 you，最後
　　　　　　　　再接動詞 been roller-skating。

　　　* roller-skate〔'rolɚ,sket〕v. 穿輪式溜冰鞋溜冰

15. Nick didn't ＿＿＿＿＿＿＿＿＿＿＿＿＿＿＿＿＿?

　　he / the party / did / you / about / tell / , did he

　　　重點結構：附加問句的用法

　　　　解　答：<u>Nick didn't tell you about the party, did he?</u>

　　　句型分析：主詞 + 否定助動詞縮寫 + 動詞 + , + 肯定助動詞縮寫
　　　　　　　　+ 人稱代名詞？

　　　　說　明：句首非疑問詞或助動詞，且句尾是問號，故本題後
　　　　　　　　應有附加問句，敘述句為否定，則附加問句須為肯
　　　　　　　　定，且附加問句的主詞須為敘述句主詞 Nick 的人
　　　　　　　　稱代名詞，即「, did he」。「tell *sb.* about *sth.*」
　　　　　　　　表示「告訴某人某事」，本句的意思是：「尼克沒
　　　　　　　　有告訴你關於派對的事，是嗎？」

第二部份：段落寫作

題目：上星期天風很大，Mary 去公園放風箏。請根據以下的圖片
　　　寫一篇約 50 字的短文。**注意**：未依提示作答者，將予扣分。

Mary was flying a kite in the park on Sunday. It was very windy. **_Suddenly_**, her kite flew into a tree. Mary pulled on the string, but she could not get the kite. She climbed the tall tree to get her kite. Mary got her kite, but she was too scared to climb down the tree!

　　星期天，瑪麗正在公園放風箏。那天風很大。突然間，她的風箏飛進了一棵樹裡。瑪麗用力拉了風箏的線，但無法拿回風箏。她爬上那棵很高的樹，想拿她的風箏。瑪麗拿到了風箏，但太害怕了，無法爬下那棵樹！

　　fly〔flaɪ〕v. 飛；放（風箏）【三態變化：fly-flew-flown】
　　kite〔kaɪt〕n. 風箏　　**_fly a kite_** 放風箏
　　windy〔'wɪndɪ〕adj. 颳風的；風大的
　　suddenly〔'sʌdṇlɪ〕adv. 突然地　　pull〔pʊl〕v. 拉
　　pull on 用力拉扯；拉緊　　string〔strɪŋ〕n. 細繩；線
　　climb〔klaɪm〕v. 爬　　**_too ~ to_**··· 太~以致於不能···
　　scared〔skɛrd〕adj. 害怕的　　**_climb down_** 爬下

口說能力測驗詳解

* 請在15秒內完成並唸出下列自我介紹的句子：

My seat number is （複試座位號碼後5碼）, and my test number is （初試准考證號碼後5碼）.

I. 複誦

共五題。題目不印在試卷上，由耳機播出，
每題播出兩次，兩次之間大約有一到二秒
的間隔。聽完兩次後，請馬上複誦一次。

1. Don't speak so loudly! 別這麼大聲說話！

2. How are you feeling? 你感覺如何？

3. Larry will give you the answer.
   賴瑞會告訴你答案。

4. I don't have any more money.
   我沒有任何一毛錢了。

5. You went to the market today, didn't you?
   你今天去了市場，不是嗎？

【註】 loudly (ˈlaʊdlɪ) adv. 大聲地
　　　 market (ˈmɑrkɪt) n. 市場

II. 朗讀句子與短文

共有五個句子及一篇短文，請先利用一分
鐘的時間閱讀試卷上的句子與短文，然後
在一分鐘內以正常的速度，清楚正確的朗
讀一遍，請開始閱讀。

One　: When did you last see Bill?
　　　你最後一次看見比爾是什麼時候？

Two　: What did you say your name was?
　　　你說你的名字是什麼？

Three : I'll call as soon as I arrive.
　　　我一抵達就會打電話。

Four　: This mountain is the most beautiful one in the
　　　country.
　　　這座山是國內最漂亮的山。

Five　: Vegetables are cheaper in the market than at the
　　　supermarket.
　　　市場裡的蔬菜比超市裡的便宜。

【註】 *as soon as* 一…就～　　arrive〔 əˈraɪv 〕 *v.* 到達
　　　mountain〔ˈmaʊntn̩〕 *n.* 山　　country〔ˈkʌntrɪ〕 *n.* 國家
　　　vegetable〔ˈvɛdʒətəbl̩〕 *n.* 蔬菜
　　　cheap〔 tʃip 〕 *adj.* 便宜的
　　　supermarket〔ˈsupɚˌmɑrkt〕 *n.* 超級市場

Six : When you attend a dinner party, there is more to remember than just table manners. You also have to talk to the people around you. Try to divide your time equally between the people on either side of you.

當你參加晚宴時，比起餐桌禮儀，還有更多需要記得的事。你也必須跟你周圍的人說話。試著把時間平均分配給在你左右兩旁的人。

【註】 attend〔ə'tɛnd〕*v.* 參加　　***dinner party*** 晚宴
remember〔rɪ'mɛmbɚ〕*v.* 記得
manners〔'mænɚz〕*n. pl.* 禮儀
table manners 餐桌禮儀
around〔ə'raʊnd〕*prep.* 在…周圍
try to V. 嘗試…；努力…
divide〔də'vaɪd〕*v.* 分配（時間）
equally〔'ikwəlɪ〕*adv.* 平均地
either〔'iðɚ〕*adj.*（兩者中）任一的
side〔saɪd〕*n.* 邊

Ⅲ. 回答問題

共七題。題目不印在試卷上,由耳機播出,
每題播出兩次,兩次之間大約有一到二秒的
間隔。聽完兩次後,請馬上回答。每題回答
時間為 15 秒,請在作答時間內盡量的表達。

1. **Q** : How do you usually go to school?

你通常如何去上學?

A1: I usually take a bus. It takes me about half an hour.
I do wish I lived closer to school.

我通常搭公車。大約要花我半小時的時間。我真希望我住
得離學校近一點。

A2: I'm lucky. I can walk to school. My home is very
close by.

我很幸運。我可以走路到學校。我家離學校很近。

【註】 close〔klos〕*adj.* 接近的 < *to* >　*adv.* 接近地
wish〔wɪʃ〕*v.* 希望　　lucky〔'lʌkɪ〕*adj.* 幸運的
close by 在旁邊

2. **Q** : Do you spend a lot of time with your family?

你花很多時間和家人相處嗎?

A1: Yes, I do. We always do something together on the
weekend. We like to visit places or eat in a restaurant.

是的,我是。週末的時候我們總是會一起做些事。我們喜
歡到各地去遊覽,或是在餐廳裡吃東西。

A2: No, not really. I spend a lot of my time at school or the library. I wish had more time to spend with them.

不，不是。我有很多時間花在學校或圖書館。我希望我有更多的時間可以和他們在一起。

【註】 spend〔spɛnd〕*v.* 花（時間）
together〔tə'gɛðɚ〕*adv.* 一起
weekend〔'wik'ɛnd〕*n.* 週末　　visit〔'vɪzɪt〕*v.* 遊覽
restaurant〔'rɛstərənt〕*n.* 餐廳
not really 不是這樣；事實上不是
library〔'laɪ,brɛrɪ〕*n.* 圖書館

3. **Q** : What do you like to do in your free time?
你空閒的時候喜歡做什麼？

A1: I like to relax in my free time. Sometimes I watch TV. At other times, I read a good book or listen to music.

空閒的時候我喜歡放鬆。有時候我會看電視。有時我會看一本好書，或是聽音樂。

A2: I like to go out with my friends. We always have a lot of fun together. We may go shopping or go to the movies.

我喜歡跟朋友出去。我們在一起的時候總是玩得很愉快。我們可能會去購物，或是去看電影。

【註】 ***free time*** 空閒時間　　relax〔rɪ'læks〕*v.* 放鬆
sometimes…at other times 有時…有時
have a lot of fun 玩得很愉快　　***go shopping*** 去購物
go to the movies 去看電影

4. **Q** : What is your favorite holiday?

　　你最喜愛的節日是什麼？

A1: My favorite holiday is Christmas. I love all the
decorations and the special foods. Of course, I also
like getting presents!

我最喜愛的節日是聖誕節。我喜歡所有的裝飾，以及特別
的食物。當然，我也喜歡收到禮物！

A2: I like Chinese New Year. I get to see everyone in my
family then. We always get together for a big dinner.

我喜歡農曆新年。那個時候我可以看到家族裡的每個人。
我們總是會聚在一起吃一頓豐盛的晚餐。

【註】favorite〔ˋfevərɪt〕*adj.* 最喜愛的
　　　holiday〔ˋhɑləˏde〕*n.* 節日
　　　Christmas〔ˋkrɪsməs〕*n.* 聖誕節
　　　decoration〔ˏdɛkəˋreʃən〕*n.* 裝飾（品）
　　　of course 當然　　present〔ˋprɛzn̩t〕*n.* 禮物
　　　Chinese New Year 農曆新年
　　　family〔ˋfæməlɪ〕*n.* 家庭；家族
　　　get together 聚集　　big〔bɪg〕*adj.* 豐盛的

5. **Q** : What do you usually do on Mother's Day?

　　母親節的時候，你通常會做什麼？

A1: I try to do something special for my mom. I make
dinner for her or take her to a coffee shop. She does
so much for me that I want to thank her.

我會試著為我媽媽做一些特別的事。我會為她做晚餐，或是
帶她去咖啡廳。她為了我做那麼多的事，所以我想感謝她。

A2: I usually make my mother a card. I also buy a cake for her. She always says that she doesn't want a present, but my sister and I get her one anyway.

我通常會做卡片給我媽媽。我也會買蛋糕給她。她總是說她不要禮物，但是我姐姐和我還是會買給她。

【註】 *coffee shop* 咖啡廳　　get〔 gɛt 〕*v.* 買
get sb. sth. 買給某人某物
anyway〔'ɛnɪ,we 〕*adv.* 不管怎樣；還是

6. **Q** : Do you like to exercise?

你喜歡運動嗎？

A1: Yes, I do. I've always liked sports. I often play basketball with my friends.

是的，我喜歡。我一直都喜歡運動。我經常跟朋友一起打籃球。

A2: No, not at all. I'm a real couch potato. I hate to get hot and sweaty.

不，一點都不喜歡。我是個道地的懶蟲。我討厭熱和流汗。

【註】 exercise〔'ɛksɚ,saɪz 〕*v.* 運動
sport〔 sport 〕*n.* 運動　　*play basketball* 打籃球
not at all 一點也不　　couch〔 kaʊtʃ 〕*n.* 長沙發
potato〔 pə'teto 〕*n.* 馬鈴薯
couch potato 極為懶惰的人；成天躺坐在沙發上看電視
的人
sweaty〔'swɛtɪ 〕*adj.* 流汗的

7. **Q**：What do you plan to do after this test?

　　考完試之後你打算做什麼？

A1: I'm going to meet my best friend.　We'll have some lunch at a restaurant.　Then we plan to go to a bookstore.

　　我要去跟我最好的朋友見面。我們會在餐廳吃午餐。然後我們打算去書店。

A2: I'm going to go right home.　I didn't sleep well last night, so I want to take a nap.　I guess I was too nervous about this test.

　　我要直接回家。我昨天晚上沒睡好，所以我想小睡片刻。我猜我是太緊張這個考試了。

【註】 plan〔plæn〕v. 打算；計畫
　　　 meet〔mit〕v. 與…見面　　have〔hæv〕v. 吃；喝
　　　 bookstore〔'bʊk,stor〕n. 書店
　　　 right〔raɪt〕adv. 直接　　**sleep well** 睡得好
　　　 nap〔næp〕n. 小睡　　**take a nap** 小睡片刻
　　　 guess〔gɛs〕v. 猜　　nervous〔'nɝvəs〕adj. 緊張的

＊請將下列自我介紹的句子再唸一遍：

My seat number is （複試座位號碼後5碼） , and my test number is （初試准考證號碼後5碼） .

初級英語檢定複試測驗 ② 詳解

寫作能力測驗詳解

第一部份：單句寫作

第 1～5 題：句子改寫

1. Joe runs faster than anyone else in his class.

   Joe is the fastest _____.

   > 重點結構：最高級的用法
   >
   > 解　答：<u>Joe is the fastest runner in his class.</u>
   >
   > 句型分析：主詞＋be 動詞＋the＋最高級形容詞＋名詞＋地方副詞
   >
   > 説　明：喬跑得比班上的其他人還快，意即「喬是他們班上跑得最快的人」，用最高級表達，即「the＋最高級形容詞＋名詞」。
   >
   > * runner〔ˈrʌnɚ〕*n.* 跑者

2. I wrote my cousin a letter last week.

   I wrote a letter _____.

   > 重點結構：write 的用法
   >
   > 解　答：<u>I wrote a letter to my cousin last week.</u>
   >
   > 句型分析：主詞＋write＋直接受詞（物）＋to＋間接受詞（人）

説　明：「寫信給某人」有兩種寫法：

$$\left\{\begin{array}{l} \text{write } sb. \text{ a letter} \\ \text{write a letter to } sb. \end{array}\right.$$

這題要改成第二種寫法。

* cousin〔ˈkʌzn̩〕n. 堂（表）兄弟姐妹

3. We will have a good time at the party we are going to tomorrow.

We _____ yesterday.

重點結構：未來式改成過去式

解　答：<u>We had a good time at the party we went to yesterday.</u>

句型分析：主詞＋動詞＋副詞片語

説　明：由提示的 yesterday 可知時態為過去式，故動詞 will have 及 are going to 須改為過去式動詞 had 及 went to，本句的句意為：「我們在昨天去的那場派對裡玩得很愉快。」

* *have a good time* 玩得愉快

4. We all know how to ride a bike.

Every student _____.

重點結構：動詞變化

解　答：<u>Every student knows how to ride a bike.</u>

句型分析：主詞＋動詞＋名詞片語

説　明：every（每一）接單數的可數名詞，故動詞也須用單數動詞，know 要改成 knows。

5. Alex gave Jerry a card for his birthday.

Why _____ a card?

重點結構：過去式的 wh- 問句

解　答：Why did Alex give Jerry a card?

句型分析：Why＋did＋主詞＋原形動詞？

說　明：過去式直述句改為 wh- 問句時，要用助動詞 did，
且助動詞後的動詞須用原形動詞，故 gave 改成
give。

第 6～10 題：句子合併

6. Jason is my twin brother.

Jason is my best friend.

Jason is not only _____ friend.

重點結構：not only…but (also)～ 的用法

解　答：Jason is not only my twin brother but (also) my
best friend.

句型分析：主詞＋be 動詞＋not only＋補語＋but (also)＋
補語

說　明：本句的意思是：「傑森不僅是我的雙胞胎兄弟，也
是我最好的朋友。」用「not only…but (also)～」
合併兩句，表「不僅…而且～」。

* twin〔twɪn〕adj. 雙胞胎的

7. Please give me the notebook.

The notebook is on the third shelf.

Please give me _____ shelf.

重點結構：關係代名詞和 be 動詞可省略

　解　答：Please give me the notebook (which/that is) on the third shelf.

句型分析：Please give me + 主詞 + (which/that is) + 介系詞片語

　說　明：本題的意思是「請把第三個架子上的那本筆記本給我」，可用關係代名詞 which 或 that 來代替先行詞 the notebook，而當關代後面接 be 動詞時，關代與 be 動詞可同時省略，轉成介系詞片語當形容詞用。

　* notebook〔'not͵bʊk〕n. 筆記本　　shelf〔ʃɛlf〕n. 架子

8. Call me when you arrive in Taipei.

Don't forget it.

Don't forget _____ Taipei.

重點結構：forget 的用法

　解　答：Don't forget to call me when you arrive in Taipei.

句型分析：否定助動詞 + forget + to V. + 副詞子句

　說　明：forget（忘記）有兩種寫法：

　　　　　　{ forget + to V. 忘記去做～（動作未完成）
　　　　　　{ forget + V-ing 忘記做過～（動作已完成）

　　　　　依句意，「別忘了當你到台北的時候要打給我」，
　　　　　動作還未發生，用不定詞 forget to V. 來表示。

9.　John asked me a question.

Where are you from?

John asked me _____.

重點結構：間接問句的用法

解　　答：<u>John asked me where I was from.</u>

句型分析：John asked me + 疑問詞 + 主詞 + 動詞

說　　明：John asked me 後面須接受詞，故直接問句 Where are you from? 須改爲間接問句當受詞，即「疑問詞 + 主詞 + 動詞」的形式，又本句句意爲：「約翰問我從哪裡來。」說話者爲第一人稱，且句意爲過去式，故 where are you from 要改爲 where I was from。

10.　Gary was excited about the game.

He didn't sleep all night.

Gary was so _____.

重點結構：so…that~ 的用法

解　　答：<u>Gary was so excited about the game that he didn't sleep all night.</u>

句型分析：主詞 + be 動詞 + so + 形容詞 + that + 主詞 + 動詞

說　　明：依句意，「蓋瑞對比賽感到很興奮，以致於他整晚都沒睡。」用「so…that~」的句型連接，意思爲「如此…以致於~」。

* excited〔ɪk'saɪtɪd〕adj. 興奮的 < about >
game〔gem〕n. 比賽

第 11～15 題：重組

11. Here are _____.

　　the / shoes / you / were / looking for / that

　　　重點結構：that 引導形容詞子句

　　　解　答：<u>Here are the shoes that you were looking for.</u>

　　　句型分析：Here are＋主詞＋that＋形容詞子句

　　　説　明：that 在此為關係代名詞，引導形容詞子句，即「關
　　　　　　　代＋主詞＋動詞」，修飾先行詞 the shoes，故先
　　　　　　　寫主要子句 Here are the shoes，再接關代 that，
　　　　　　　形容詞子句 you were looking for 放在 that 後面。

12. Did you _____?

　　Terry / to / remember / call

　　　重點結構：問句基本結構

　　　解　答：<u>Did you remember to call Terry?</u>

　　　句型分析：Did＋主詞＋動詞？

　　　説　明：助動詞 Did 為首的問句，後面接主詞，再接動詞
　　　　　　　remember to call Terry。

13. Ricky _____.

　　plays / three times / always / a week / soccer

　　　重點結構：頻率副詞及頻率副詞片語的用法

　　　解　答：<u>Ricky always plays soccer three times a week.</u>

　　　句型分析：主詞＋頻率副詞＋動詞＋頻率副詞片語

說　明：主詞 Ricky 後面須接動詞 plays soccer，always 為
　　　　頻率副詞，須放在主要動詞前或 be 動詞後，three
　　　　times a week 為頻率副詞片語，要放在句尾。

* soccer〔'sɑkə〕n. 足球　　　time〔taɪm〕n. 次

14. Marta _____.

right away / Joe / and / their house / sold

重點結構：句子基本結構

解　答：Marta and Joe sold their house right away.

句型分析：主詞＋動詞＋受詞＋副詞

說　明：用 and 來連接兩個主詞 Marta 和 Joe，再接動詞及
　　　　受詞 sold their house，right away 為副詞，修飾
　　　　動詞，放在句尾。

* **right away** 立刻

15. I _____.

nor / a pen / neither / a notebook / have

重點結構：neither…nor～的用法

解　答：I have neither a pen nor a notebook.

或　　：I have neither a notebook nor a pen.

句型分析：主詞＋動詞＋neither＋A＋nor＋B

說　明：neither…nor～（既不…也不～）為對等連接詞，
　　　　用來連接文法作用相同的單字、片語或子句，本身
　　　　已有否定的意思，故用在肯定句型。在此是用來連
　　　　接兩個名詞，a pen 和 a notebook。

第二部份：段落寫作

題目：Peter 上星期去看魔術表演（magic show）。請根據以下的圖
　　　片寫一篇約 50 字的短文。**注意：未依提示作答者，將予扣分。**

　　Peter went to a magic show last week. He saw a magician pull a rabbit out of a hat. ***Later***, Peter put on his own magic show. He imagined a large audience was watching him. He said a spell and expected to pull a rabbit out of his hat. To his surprise, he pulled out a pair of dirty socks!

　　彼得上星期去看了一場魔術表演。他看到魔術師從帽子裡拉出
一隻兔子。後來，彼得上演了自己的魔術秀。他想像有一大群觀眾
正在看他。他說了一句咒語，期待能從他的帽子裡拉出一隻兔子。
令他驚訝的是，他拉出來的是一雙很髒的襪子！

magic〔'mædʒɪk〕adj. 魔術的　　show〔ʃo〕n. 表演；秀
magician〔mə'dʒɪʃən〕n. 魔術師　　pull〔pʊl〕v. 拉
out of 從　　later〔'letə〕adv. 後來　　***put on*** 上演
own〔on〕adj. 自己的　　imagine〔ɪ'mædʒɪn〕v. 想像
large〔lardʒ〕adj. 多的；大的　　audience〔'ɔdɪəns〕n. 觀眾
spell〔spɛl〕n. 咒語　　expect〔ɪk'spɛkt〕v. 期待
surprise〔sə'praɪz〕n. 驚訝
to one's surprise 令某人驚訝的是　　***a pair of*** 一雙
dirty〔'dɜtɪ〕adj. 髒的　　sock〔sak〕n. 短襪

口説能力測驗詳解

＊請在 15 秒內完成並唸出下列自我介紹的句子：

My seat number is （複試座位號碼後 5 碼）, and my test
number is （初試准考證號碼後 5 碼）.

I. 複誦

共五題。題目不印在試卷上，由耳機播出，
每題播出兩次，兩次之間大約有一到二秒
的間隔。聽完兩次後，請馬上複誦一次。

1. **What time does the next bus leave?**
   下一班公車幾點開？

2. **What a beautiful day it is!**
   多麼美好一天啊！

3. **If you can't do it, tell me now.**
   如果你做不到，現在就告訴我。

4. **Here is the suit that you ordered.**
   這是你訂購的西裝。

5. **What did you do last weekend?**
   你上個週末做了什麼？

【註】 suit〔sut〕*n.* 西裝　　order〔ˈɔrdɚ〕*v.* 訂購

II. 朗讀句子與短文

共有五個句子及一篇短文,請先利用一分
鐘的時間閱讀試卷上的句子與短文,然後
在一分鐘內以正常的速度,清楚正確的朗
讀一遍,請開始閱讀。

One　：　Please don't worry about it.
　　　　請別擔心。

Two　：　Haven't you eaten your lunch yet?
　　　　你還沒吃午餐嗎?

Three　：　The youngest student in our class is fourteen.
　　　　我們班上最小的學生是十四歲。

Four　：　Can you tell me what time the show starts?
　　　　你可以告訴我表演幾點開始嗎?

Five　：　Is there anywhere to eat around here?
　　　　這附近有任何地方可以吃東西嗎?

【註】worry〔'wɝɪ〕v. 擔心＜about＞
　　　 not…yet 尚未…；還沒…　　young〔jʌŋ〕*adj.* 年輕的
　　　 class〔klæs〕n. 班級　　show〔ʃo〕n. 表演；秀
　　　 around here 在這附近

Six : London is a great city to visit. There are many interesting places to visit, such as Big Ben and the Tower of London. There are also many palaces, museums, and parks. The only thing that isn't so nice about London may be the weather.

倫敦是個值得一遊，很棒的城市。有許多有趣的地方可以遊覽，像是大笨鐘和倫敦塔。還有很多宮殿、博物館，和公園。關於倫敦唯一一個不好的事情，可能就是天氣。

【註】 London〔'lʌndən〕*n.* 倫敦

great〔gret〕*adj.* 很棒的　　　city〔'sɪtɪ〕*n.* 城市

visit〔'vɪzɪt〕*v.* 參觀；遊覽

interesting〔'ɪntrɪstɪŋ〕*adj.* 有趣的　　***such as*** 像是

Big Ben 大笨鐘【即威斯敏斯特宮鐘塔，是英國國會會議廳附屬的鐘樓，是倫敦標誌性的建築之一】

tower〔'taʊɚ〕*n.* 塔；高樓

the Tower of London 倫敦塔

palace〔'pælɪs〕*n.* 宮殿

museum〔mju'ziəm〕*n.* 博物館

park〔pɑrk〕*n.* 公園　　nice〔naɪs〕*adj.* 好的

weather〔'wɛðɚ〕*n.* 天氣

III. 回答問題

共七題。題目不印在試卷上，由耳機播出，
每題播出兩次，兩次之間大約有一到二秒的
間隔。聽完兩次後，請馬上回答。每題回答
時間爲 15 秒，請在作答時間內盡量的表達。

1. **Q** : What is your favorite subject in school?
   你在學校最喜愛的科目是什麼？

   A1: I really like math. Most people think it is hard, but I
   enjoy it. I'd like to be a math teacher someday.
   我眞的很喜歡數學。大多數的人認爲它很難，但是我很喜
   歡。將來有一天我想成爲數學老師。

   A2: My favorite class is definitely PE. I enjoy it because
   there is no pressure. All we have to do is try our best.
   我最喜愛的課絕對是體育。我喜歡它，因爲沒有壓力。
   我們所必須做的，就是盡全力。

   【註】 subject﹝ˈsʌbdʒɪkt﹞n. 科目　　math﹝mæθ﹞n. 數學
   　　　hard﹝hɑrd﹞adj. 困難的
   　　　enjoy﹝ɪnˈdʒɔɪ﹞v. 喜歡；享受
   　　　someday﹝ˈsʌmˌde﹞adv. 將來有一天
   　　　definitely﹝ˈdɛfənɪtlɪ﹞adv. 絕對
   　　　PE﹝ˈpiˈi﹞n. 體育（= *physical education*）
   　　　pressure﹝ˈprɛʃɚ﹞n. 壓力
   　　　all we have to do is V. 我們所要做的就是～
   　　　try one's best 盡力

2. **Q** : Do you prefer to study alone or with your friends?

你比較喜歡自己一個人讀書，還是跟朋友一起讀書？

A1: I like to study alone. I can concentrate a lot better. I can also set my own schedule.

我喜歡自己一個人讀書。我可以更加專心。我還可以設定我自己的時間表。

A2: I like to study with my friends. They really help me a lot. They keep me motivated and stop me from giving up.

我喜歡跟朋友一起讀書。他們真的幫助我很多。他們使我有學習的動力，讓我不會放棄。

【註】 prefer〔prɪ'fɝ〕v. 比較喜歡　alone〔ə'lon〕adv. 獨自　concentrate〔'kɑnsn̩‚tret〕v. 專心　set〔sɛt〕v. 設定　own〔on〕adj. 自己的　schedule〔'skɛdʒul〕n. 時間表　motivate〔'motə‚vet〕v. 使有動力　*stop* sb. *from*~ 使某人不~　*give up* 放棄

3. **Q** : Do you enjoy dancing? 你喜歡跳舞嗎？

A1: Oh, I love to dance! It's fun and a great way to meet people. It's also good exercise.

噢，我熱愛跳舞！跳舞很有趣，而且是認識人的好方法。跳舞也是很好的運動。

A2: No, I don't like to dance. I'm not very good at it. Maybe I should take a class.

不，我不喜歡跳舞。我不是很擅長跳舞。也許我該去上個課。

【註】dance〔dæns〕v. 跳舞　　fun〔fʌn〕adj. 有趣的

way〔we〕n. 方法；方式　　meet〔mit〕v. 認識

exercise〔'ɛksɚˌsaɪz〕n. 運動　　**be good at** 擅長

maybe〔'mebɪ〕adv. 或許　　**take a class** 上課

4. **Q**：Where is your favorite place to go on the weekend?

你週末的時候最喜歡去什麼地方？

A1: I like to go to a park. I can breathe fresh air and see some green trees. It's very relaxing.

我喜歡去公園。我可以呼吸新鮮的空氣，並且看一些綠樹。令人非常放鬆。

A2: I like to go to a shopping mall. It's fun to go window-shopping. There are also lots of good places to eat in a mall.

我喜歡去購物中心。瀏覽櫥窗很有趣。購物中心裡還有許多好餐廳可以吃東西。

【註】breathe〔brið〕v. 呼吸　　fresh〔frɛʃ〕adj. 新鮮的

air〔ɛr〕n. 空氣　　relaxing〔rɪ'læksɪŋ〕adj. 令人放鬆的

mall〔mɔl〕n. 購物中心；商場

shopping mall 購物中心

window-shop〔'wɪndoˌʃɑp〕v. 逛街瀏覽櫥窗

place〔ples〕n. 餐館

5. **Q**：Are you a good cook? 你很會做菜嗎？

A1: I think I'm a pretty good cook. My mother taught me a lot. Now I like to make dinner for my family when I have time.

我想我相當會做菜。我媽媽教了我很多。現在當我有時間的時候，我喜歡做晚餐給家人吃。

A2: No, I know nothing about cooking. If my mother didn't cook for me, I might starve! Either that or I would live on junk food.

不，關於烹飪我一竅不通。如果我媽媽不煮東西給我吃，我可能會餓死！不是那樣的話，我可能會靠著吃垃圾食物過活。

【註】 cook〔kʊk〕 *n.* 廚師　　pretty〔ˈprɪtɪ〕 *adv.* 相當
cooking〔ˈkʊkɪŋ〕 *n.* 烹飪　　starve〔stɑrv〕 *v.* 餓死
either…or~ 不是…就是~　　***live on*** 靠…為生
junk〔dʒʌŋk〕 *n.* 垃圾　　***junk food*** 垃圾食物

6. **Q** : Do you have a large or a small family?

你們家是大家庭還是小家庭？

A1: My family is pretty small. I'm an only child, so I have no brothers or sisters. It's just my parents and me in our house.

我們是個小家庭。我是獨子，所以我沒有兄弟姐妹。我們家只有我和我父母。

A2: I have a big family. I have two sisters and one brother. Sometimes they annoy me, but I also like having them to play with.

我有一個大家庭。我有兩個姐姐和一個弟弟。有時候他們會使我生氣，但是我也喜歡有他們可以一起玩。

【註】family〔'fæməlɪ〕 n. 家庭　　***only child*** 獨子
sometimes〔'sʌm,taɪmz〕 adv. 有時候
annoy〔ə'nɔɪ〕 v. 使心煩；使生氣

7. **Q**：If you could learn something new, what would you choose?
如果你可以學新東西，你會選什麼？

A1：I would like to learn how to drive a car. It would give me a lot of independence. I think it's a valuable skill.
我想學開車。那可以給我很多自主性。我覺得那是很有用的技術。

A2：I would like to learn how to scuba dive. I think it's a very exciting sport. I'd love to see what is under the sea.
我想學深潛。我覺得那是個非常刺激的運動。我很想看看海底下有什麼。

【註】choose〔tʃuz〕 v. 選擇
independence〔,ɪndɪ'pɛndəns〕 n. 獨立；自主
valuable〔'væljəbl̩〕 adj. 珍貴的；有用的
skill〔skɪl〕 n. 技術　　scuba〔'skubə〕 n. 水肺
dive〔daɪv〕 v. 潛水　　***scuba dive*** 用水肺潛水；深潛
exciting〔ɪk'saɪtɪŋ〕 adj. 刺激的

＊請將下列自我介紹的句子再唸一遍：

My seat number is （複試座位號碼後 5 碼）, and my test number is （初試准考證號碼後 5 碼）.

初級英語檢定複試測驗③詳解

寫作能力測驗詳解

第一部份：單句寫作

第 1~5 題：句子改寫

1. Jane spent two hours doing her homework.

   It took ＿＿＿＿＿＿＿＿＿＿＿＿＿＿＿＿＿＿＿.

   重點結構：take 的用法

   　解　答：It took Jane two hours to do her homework.

   句型分析：It＋take＋人＋時間＋不定詞

   　說　明：「花費時間」的用法：

   $$\begin{cases} 人＋spend＋時間＋(in)＋V\text{-}ing \\ It\ 或事物＋take＋人＋時間＋to\ V. \end{cases}$$

   　　　　　故 doing her homework 須改成 to do her
   　　　　　homework。

   　＊ homework〔'hom,wɜk〕n. 功課

2. Jack will watch a movie at 3:00 today.

   It is 3:00. Jack ＿＿＿＿＿＿＿＿＿＿＿＿ a movie.

   重點結構：未來式改成現在進行式

   　解　答：It is 3:00. Jack is watching a movie.

   句型分析：It is 3:00. 主詞＋be 動詞＋現在分詞

   　說　明：「現在進行式」的形式為：「be 動詞＋現在分詞」，
   　　　　　主詞 Jack 為第三人稱單數，故 be 動詞用 is，而
   　　　　　watch a movie 須改為 watching a movie。

3. I know you just finished writing your report.

   You just finished writing your report, _____?

   重點結構：附加問句的用法

   解　答：<u>You just finished writing your report, didn't you?</u>

   句型分析：主詞＋副詞＋肯定動詞＋,＋否定助動詞縮寫＋人稱代名詞？

   説　明：敘述句為肯定，且句中沒有 be 動詞，故附加問句須為否定助動詞，依句意為過去式，故用 didn't；又附加問句的主詞須為敘述句主詞的人稱代名詞，you 的人稱代名詞也是 you，故寫成「, didn't you」。本句的意思是：「你剛寫完你的報告，不是嗎？」

   * finish〔'fɪnɪʃ〕v. 完成；結束　　report〔rɪ'port〕n. 報告

4. Abby wants to travel in France more easily, so she is studying French.

   Abby _____ because _____.

   重點結構：because 的用法

   解　答：<u>Abby is studying French because she wants to travel in France more easily.</u>

   句型分析：主詞＋動詞＋because＋主詞＋動詞

   説　明：連接詞 because（因為）引導副詞子句，後面接原因，按照句意，「艾比正在學法文，因為她想在法國旅行得更容易一點」，因此先寫 Abby is studying French，再寫 she wants to travel in France more easily。

5. We were so excited by the game that we couldn't stop talking about it.

The game was so _____.

重點結構：情緒動詞的用法

解　答：The game was so exciting that we couldn't stop talking about it.

句型分析：主詞（事物）＋ be 動詞＋ so ＋ exciting ＋ that ＋ 主詞（人）＋動詞

說　明：excite 為情緒動詞，可用現在分詞（V-ing）表「令人覺得～」，過去分詞（p.p）表「（人）覺得～」，依句意，「這場比賽太刺激了，以致於我們無法停止討論。」比賽讓人覺得刺激，故「（人）be excited by the game」要改成「（事物）be exciting」。

第 6～10 題：句子合併

6. Rita doesn't have a sister.

Rita doesn't have a brother.

Rita _____ or _____.

重點結構：or（或）的用法

解　答：Rita doesn't have a sister or a brother.

或　　：Rita doesn't have a brother or a sister.

句型分析：主詞＋否定助動詞＋原形動詞＋ A ＋ or ＋ B

說　明：or 在此是對等連接詞，前後須接文法功能相同的單字、片語或句子，此題的 or 連接兩個名詞。

7. My mother asked me to do something.

I cleaned my room.

My mother made me _____.

重點結構：使役動詞的用法

解　答：<u>My mother made me clean my room.</u>

句型分析：主詞＋make＋受詞＋原形動詞

說　明：make 為使役動詞，接受詞後，可接「原形動詞」表「主動」，「過去分詞」表「被動」，人打掃房間為主動，故 cleaned my room 要改成 clean my room。

8. There was an accident yesterday.

It was terrible.

There was _____.

重點結構：terrible 的用法

解　答：<u>There was a terrible accident yesterday.</u>

句型分析：There is/are＋不定冠詞＋形容詞＋名詞＋時間副詞

說　明：terrible 是形容詞，須放在名詞前面，且為子音開始的讀音，故 an 要改成 a。

* accident〔ˈæksədənt〕 *n.* 意外

terrible〔ˈtɛrəbḷ〕 *adj.* 可怕的

9. David won the prize.

Ellen won the prize.

Both _____.

重點結構：both A and B 的用法

解　答：Both David and Ellen won the prize.

句型分析：Both + A + and + B + 動詞

説　明：此題的意思是：「大衛和艾倫兩人都贏得了獎品」，
　　　　　用「both A and B」的句型表達，表「A 和 B 兩者
　　　　　都」。

* prize〔praɪz〕n. 獎品；獎金

10. I pass the exam.

Father won't give me a new cell phone.

Unless _____.

重點結構：unless 的用法

解　答：Unless I pass the exam, Father won't give me a
　　　　　new cell phone.

句型分析：Unless + 主詞 + 動詞 + , + 主詞 + 否定助動詞 + 原形
　　　　　動詞

説　明：unless（除非）為表條件的從屬連接詞，後面應接
　　　　　條件子句，故先寫 Unless I pass the exam，再寫
　　　　　Father won't give me a new cell phone。在此要
　　　　　注意的是，unless 放在句首時，條件子句和主要子
　　　　　句之間須加逗點。

* pass〔pæs〕v. 通過
exam〔ɪgˈzæm〕n. 考試（= examination）
cell phone 手機

第 11～15 題：重組

11. _____ yesterday.
went / to / my friend Betty / the / movies / I / and

  重點結構：and 的用法

   解　答：<u>My friend Betty and I went to the movies</u>
      <u>yesterday.</u>

  句型分析：A＋and＋B＋動詞

   說　明：提示中有兩個主詞，用 and 來連接，英文主詞的排
      序是「你他我」，故先寫 My friend Betty，再寫
      I，再接動詞 went to the movies（去看電影）。

12. Donna _____ .
tall / as / you / as / are / is

  重點結構：as…as～ 的用法

   解　答：<u>Donna is as tall as you are.</u>

  句型分析：主詞＋be 動詞＋as＋形容詞＋as＋主詞＋be 動詞

   說　明：主詞 Donna 為第三人稱，後面接 be 動詞 is，再接
      連接詞片語「as…as～」表「像～一樣…」，本題
      的意思是：「唐娜和你一樣高。」

13. Nancy _____ .
a game / never / when / was / she / won / in school

  重點結構：when 引導表時間的副詞子句

   解　答：<u>Nancy never won a game when she was in</u>
      <u>school.</u>

句型分析：主詞＋頻率副詞＋動詞＋when＋主詞＋be 動詞＋
　　　　　地方副詞

　說　明：主詞 Nancy 後面接動詞 won a game，never 為
　　　　　否定頻率副詞，放在主要動詞 won 的前面，而由
　　　　　when 所引導的副詞子句，表時間，放在句尾。

＊ game〔gem〕n. 比賽

14. Would you _____?

help / open / window / me / this

　重點結構：help 的用法

　解　答：Would you help me open this window?

　句型分析：Would＋主詞＋help＋受詞＋(to) V.?

　說　明：help（幫助）的用法是接受詞後，須接不定詞，而
　　　　　不定詞的 to 可省略，故寫成 help me open this
　　　　　window。

15. Steven _____.

plays / hardly / tennis / on Wednesdays / ever

　重點結構：頻率副詞片語的用法

　解　答：Steven hardly ever plays tennis on Wednesdays.

　句型分析：主詞＋hardly ever＋動詞＋時間副詞

　說　明：hardly ever（很少）是表否定的頻率副詞片語，放
　　　　　在主要動詞前或 be 動詞後，本句句意為：「史蒂芬
　　　　　很少在星期三打網球。」

＊ tennis〔'tɛnɪs〕n. 網球　　**on Wednesdays** 在每個星期三

第二部份：段落寫作

題目：John 昨天對一個可愛的女孩一見鍾情。請根據以下的圖片寫
　　　一篇約 50 字的短文。**注意**：未依提示作答者，將予扣分。

　　Yesterday was a bad day for John. *First*, John was walking down the street when he saw a cute girl. He wasn't paying attention and bumped his head against a light pole. It really hurt and a big knot appeared on top of his head. The girl ignored him because he looked silly. He felt bad. *Later*, he stepped in some dog poop on the sidewalk. *What a terrible day!*

　　昨天對約翰來說，是個倒楣的日子。首先，當約翰走在街上時，他看到了一個可愛的女孩。他一不注意，頭就撞上了電線桿。他真的很痛，而且頭上腫了一個包。那個女孩不理他，因爲他看起來很蠢。他覺得很難過。後來，他在人行道上踩到了狗屎。真是糟糕的一天！

down〔daʊn〕*prep.* 沿著　　　cute〔kjut〕*adj.* 可愛的
attention〔əˈtɛnʃən〕*n.* 注意（力）　　***pay attention*** 注意
bump〔bʌmp〕*v.* 使碰撞 <*against*>　　light〔laɪt〕*n.* 燈
pole〔pol〕*n.* 杆；柱　　hurt〔hɝt〕*v.* 痛【三態同形】
knot〔nɑt〕*n.* 結；硬塊　　appear〔əˈpɪr〕*v.* 出現
top〔tɑp〕*n.* 頂端　　ignore〔ɪgˈnor〕*v.* 忽視
silly〔ˈsɪlɪ〕*adj.* 愚蠢的　　step〔stɛp〕*v.* 踩；踏
poop〔pu〕*n.* 屎；大便（= *poo* ）
sidewalk〔ˈsaɪdˌwɔk〕*n.* 人行道
terrible〔ˈtɛrəbḷ〕*adj.* 糟糕的

口說能力測驗詳解

* 請在 15 秒內完成並唸出下列自我介紹的句子：

My seat number is （複試座位號碼後 5 碼）, and my test number is （初試准考證號碼後 5 碼）.

I. 複誦

共五題。題目不印在試卷上，由耳機播出，每題播出兩次，兩次之間大約有一到二秒的間隔。聽完兩次後，請馬上複誦一次。

1. This phone call is for you.　這通電話是找你的。

2. Have you heard this song before?
   你以前聽過這首歌嗎？

3. Would you like to join us for dinner?
   你要和我們一起吃晚餐嗎？

4. The sign is so far away that I can't read it.
   那個告示牌太遠了，以致於我看不到。

5. Don't forget to give me the bag before you leave.
   你離開之前別忘了把包包給我。

【註】 *phone call* 電話　　song〔sɔŋ〕n. 歌曲
join〔dʒɔɪn〕v. 加入　　sign〔saɪn〕n. 標誌；告示牌
so…that~ 如此…以致於~　　*far away* 遙遠的
read〔rid〕v. 閱讀；看　　forget〔fəˈgɛt〕v. 忘記

II. 朗讀句子與短文

共有五個句子及一篇短文，請先利用一分
鐘的時間閱讀試卷上的句子與短文，然後
在一分鐘內以正常的速度，清楚正確的朗
讀一遍，請開始閱讀。

One : Would you like that for here or to go?
那個你要內用還是帶走？

Two : All Jack wants for his birthday is a new car.
傑克只想要一台新車作為生日禮物。

Three : I have to leave for school at 6:15.
我六點十五分要動身前往學校。

Four : Didn't you see Sally at the school fair?
你在學校的園遊會上沒看到莎莉嗎？

Five : He has an appointment in the morning.
他早上有個約會。

【註】*for here* 內用　　*to go* 外帶
leave for 動身前往
fair〔fɛr〕*n.* 展覽會；園遊會
appointment〔əˈpɔɪntmənt〕*n.* 約會

Six : There was an accident at the corner of First Street and Main Street today. A car ran through a red light and hit a motorcycle. Fortunately, the motorcycle rider was wearing a helmet. No one was hurt in the accident, but both vehicles were damaged.

今天在第一街和大街的轉角發生了車禍。有一輛車闖紅燈，撞到了一台摩托車。幸運的是，摩托車騎士有戴安全帽。這場車禍沒人受傷，但是兩台車都損壞了。

【註】 accident〔'æksədənt〕 *n.* 意外；車禍

corner〔'kɔrnɚ〕 *n.* 轉角　　*main street* 大街

run (through) a red light 闖紅燈

hit〔hɪt〕 *v.* 撞

motorcycle〔'motɚ͵saɪkl̩〕 *n.* 摩托車

fortunately〔'fɔrtʃənɪtlɪ〕 *adv.* 幸運地；幸好

rider〔'raɪdɚ〕 *n.* 騎士

helmet〔'hɛlmɪt〕 *n.* 安全帽；頭盔

hurt〔hɝt〕 *v.* 使受傷　　vehicle〔'viɪkl̩〕 *n.* 車輛

damage〔'dæmɪdʒ〕 *v.* 損壞

III. 回答問題

共七題。題目不印在試卷上，由耳機播出，
每題播出兩次，兩次之間大約有一到二秒的
間隔。聽完兩次後，請馬上回答。每題回答
時間爲 15 秒，請在作答時間內盡量的表達。

1. **Q** : How long does it take you to get to school?
   你到學校要多花久時間？

   A1: It takes me about 20 minutes. I take a bus from in
   front of my house. It's pretty convenient.
   大約要花我二十分鐘。我在我家前面搭公車。相當方便。

   A2: It doesn't take long at all. My father always drops me
   off on his way to work. It takes only ten minutes.
   完全不用花很長的時間。我爸爸總是會在上班途中讓我下
   車。只要花十分鐘。

   【註】 *in front of* 在～前面　　pretty〔ˋprɪtɪ〕*adv.* 相當
   convenient〔kənˋvinjənt〕*adj.* 方便的
   not…at all 一點也不…　　*drop sb. off* 讓某人下車
   one one's way to work 在某人去上班的途中

2. **Q** : Do you belong to any clubs at your school?
   你在學校有參加任何社團嗎？

   A1: Yes, I belong to the drama club. I really enjoy it. It's
   fun to put on plays for my classmates.
   有，我是戲劇社的。我非常喜歡它。演戲給我的同班同學
   看，非常有趣。

A2: No, I don't. I don't have much time for extracurricular activities. I need to focus on studying right now.

不，我沒有。我沒有很多時間參加課外活動。我現在必須專心讀書。

【註】belong〔bəˋlɔŋ〕v. 屬於 < *to* >

club〔klʌb〕n. 俱樂部；社團

drama〔ˋdrɑmə〕n. 戲劇　　fun〔fʌn〕adj. 有趣的

put on 上演（戲劇）　　play〔ple〕n. 戲劇

classmate〔ˋklæs͵met〕n. 同班同學

extracurricular〔͵ɛkstrəkəˋrɪkjələ〕adj. 課外的

activity〔ækˋtɪvətɪ〕n. 活動　　***need to V.*** 必須…

focus on 專心於；集中於　　***right now*** 現在

3. **Q**：What is your favorite season? 你最喜愛的季節是什麼？

A1：I like spring the best. I love seeing everything turn green. I enjoy the feeling of a fresh start.

我最喜歡春天。我喜歡看見一切變綠。我喜歡有新的開始的感覺。

A2：I like summer. I love going to the beach. I also like the long summer holiday.

我喜歡夏天。我喜歡去海邊。我也喜歡漫長的暑假。

【註】season〔ˋsizn̩〕n. 季節　　turn〔tɝn〕v. 變成

feeling〔ˋfilɪŋ〕n. 感覺　　fresh〔frɛʃ〕adj. 新的

beach〔bitʃ〕n. 海邊　　***summer holiday*** 暑假

4. **Q**：Have you ever been lost in a strange place?

你曾經在陌生的地方迷路嗎？

A1: I once got lost in Taichung. I went there to visit my friend, but I couldn't find her house. It was a pretty scary experience.

我曾經在台中迷路。我去那裡探訪朋友，但是我找不到她家。那是個相當可怕的經驗。

A2: No, I've never been lost for very long. I guess I have a pretty good sense of direction. It's easy for me to follow a map.

沒有，我從來都沒有迷路太久。我想我的方向感相當不錯。跟著地圖走對我來說很容易。

【註】 lost〔lɔst〕 *adj.* 迷路的
　　　 strange〔strendʒ〕 *adj.* 陌生的
　　　 once〔wʌns〕 *adv.* 曾經　　 scary〔'skɛrɪ〕 *adj.* 可怕的
　　　 experience〔ɪk'spɪrɪəns〕 *n.* 經驗
　　　 long〔lɔŋ〕 *n.* 長時間　　 guess〔gɛs〕 *v.* 猜
　　　 sense〔sɛns〕 *n.* 感覺
　　　 direction〔də'rɛkʃən〕 *n.* 方向
　　　 sense of direction 方向感
　　　 follow〔'falo〕 *v.* 跟隨；遵循　　 map〔mæp〕 *n.* 地圖

5. **Q** : What do you do when you catch a cold?

你感冒的時候會做什麼？

A1: I usually go to see a doctor. The doctor can give me some medicine to make me feel better. Then I stay home and rest.

我通常會去看醫生。醫生會給我一些藥，讓我感覺好一點。然後我會待在家裡休息。

A2: I take Chinese medicine when I have a cold. I find
that it works pretty well for me. I usually recover
very soon.

當我感冒的時候，我會吃中藥。我發現那對我來說相當有
效。我通常很快就復原了。

【註】 *catch a cold* 感冒　　*go to see a doctor* 去看醫生
medicine〔ˈmɛdəsn̩〕*n.* 藥　　stay〔ste〕*v.* 待；停留
rest〔rɛst〕*v.* 休息　　take〔tek〕*v.* 吃（藥）
Chinese medicine 中藥　　find〔faɪnd〕*v.* 發覺
work〔wɝk〕*v.* 起作用　　recover〔rɪˈkʌvɚ〕*v.* 恢復
soon〔sun〕*adv.* 很快；不久

6. **Q** : Have you ever had a pet?
你曾經養過寵物嗎？

A1: No, I've never had a pet. Unfortunately, I'm allergic
to dogs and cats. Maybe I will get a fish someday.

沒有，我從來沒養過寵物。遺憾的是，我對貓和狗過敏。
也許將來有一天我會養魚。

A2: Yes, I have a dog. It's great company for me. I enjoy
playing with it after school.

是的，我有一隻狗。對我來說，牠是個很棒的同伴。放學
後我喜歡跟牠玩。

【註】 have〔hæv〕*v.* 養（寵物）　　pet〔pɛt〕*n.* 寵物
unfortunately〔ʌnˈfɔrtʃənɪtlɪ〕*adv.* 不幸地；遺憾地
allergic〔əˈlɝdʒɪk〕*adj.* 過敏的 < *to* >　　get〔gɛt〕*v.* 買
someday〔ˈsʌmˌde〕*adv.* 將來有一天
great〔gret〕*adj.* 很棒的
company〔ˈkʌmpənɪ〕*n.* 同伴　　*after school* 放學後

7. **Q** : Which do you like better, reading a book or watching a movie?

你比較喜歡哪一個，看書還是看電影？

A1: I prefer to read a book. I like escaping into an imaginary world. I also appreciate the hard work of the writer.

我比較喜歡看書。我喜歡逃進幻想中的世界。我也很欣賞作者的努力。

A2: I prefer to see a movie. It doesn't take as much effort as reading. I also like all the special effects.

我比較喜歡看電影。它不像看書那樣要花費很多心力。我也喜歡所有的特效。

【註】 *like better* 比較喜歡　　prefer〔 prɪˋfɝ 〕 *v.* 比較喜歡
escape〔 əˋskep 〕 *v.* 逃跑
imaginary〔 ɪˋmædʒəˏnɛrɪ 〕 *adj.* 想像的；虛構的
world〔 wɝld 〕 *n.* 世界
appreciate〔 əˋpriʃɪˏet 〕 *v.* 欣賞　　*hard work* 努力
writer〔ˋraɪtɚ 〕 *n.* 作者　　take〔 tek 〕 *v.* 花費
as ~ as … 像…一樣~　　effort〔ˋɛfət 〕 *n.* 努力
special〔ˋspɛʃəl 〕 *adj.* 特殊的　　effect〔 ɪˋfɛkt 〕 *n.* 效果

*請將下列自我介紹的句子再唸一遍：

My seat number is （複試座位號碼後 5 碼）, and my test number is （初試准考證號碼後 5 碼）.

初級英語檢定複試測驗 ④ 詳解

寫作能力測驗詳解

第一部份：單句寫作

第 1～5 題：句子改寫

1. Stan gave his son a new cell phone.

   Stan gave ＿＿＿＿＿＿＿＿＿＿＿＿＿＿＿＿＿＿ son.

   　重點結構：give 的用法

   　　解　答：<u>Stan gave a new cell phone to his son.</u>

   　句型分析：主詞＋give＋直接受詞（物）＋to＋間接受詞（人）

   　　說　明：give（給）有兩種寫法：

   　　　　　　$\begin{cases} \text{give } sb.\ sth. \\ \text{give } sth.\ \text{to } sb. \end{cases}$

   　　　　　　這題要改為第二種寫法。

   　　＊ ***cell phone*** 手機

2. Mary likes to swim very much.

   Mary enjoys ＿＿＿＿＿＿＿＿＿＿＿＿＿＿＿＿＿.

   　重點結構：enjoy 的用法

   　　解　答：<u>Mary enjoys swimming very much.</u>

   　句型分析：主詞＋enjoy＋動名詞

   　　說　明：enjoy（喜歡；享受）後面只能接 N/V-ing，故
   　　　　　　swim 要改成 swimming。

3. Andy seldom drinks coffee.

   Seldom _____.

  重點結構：倒裝句

   解 答：<u>Seldom does Andy drink coffee.</u>

  句型分析：Seldom + 助動詞 + 主詞 + 原形動詞

   說 明：seldom 是表否定的副詞，放在句首時，其後的句子

       須倒裝，即「助動詞 + 主詞 + 原形動詞」，依提示

       為現在式，且主詞為第三人稱單數，故助動詞用

       does。

   * seldom〔ˈsɛldəm〕*adv.* 很少

4. Jason is not as tall as Bill.

   Bill _____ than Jason.

  重點結構：比較級的用法

   解 答：<u>Bill is taller than Jason.</u>

  句型分析：主詞 + be 動詞 + 比較級形容詞 + than + 受詞

   說 明：這題的意思是說，「傑森不像比爾那樣高」，也就

       是說「比爾比傑森高」，形容詞 tall 要加 er 形成比

       較級。

   * *as ~ as*… 和…一樣~

5. Debbie got an A because she studied very hard.

   Debbie _____ so _____.

  重點結構：so（所以）的用法

   解 答：<u>Debbie studied very hard so she got an A.</u>

  句型分析：主詞 + 動詞 + so + 主詞 + 動詞

　　說　　明：連接詞 because 和 so 的比較：

$$\begin{cases} 結果 + because + 原因 \\ 原因 + so + 結果 \end{cases}$$

　　* A〔e〕*n.*（五個等第中的）甲（等）

第 6～10 題：句子合併

6. Jim is not going to the park.

　　Natasha is not going to the park.

　　Neither _____.

　　　重點結構：Neither…nor～ 的用法

　　　解　　答：<u>Neither Jim nor Natasha is going to the park.</u>

　　　或　　　：<u>Neither Natasha nor Jim is going to the park.</u>

　　　句型分析：Neither + A + nor + B + 動詞【須與 B 一致】

　　　說　　明：這題的意思是「吉姆和娜塔莎都不會去公園」，用
　　　　　　　　neither…nor～ 來連接兩個主詞，表「兩者皆不」，
　　　　　　　　而動詞須與最接近的主詞一致，吉姆和娜塔莎皆為
　　　　　　　　第三人稱，故用第三人稱單數動詞 is。

7. I have no money.

　　I won't buy a computer.

　　If _____, I _____.

　　　重點結構：If 引導表條件的副詞子句

　　　解　　答：<u>If I don't have money, I won't buy a computer.</u>

　　　句型分析：If + 主詞 + 助動詞 + 原形動詞 + 受詞 + , + 主詞 + 助
　　　　　　　　動詞 + 原形動詞 + 受詞

　　　說　　明：題意是：「我沒錢。我不會買電腦。」換句話說，

就是「如果我沒錢，我就不會買電腦」。If 後面應接表「條件」的副詞子句，故先寫 If I don't have money，加逗點後，接主要子句 I won't buy a computer。

8. I was telling you about the car.

This is the car.

This is _____.

重點結構：關係代名詞引導形容詞子句

解　答：<u>This is the car (that) I was telling you about.</u>

句型分析：指示代名詞＋be 動詞＋名詞（先行詞）＋(that)＋主詞＋動詞

説　明：題意是「這就是我告訴過你的那台車」，用關係代名詞 that 引導形容詞子句，即「關代＋主詞＋動詞」，修飾先行詞，又關代在子句中做受詞時，可省略。

9. I saw a man.

He ran a red light.

I saw _____.

重點結構：感官動詞的用法／關係代名詞的用法

解　答：<u>I saw a man running a red light.</u>

或　：<u>I saw a man run a red light.</u>

或　：<u>I saw a man who ran a red light.</u>

句型分析：主詞＋感官動詞＋受詞＋現在分詞【強調動作進行中】

或　：主詞＋感官動詞＋受詞＋原形動詞【強調事實】

或　：主詞＋動詞＋受詞（先行詞）＋關代＋主詞＋動詞

說　明：感官動詞接受詞後，可接「原形動詞」強調「事
　　　　實」、「現在分詞」強調「正在進行的動作」、
　　　　「過去分詞」表「被動」，人闖紅燈爲主動，故本
　　　　題不可用「過去分詞」來表示。也可用關係代名詞
　　　　who 來引導形容詞子句，修飾先行詞 a man。

　* *red light* 紅燈　　　*run a red light* 闖紅燈

10. Andy is watching TV.

　Allen is watching TV.

　Both _____.

　　重點結構：both A and B 的用法

　　　解　答：Both Andy and Allen are watching TV.

　　　或　　：Both Allen and Andy are watching TV.

　　句型分析：Both + A + and + B + 複數 be 動詞 + 現在分詞

　　　說　明：題意爲「安迪和艾倫都在看電視」，用 both A and
　　　　　　　B 來表達，表示「…和…都～」，而其後的動詞須
　　　　　　　用複數。

第 11～15 題：重組

11. Don't _____.

　some milk / on / forget / to / your / way / home / buy

　　重點結構：forget 和 on *one's* way home 的用法

　　　解　答：Don't forget to buy some milk on your way
　　　　　　　home.

　　句型分析：否定助動詞 + forget + to V. + on *one's* way home

説　明：此題爲祈使句的否定句型，句意爲：「你回家的途中別忘了買些牛奶」，Don't 後面須接原形動詞 forget，再接不定詞，表「別忘記做～」，on *one's* way home 爲介系詞片語，做副詞用，放在句尾。

* ***on one's way home*** 在某人回家的途中

12. Please ＿＿＿＿＿＿＿＿＿＿＿＿＿＿＿＿＿＿＿＿＿＿？
   pass / pen / me / to / that

　　重點結構：pass（傳遞）的用法

　　解　答：<u>Please pass that pen to me.</u>

　　句型分析：Please ＋ 動詞 ＋ 直接受詞（物）＋ to ＋ 間接受詞（人）

　　説　明：「把東西傳給某人」有兩種寫法：$\begin{cases} \text{pass } sth. \text{ to } sb. \\ \text{pass } sb. \, sth. \end{cases}$

　　　　　　提示中有介系詞 to，因此須用第一種寫法，先寫物（that pen），再寫人（me），本題的意思是：「請把那支筆傳給我。」

13. ＿＿＿＿＿＿＿＿＿＿＿＿＿＿＿＿＿＿＿＿＿＿.
   to / the light / off / turn / remember

　　重點結構：可分開的動詞片語

　　解　答：<u>Remember to turn the light off.</u>

　　或　　：<u>Remember to turn off the light.</u>

　　句型分析：Remember to ＋ turn ＋ 受詞 ＋ off

　　或　　：Remember to ＋ turn off ＋ 受詞

　　説　明：本題是由原形動詞 remember 爲首的祈使句，後面接 to V. 表「記得～」，而由 turn off 所形成的動詞片語是可分離的，即受詞可放在兩字之間或之後，但是當受詞是代名詞時，只可放在兩字之間。

* ***turn off*** 關掉（電源）　　　light〔laɪt〕*n.* 燈

14. _____?

like / to / would / you / this weekend / go camping

重點結構：問句基本結構

解　答：Would you like to go camping this weekend?

句型分析：Would + 主詞 + 動詞 + to V. + 時間副詞？

說　明：看到問號可知，本題為由助動詞 Would 為首的問句，後面接主詞，再接動詞 like，like 後面接不定詞 to go camping，時間副詞 this weekend 放在句尾。

* **would like to V**. 想要～　　camp〔kæmp〕v. 露營
go camping 去露營　　weekend〔'wik'ɛnd〕n. 週末

15. William is _____.

going / instead of / his / boss / the conference / to

重點結構：現在進行式與 instead of 的用法

解　答：William is going to the conference instead of his boss.

句型分析：主詞 + be 動詞 + 現在分詞 + to + 地點 + instead of + 名詞

說　明：本題的意思是：「威廉正代替他的老闆前往會議」，現在進行式的寫法為：「be 動詞 + 現在分詞」，故 William is 後面接現在分詞 going，再接 to the conference 表地點，instead of his boss 是介系詞片語，放在句尾。

* conference〔'kɑnfərəns〕n. 會議
instead of 代替　　boss〔bɔs〕n. 老闆

第二部份：段落寫作

題目：有個名叫 Jimmy 的男孩想偷雞蛋。請根據以下的圖片寫一篇
約 50 字的短文。注意：未依提示作答者，將予扣分。

One night, a boy named Jimmy wanted to steal some
eggs. He found a hen sitting on its nest. He put on a scary
mask over his face to scare the hen away. To his surprise,
the hen was not afraid. *Instead*, it pecked at Jimmy with its
beak. *In the end*, Jimmy was hurt and the bird kept its eggs.

　　有天晚上，有個名叫吉米的男孩想偷一些雞蛋。他發現有隻母
雞正坐在雞窩上。他就在臉上戴了一個可怕的面具，想把母雞嚇
跑。令他驚訝的是，母雞並不害怕，反而用牠的嘴啄吉米。最後，
吉米受了傷，而母雞則保有牠的雞蛋。

> *named*～ 名叫～　　steal〔stil〕v. 偷
> find〔faɪnd〕v. 發現【三態變化：find-found-found】
> hen〔hɛn〕n. 母雞　　nest〔nɛst〕n. 窩　　*put on* 戴上
> scary〔'skɛrɪ〕adj. 可怕的　　mask〔mæsk〕n. 面具
> scare〔skɛr〕v. 使驚嚇　　surprise〔sə'praɪz〕n. 驚訝
> *to one's surprise* 令某人驚訝的是
> afraid〔ə'fred〕adj. 害怕的
> instead〔ɪn'stɛd〕adv. 取而代之；反而
> peck〔pɛk〕v.（鳥）啄　　beak〔bik〕n. 鳥嘴；喙
> *in the end* 最後；結果　　hurt〔hɝt〕v. 使受傷
> keep〔kip〕v. 保留【三態變化：keep-kept-kept】

口說能力測驗詳解

* 請在 15 秒內完成並唸出下列自我介紹的句子：

My seat number is （複試座位號碼後 5 碼）, and my test number is （初試准考證號碼後 5 碼）.

I. 複誦

共五題。題目不印在試卷上，由耳機播出，
每題播出兩次，兩次之間大約有一到二秒
的間隔。聽完兩次後，請馬上複誦一次。

1. You shouldn't lift such a heavy box.
   你不該提這麼重的箱子。

2. They haven't lived here very long.
   他們住在這裡沒有很久。

3. Is this your pen or hers?　這是你的筆還是她的？

4. How many houses are there on your street?
   你們那條街上有多少間房子？

5. Please close the door behind you.
   請把你身後的門關上。

【註】 lift〔lɪft〕v. 提　　such〔sʌtʃ〕adj. 這樣的
　　　 heavy〔'hɛvɪ〕adj. 重的　　long〔lɔŋ〕adv. 長久地
　　　 behind〔bɪ'haɪnd〕prep. 在…後面

Ⅱ. 朗讀句子與短文

共有五個句子及一篇短文，請先利用一分
鐘的時間閱讀試卷上的句子與短文，然後
在一分鐘內以正常的速度，清楚正確的朗
讀一遍，請開始閱讀。

One : My favorite team won the championship.
我最喜愛的隊伍贏得了冠軍。

Two : I can't remember where I put it.
我不記得我把它放在哪裡了。

Three : Do you want to join us?
你要加入我們嗎？

Four : How did you get here today?
你今天怎麼來這裡的？

Five : Would you mind taking a picture with us?
你介意和我們一起拍張照嗎？

【註】 team〔tim〕n. 隊伍　　win〔wɪn〕v. 贏
championship〔'tʃæmpɪən͵ʃɪp〕n. 冠軍的資格
join〔dʒɔɪn〕v. 加入　　mind〔maɪnd〕v. 介意
take a picture 拍照

Six　：　The YMCA is offering swimming lessons this summer. The classes will begin July 1 and run for four weeks. The beginner class will meet on Monday, Wednesday and Friday. The intermediate class will meet on Tuesday and Thursday. For more information, please contact the YMCA.

基督教青年會今年夏天有游泳課程。游泳課將於七月一日開始，為期四個星期。初級班在星期一、星期三，以及星期五上課。中級班在星期二和星期四上課。欲知更多詳情，請與基督教青年會聯繫。

【註】 *YMCA* 基督教青年會 (= *Young Men's Christian Association*)

offer (ˈɔfɚ) v. 提供

swimming (ˈswɪmɪŋ) n. 游泳

lesson (ˈlɛsn̩) n. 課程　　run (rʌn) v. 持續

beginner (bɪˈgɪnɚ) n. 初學者

beginner class 初級班

meet (mit) v. 上課

intermediate (ˌɪntɚˈmidɪɪt) adj. 中級的

information (ˌɪnfɚˈmeʃən) n. 資訊；訊息

contact (ˈkɑntækt) v. 聯繫；聯絡

Ⅲ. 回答問題

共七題。題目不印在試卷上，由耳機播出，
每題播出兩次，兩次之間大約有一到二秒的
間隔。聽完兩次後，請馬上回答。每題回答
時間爲 15 秒，請在作答時間內盡量的表達。

1. **Q**：How much time do you usually spend on your
　　homework? 你通常花多少時間做功課？

A1: I spend a couple of hours on it every day.　I think it's
　　important to do homework regularly.　I don't like to
　　fall behind.
　　我每天花幾個小時做功課。我認爲規律地做功課很重要。
　　我不喜歡落後。

A2: That depends.　Some days my teachers give me a lot
　　of homework—maybe several hours.　On other days
　　I don't have much to do.
　　那要看情況。有些日子我的老師會給我很多功課——也許好
　　幾個小時。其他日子我就沒有太多功課要做。

【註】usually〔'juʒʊəlɪ〕 *adv.* 通常
　　　homework〔'hom,wɝk〕 *n.* 功課
　　　a couple of 兩個；幾個
　　　important〔ɪm'pɔrtn̩t〕 *adj.* 重要的
　　　regularly〔'rɛgjələlɪ〕 *adv.* 規律地　　*fall behind* 落後
　　　depend〔dɪ'pɛnd〕 *v.* 視…而定
　　　That depends. 那要看情況。
　　　several〔'sɛvərəl〕 *adj.* 幾個的

2. **Q** : Can you play a musical instrument?

你會演奏樂器嗎？

A1: I can play the piano.　I started taking lessons when I was 10 years old.　I'm still not very good, but I'll keep on practicing.

我會彈鋼琴。我十歲的時候就開始上鋼琴課。我彈得還是沒有非常好，但是我會持續練習。

A2: No, I can't.　I'm not very musical.　But I do like to listen to music.

不，我不會。我沒什麼音樂才能。但是我真的很喜歡聽音樂。

【註】 play〔ple〕*v.* 演奏
　　　musical〔ˈmjuzɪkļ〕*adj.* 音樂的；有音樂才能的
　　　instrument〔ˈɪnstrəmənt〕*n.* 樂器
　　　piano〔pɪˈæno〕*n.* 鋼琴　　　***take lessons*** 上課
　　　keep on 持續　　　practice〔ˈpræktɪs〕*v.* 練習
　　　do〔du〕*aux.*【加強語氣】的確；真的

3. **Q** : Would you rather eat dinner at home or in a restaurant?

你寧願在家裡吃晚餐，還是在餐廳吃？

A1: I'd rather eat at home.　It's more relaxing than going out.　Besides, my mom is a really good cook.

我寧願在家裡吃。那樣比出去吃還能令人放鬆。而且，我媽媽真的很會做菜。

A2: I like going to restaurants. I can order whatever I like.
　　　Best of all, I don't have to wash any dishes.

　　　我喜歡去餐廳。我可以點任何我喜歡的餐點。最棒的是，
　　　我不必洗任何碗盤。

【註】 ***would rather*** 寧願
　　　relaxing〔rɪˈlæksɪŋ〕*adj.* 令人放鬆的
　　　besides〔bɪˈsaɪdz〕*adv.* 此外
　　　cook〔kʊk〕*n.* 廚師　　order〔ˈɔrdɚ〕*v.* 點（餐）
　　　whatever〔hwɑtˈɛvɚ〕*pron.* 不論什麼
　　　best of all 最棒的是　　dish〔dɪʃ〕*n.* 碗盤

4. **Q**：How do you feel about your school uniform?
　　　你覺得你們學校的制服如何？

A1: I like my uniform. I think it's attractive. I'm proud
　　　to wear it.

　　　我喜歡我的制服。我認為它很吸引人。穿上它我覺得很
　　　驕傲。

A2: To tell the truth, I don't like it very much. I'd much
　　　rather wear my own clothes. I really like fashion.

　　　老實說，我不是非常喜歡。我寧願穿我自己的衣服。我真
　　　的很喜歡時尚。

【註】 uniform〔ˈjunəˌfɔrm〕*n.* 制服
　　　attractive〔əˈtræktɪv〕*adj.* 吸引人的
　　　proud〔praʊd〕*adj.* 驕傲的　　***to tell the truth*** 老實說
　　　own〔on〕*adj.* 自己的　　clothes〔kloz〕*n. pl.* 衣服
　　　fashion〔ˈfæʃən〕*n.* 時尚；流行

5. **Q** : What do you use a computer for?

   你會用電腦來做什麼？

   A1: I use it mostly for schoolwork. I find information I need on it. I also use it to write reports.

   我大多都用它來做學校的功課。我會在上面找我需要的資料。我也會用它來寫報告。

   A2: I mostly use it to keep in touch with friends. I check my e-mail every day. I also send my friends news and photos. 我主要都用它來跟朋友保持聯絡。我每天都會檢查我的電子郵件。我也會寄近況和照片給我的朋友。

   【註】 computer〔kəm'pjutɚ〕 *n.* 電腦
   mostly〔'mostlɪ〕 *adv.* 大多
   schoolwork〔'skul,wɝk〕 *n.* 功課；學業
   report〔rɪ'port〕 *n.* 報告
   keep in touch with *sb.* 與某人保持聯絡
   check〔tʃɛk〕 *v.* 檢查   e-mail〔'i,mɛl〕 *n.* 電子郵件
   news〔njuz〕 *n.* 消息；近況   photo〔'foto〕 *n.* 照片

6. **Q** : Have you ever performed on a stage?

   你曾經在舞台上表演過嗎？

   A1: No, I haven't. I don't know if I would be nervous or not. I'd like to give it a try someday.

   不，我沒有。我不知道我是否會很緊張。將來有一天我會想要試試看。

   A2 : Yes, I have. I performed in a school play last year. It was a great experience. 是的，我有。我去年在學校的戲劇中演出。那是個很棒的經驗。

【註】perform〔pɚ'fɔrm〕v. 表演　　stage〔stedʒ〕n. 舞台
　　　nervous〔'nɜvəs〕adj. 緊張的　　**give it a try** 試試看
　　　someday〔'sʌm,de〕adv. 將來有一天
　　　play〔ple〕n. 戲劇　　great〔gret〕adj. 很棒的
　　　experience〔ɪk'spɪrɪəns〕n. 經驗

7. **Q**：What is your favorite sport?
　　你最喜愛的運動是什麼？

A1：I really like baseball. I never miss a game when my
　　　favorite team is playing. Unfortunately, I'm not a
　　　very good player.
　　　我真的很喜歡棒球。我從未錯過一場我最喜愛的隊伍的比
　　　賽。遺憾的是，我不是個很厲害的選手。

A2：I play tennis. I like it because it's great exercise. It's
　　　also easy to find someone to play with.
　　　我打網球。我喜歡它，因為它是個很棒的運動。要找人一
　　　起打也很容易。

【註】sport〔sport〕n. 運動　　miss〔mɪs〕v. 錯過
　　　unfortunately〔ʌn'fɔrtʃənɪtlɪ〕adv. 不幸地；遺憾地
　　　player〔'pleɚ〕n. 選手　　tennis〔'tɛnɪs〕n. 網球

＊請將下列自我介紹的句子再唸一遍：

My seat number is （複試座位號碼後5碼）, and my test
number is （初試准考證號碼後5碼）.

初級英語檢定複試測驗⑤詳解

寫作能力測驗詳解

第一部份：單句寫作

第 1～5 題：句子改寫

1. I am going to the party.

   Everybody _____.

   　重點結構：be 動詞的用法

   　　解　答：<u>Everybody is going to the party.</u>

   　句型分析：Everybody + 單數 be 動詞 + 現在分詞

   　　說　明：everybody 後面須接單數動詞，故 be 動詞 am 改
   　　　　　　成 is。

   　* party〔'pɑrtɪ〕n. 派對

2. Susan usually plays the piano in the afternoon.

   Susan didn't _____ yesterday.

   　重點結構：現在簡單式改為過去式否定

   　　解　答：<u>Susan didn't play the piano yesterday.</u>

   　句型分析：主詞 + 否定助動詞 + 原形動詞 + 時間副詞

   　　說　明：助動詞 did 後面須接動詞原形，故 plays the piano
   　　　　　　須改成 play the piano。

3. You should go to bed earlier.

　　You ought ＿＿＿＿＿＿＿＿＿＿＿＿＿＿＿＿＿＿＿＿＿.

　　　重點結構：ought to 的用法

　　　　解　答：<u>You ought to go to bed earlier.</u>

　　　句型分析：主詞＋ought to ＋原形動詞

　　　　説　明：should（應該）＝ought to，故 go to bed earlier
　　　　　　　　須改成 to go to bed earlier。

4. The train will arrive in one hour.

　　Can you tell me ＿＿＿＿＿＿＿＿＿＿＿＿＿＿＿＿＿＿？

　　　重點結構：when 引導名詞了句

　　　　解　答：<u>Can you tell me when the train will arrive?</u>

　　　句型分析：Can you tell me ＋ when ＋ 主詞 ＋ 動詞？

　　　　説　明：Can you tell me 後面須接受詞，由提示可知，問
　　　　　　　　句是問時間，故用 when 引導的名詞子句做受詞，
　　　　　　　　即「疑問詞＋主詞＋動詞」的形式。

　　　＊ arrive〔əˋraɪv〕v. 到達

5. Everybody could finish reading chapter two yesterday.

　　Everybody was able ＿＿＿＿＿＿＿＿＿＿＿＿ yesterday.

　　　重點結構：be able to 的用法

　　　　解　答：<u>Everybody was able to finish reading chapter</u>
　　　　　　　　<u>two yesterday.</u>

　　　句型分析：Everybody ＋ be 動詞 ＋ able ＋ to V. ＋ 時間副詞

　　説　明：able 是形容詞，表「能夠…的」，常與「be 動詞」
　　　　　　及「不定詞」連用，形成「be able to V.」表「能
　　　　　　夠～」，故 could 改成 was able to。
　*　finish〔'fɪnɪʃ〕v. 完成；做完
　　chapter〔'tʃæptɚ〕n. 章節　***chapter two*** 第二章

第 6～10 題：句子合併

6. My older sister is tall.

　My older sister is smart.

　My older _____.

　重點結構：and 的用法
　　解　答：<u>My older sister is tall and smart.</u>
　句型分析：主詞＋be 動詞＋形容詞＋and＋形容詞
　　説　明：「高」與「聰明」都是用來形容「姐姐」的形容詞，
　　　　　　用 and 來連接，本題的意思是：「我的姐姐又高又
　　　　　　聰明。」
　*　smart〔smɑrt〕adj. 聰明的

7. Maybe it will rain tomorrow.

　In that case, I won't visit you.

　If _____.

　重點結構：直說法條件句
　　解　答：<u>If it rains tomorrow, I won't visit you.</u>
　句型分析：If＋主詞＋現在簡單式動詞＋,＋主詞＋動詞

説　明：本題的意思是：「如果明天下雨，我就不會去找
　　　　你」，If引導表「條件」的副詞子句，動詞須用
　　　　現在簡單式代替未來式，故 will rain 改成 rains。

* visit〔ˊvɪzɪt〕v. 拜訪

8. Mary likes to travel.

I like to travel, too.

Mary ＿＿＿＿＿＿＿＿＿, and so ＿＿＿＿＿＿＿＿＿.

重點結構：so（也是）的用法

解　答：<u>Mary likes to travel, and so do I.</u>

句型分析：主詞＋動詞＋不定詞＋,＋and so＋助動詞＋主詞

説　明：本題的意思是：「瑪麗喜歡旅行，我也是」，so 在
　　　　此是副詞，表「也是」，放在句首，主詞與 be/助
　　　　動詞須倒裝，句中沒有 be 動詞，且主詞是 I，故用
　　　　助動詞 do。

* travel〔ˊtrævḷ〕v. 旅行

9. My parents let me do something.

They allowed me to go out with my friends.

My parents let ＿＿＿＿＿＿＿＿＿＿＿＿＿＿.

重點結構：使役動詞的用法

解　答：<u>My parents let me go out with my friends.</u>

句型分析：主詞＋let＋受詞＋原形動詞

　說　明：let 為使役動詞，後面須接受詞，再接原形動詞，故
　　　　　to go out with my friends 要改成 go out with my
　　　　　friends。

* allow〔ə'laʊ〕v. 允許

10. Eddie is a policeman.

Eddie is not a nurse.

Eddie is not ＿＿＿＿＿＿＿＿ but ＿＿＿＿＿＿＿＿.

重點結構：not A but B 的用法

　解　答：<u>Eddie is not a nurse but a policeman.</u>

句型分析：主詞 + be 動詞 + not + A + but + B

　說　明：題意為：「艾迪不是護士，而是警察」，用「not
　　　　　A but B」來連接，表「不是…而是～」。

* policeman〔pə'lismən〕n. 警察
nurse〔nɝs〕n. 護士

第 11～15 題：重組

11. ＿＿＿＿＿＿＿＿＿＿＿＿＿＿＿＿ better?

which / do / the jackets / you / of / like / one

重點結構：疑問形容詞 which 的用法

　解　答：<u>Which one of the jackets do you like better?</u>

句型分析：Which one + of + 名詞 + 助動詞 + 主詞 + 動詞？

說　明：本題的意思是：「在這些夾克中，你比較喜歡哪一件？」Which one of the jackets 表示「在這些夾克之中的哪一件」，後面再接問句基本結構，即「助動詞＋主詞＋原形動詞」。

12. It _____.

us / four hours / the house / clean / to / took

重點結構：take（花時間）的用法

解　答：It took us four hours to clean the house.

句型分析：It＋take＋受詞（人）＋時間＋不定詞片語（to V.）

說　明：以 take 表達「人花費多少時間做某事」時，以 it 做虛主詞，真正的主詞為後面的不定詞片語，而花費時間的「人」，則是當 take 的受詞。本題的意思是「我們花了四小時打掃房子。」

13. I _____.

two / hours / the airport / spent / going / to

重點結構：spend（花時間）的用法

解　答：I spent two hours going to the airport.

句型分析：主詞＋spend＋時間＋(in)＋V-ing

說　明：以 spend 表達「人花費多少時間做某事」時，所花費的時間放在 spend 後，而所做的事則是在時間之後加一介系詞 in，再接動名詞，in 通常會省略。本題的意思是「我花了兩小時去機場。」

* airport〔'ɛr͵port〕n. 機場

14. ＿＿＿＿＿＿＿＿＿＿＿＿＿＿＿＿＿＿＿＿＿＿＿＿＿＿＿＿.

Maggie / cost / NT$1,000 / the purse

　　重點結構：cost（花錢）的用法

　　解　答：<u>The purse cost Maggie NT$1,000.</u>

　　句型分析：主詞（物）＋cost＋受詞（人）＋金額

　　說　明：句意為「這個錢包花了瑪姬台幣一千元」，用
　　　　　　 cost 表達「物花費人多少錢」時，主詞須為物，
　　　　　　 受詞須為人，而所花費的金額則放在受詞後。

　　* purse〔pɝs〕n. 錢包；包包

15. ＿＿＿＿＿＿＿＿＿＿＿＿＿＿＿＿＿＿＿＿＿＿＿＿＿＿＿＿.

my father / for / NT$600,000 / paid / the car

　　重點結構：pay（付錢）的用法

　　解　答：<u>My father paid NT$600,000 for the car.</u>

　　句型分析：主詞（人）＋pay＋金額＋for＋受詞（物）

　　說　明：句意為「我爸爸付了台幣六十萬元買這台車」，用
　　　　　　 pay 表達「人付多少錢買某物」時，所付的金額放
　　　　　　 在 pay 後面，金額之後再加介系詞 for，再接所買
　　　　　　 的東西。

第二部份：段落寫作

題目： Susan 正在畫窗外的樹，中途停下去吃午餐。請根據以下的圖
片寫一篇約 50 字的短文。**注意**：未依提示作答者，將予扣分。

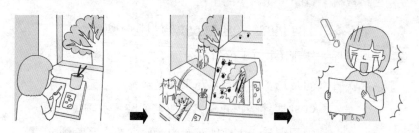

　　Yesterday, Susan sat at her desk and painted the tree
outside her open window. Then she went to eat her lunch.
She left the painting in front of the open window. While she
was gone, a cat came in through the window and walked on
her painting. It left black paw prints all over it. Susan was
very sad when she saw this.

　　昨天，蘇珊坐在她的書桌前，畫她開著的窗戶外面的樹。然
後，她去吃午餐。她把那幅畫留在開著的窗戶前面。當她離開時，
有隻貓從窗戶進來，並走在她的畫上。牠在上面到處留下了黑色的
腳印。當蘇珊看到這個情況時，她很傷心。

sit at one's desk 坐在某人的書桌前　　paint〔pent〕*v.* 畫
outside〔auˋsaɪd〕*prep.* 在⋯的外面
open〔ˈopən〕*adj.* 開著的　　window〔ˈwɪndo〕*n.* 窗戶
leave〔liv〕*v.* 留下【三態變化：leave-left-left】
painting〔ˈpentɪŋ〕*n.* 畫　　*in front of* 在⋯前面
while〔hwaɪl〕*conj.* 當⋯的時候　　gone〔gɔn〕*adj.* 離去的
through〔θru〕*prep.* 經過；穿過
paw〔pɔ〕*n.*（貓、狗等有爪動物的）腳掌；腳爪
print〔prɪnt〕*n.* 印痕；痕跡　　*all over* 遍及；在⋯到處
sad〔sæd〕*adj.* 悲傷的

口說能力測驗詳解

*請在 15 秒內完成並唸出下列自我介紹的句子：

My seat number is （複試座位號碼後 5 碼）, and my test number is （初試准考證號碼後 5 碼）.

I. 複誦

共五題。題目不印在試卷上，由耳機播出，
每題播出兩次，兩次之間大約有一到二秒
的間隔。聽完兩次後，請馬上複誦一次。

1. I'll be right with you.　我馬上就來。

2. Amy is the fastest runner in our class.
   艾美是我們班上跑得最快的人。

3. I can't go with you because I have to study.
   我不能跟你去，因爲我必須讀書。

4. What did you think of the movie?
   你覺得這部電影如何？

5. This is your bag, isn't it?　這是你的包包，不是嗎？

【註】 right〔raɪt〕adv. 馬上
　　　 I'll be right with you. 我馬上就來。
　　　 fast〔fæst〕adj. 快的　　 runner〔'rʌnɚ〕n. 跑者
　　　 study〔'stʌdɪ〕v. 讀書　　 *think of* 認爲
　　　 movie〔'muvɪ〕n. 電影　　 bag〔bæg〕n. 袋子；手提包

II. 朗讀句子與短文

共有五個句子及一篇短文，請先利用一分
鐘的時間閱讀試卷上的句子與短文，然後
在一分鐘內以正常的速度，清楚正確的朗
讀一遍，請開始閱讀。

One ： What time do you think you will arrive?
你認爲你幾點會抵達？

Two ： Look at those ducks swimming in the pond.
看看那些在池塘裡游水的鴨子。

Three ： I ordered coffee for both of us.
我幫我們兩人點了咖啡。

Four ： Would you like to have dinner?
你想吃晚餐嗎？

Five ： I've been trying to reach you all week.
我整個星期都一直試著要聯絡你。

【註】arrive〔ə'raɪv〕v. 抵達　　***look at*** 看著
duck〔dʌk〕n. 鴨子　　swim〔swɪm〕v. 游水
pond〔pɑnd〕n. 池塘　　order〔'ɔrdɚ〕v. 點（餐）
coffee〔'kɔfɪ〕n. 咖啡　　have〔hæv〕v. 吃；喝
reach〔ritʃ〕v. 聯絡

Six　：The new Lemon Café is a good place for an
informal lunch. There is a surprisingly large menu
of sandwiches, soups and rice dishes. Of course,
there are also many different coffee drinks and
desserts. Prices are reasonable and no reservations
are necessary.

那間新的檸檬咖啡廳是個吃簡餐的好地方。菜單上有非
常多樣式的三明治、湯，和飯類。當然，還有許多不同
的咖啡飲品和甜點。價格合理，而且不需要訂位。

【註】lemon〔'lɛmən〕n. 檸檬　café〔kə'fe〕n. 咖啡廳
informal〔ɪn'fɔrml̩〕adj. 非正式的；簡略的
surprisingly〔sə'praɪzɪŋlɪ〕adv. 令人驚訝地；非常地
menu〔'mɛnju〕n. 菜單
sandwich〔'sændwɪtʃ〕n. 三明治
soup〔sup〕n. 湯　rice〔raɪs〕n. 飯
dish〔dɪʃ〕n. 菜餚　*rice dishes* 飯類
of course 當然　different〔'dɪfrənt〕adj. 不同的
drink〔drɪŋk〕n. 飲料　dessert〔dɪ'zɝt〕n. 甜點
price〔praɪs〕n. 價格
reasonable〔'rizn̩əbl̩〕adj. 合理的；不貴的
reservation〔ˌrɛzɚ'veʃən〕n. 預訂
necessary〔'nɛsəˌsɛrɪ〕adj. 必須的

Ⅲ. 回答問題

共七題。題目不印在試卷上，由耳機播出，
每題播出兩次，兩次之間大約有一到二秒的
間隔。聽完兩次後，請馬上回答。每題回答
時間爲 15 秒，請在作答時間內盡量的表達。

1. **Q** : What do you usually do in the morning before you go
to school?

你早上在去上學之前，通常會做什麼？

A1: I just don't have too much time in the morning. I
just get ready for school. I'm lucky if I have time
for breakfast.

我早上眞的沒有太多時間。我只是準備上學。如果我有時
間吃早餐，就是很幸運的。

A2: I always get up early. That's because I don't like to
rush. In the morning I exercise and then I eat a good
breakfast.

我總是很早起。那是因爲我不喜歡很趕。早上我會運動，
然後吃一頓豐盛的早餐。

【註】 just〔dʒʌst〕*adv.* 眞地；只；僅
　　　get ready for* + *N. 爲～做準備
　　　lucky〔'lʌkɪ〕*adj.* 幸運的　　***get up*** 起床
　　　rush〔rʌʃ〕*v.* 匆忙　　exercise〔'ɛksɚˌsaɪz〕*v.* 運動

2. **Q** : Can you swim?

你會游泳嗎？

A1: Yes, I can. I really like swimming. I even go swimming in the winter.

是的，我會。我真的很喜歡游泳。我甚至在冬天的時候去游泳。

A2: No, I can't. I never learned how. I hope to take a class this summer.

不，我不會。我從未學過如何游泳。我希望今年夏天可以去上課。

【註】even〔'ivən〕*adv.* 甚至　　winter〔'wɪntɚ〕*n.* 冬天
hope〔hop〕*v.* 希望　　***take a class*** 上課
summer〔'sʌmɚ〕*n.* 夏天

3. **Q** : What is your favorite time of the day?

一天之中你最喜歡什麼時間？

A1: I like the early morning. I like knowing that I have a whole day ahead of me. At that time, anything is possible.

我喜歡清晨。我喜歡知道我接下來還有一整天的時間。在那個時間，任何事都是有可能的。

A2: I like the evening. By that time, my work is done. I can relax and have fun.

我喜歡傍晚。到那個時候，我的工作做完了。我可以放鬆並且玩得很愉快。

【註】***early morning*** 清晨　　whole〔hol〕*adj.* 整個的
a whole day 一整天　　***ahead of*** 在…之前
possible〔'pɑsəbl̩〕*adj.* 可能的

by〔baɪ〕*prep.* 到了…　　done〔dʌn〕*adj.* 完成的
relax〔rɪ'læks〕*v.* 放鬆　　***have fun*** 玩得愉快

4. **Q**：Would you rather shop online or in a store?
　　你寧願在網路上購物，還是在商店裡購物？

A1：I like to shop online. It's very convenient. The goods are often cheaper, too.
　　我喜歡在網路上購物。那樣非常方便。商品通常也比較便宜。

A2：I prefer going to a store. I like to see what I'm buying for myself. I also like to try to bargain with the shopkeeper.
　　我比較喜歡去商店。我喜歡親自看到我要買的東西。我也喜歡試著跟老闆討價還價。

【註】***would rather*** 寧願　　shop〔ʃɑp〕*v.* 購物
online〔'ɑn,laɪn〕*adv.* 在網路上
convenient〔kən'vinjənt〕*adj.* 方便的
goods〔gʊdz〕*n. pl.* 商品　　cheap〔tʃip〕*adj.* 便宜的
prefer〔prɪ'fɝ〕*v.* 比較喜歡　　***for oneself*** 自己
bargain〔'bɑrgɪn〕*v.* 討價還價
shopkeeper〔'ʃɑp,kipɚ〕*n.* 老闆

5. **Q**：What do you do to stay in shape?
　　你做什麼來保持健康？

A1：I run to keep in shape. I go jogging three times a week. I run two kilometers each time.

我用跑步來保持健康。我一個星期會去慢跑三次。我每次
都跑兩公里。

A2: I play basketball. It's not just good exercise; it's fun!
I enjoy the competition.

我打籃球。它不只是個好運動；它很有趣！我喜歡比賽。

【註】 shape〔ʃep〕*n.* 外形；（健康等的）情況
stay in shape 保持健康（= *keep in shape*）
jog〔dʒɑg〕*v.* 慢跑　　time〔taɪm〕*n.* 次
kilometer〔'kɪlə,mitə, kə'lɑmətə〕*n.* 公里
play〔ple〕*v.* 打（球）
basketball〔'bæskɪt,bɔl〕*n.* 籃球
fun〔fʌn〕*adj.* 有趣的　　enjoy〔ɪn'dʒɔɪ〕*v.* 喜歡
competition〔,kɑmpə'tɪʃən〕*n.* 競爭；比賽

6. **Q**：Do you prefer the summer or the winter?
你比較喜歡夏天還是冬天？

A1：I like the summer. I like outdoor activities like
swimming. I also love eating ice cream.
我喜歡夏天。我喜歡戶外活動，像是游泳。我也喜歡吃冰
淇淋。

A2：I prefer the winter. I'm not that fond of hot weather.
In the winter, it's nice and cool.
我比較喜歡冬天。我沒那麼喜歡炎熱的天氣。在冬天，天
氣好又涼爽。

【註】 outdoor〔'aʊt,dor〕*adj.* 戶外的
activity〔æk'tɪvətɪ〕*n.* 活動
ice cream〔'aɪs'krim〕*n.* 冰淇淋
prefer〔prɪ'fɝ〕*v.* 比較喜歡　　***be fond of*** 喜歡

hot〔hɑt〕*adj.* 熱的　　weather〔'wɛðɚ〕*n.* 天氣
cool〔kul〕*adj.* 涼爽的

7. **Q**：What did you do on your last birthday?
你上一次生日做了什麼？

A1: On my last birthday I had a party with my friends.
We went to a pizza restaurant. After that, we went to
a KTV.
我上次生日的時候，我和朋友舉辦了派對。我們去了披薩
餐廳。在那之後，我們去了 KTV。

A2: I celebrated at home with my family. My mother
made a cake for me. Even my little brother gave me
a card.
我跟家人在家裡慶祝。我媽媽做了一個蛋糕給我。甚至連
我弟弟都給了我一張卡片。

【註】 last〔læst〕*adj.* 上次的；最後的
birthday〔'bɝθ,de〕*n.* 生日　　have〔hæv〕*v.* 舉辦
party〔'pɑrtɪ〕*n.* 派對　　pizza〔'pitsə〕*n.* 披薩
restaurant〔'rɛstərənt〕*n.* 餐廳
celebrate〔'sɛlə,bret〕*v.* 慶祝
family〔'fæməlɪ〕*n.* 家人　　card〔kɑrd〕*n.* 卡片

＊請將下列自我介紹的句子再唸一遍：

My seat number is （複試座位號碼後 5 碼）, and my test
number is （初試准考證號碼後 5 碼）.

初級英語檢定複試測驗⑥詳解

寫作能力測驗詳解

第一部份：單句寫作

第 1～5 題：句子改寫

1. George is the best writer in his class.
   George writes better _____.

   重點結構：比較級的用法

   解　答：George writes better than anyone else in his
   　　　　 class.

   句型分析：主詞＋動詞＋比較級形容詞＋than＋受詞

   說　明：本題原意是「喬治是班上寫作寫得最好的人」，也
   　　　　 就是說「喬治寫作寫得比班上其他的人都好」，
   　　　　 「比…好」用「better than」來表示，而「班上其
   　　　　 他的人」寫成「anyone else in his class」。

   * writer〔ˈraɪtɚ〕*n.* 作家；書寫者　　***anyone else*** 其他人

2. All of the students have to go to the gymnasium.
   Nobody _____.

   重點結構：nobody 的用法

   解　答：Nobody has to go to the gymnasium.

   句型分析：Nobody＋has to＋動詞片語

   說　明：主詞 all of the students 改為 nobody，後面須接單

數動詞，故 have to 改爲 has to，再寫 go to the
gymnasium。

* gymnasium〔dʒɪmˋnezɪəm〕*n.* 體育館

3. Mary isn't interested in the movie.

The movie doesn't ＿＿＿＿＿＿＿＿＿＿＿＿＿＿＿＿ Mary.

重點結構：interest 的用法

解　答：The movie doesn't interest Mary.

句型分析：主詞（事物）＋助動詞＋interest＋受詞（人）

説　明：interest「使感興趣；使覺得有趣」，爲情緒動詞，
可用過去分詞（p.p.）表「（人）有興趣的」，現在
分詞（V-ing）表「令人覺得有趣的」，依句意，
「瑪麗對這部電影沒興趣」，也就是「這部電影使
瑪麗不感興趣」，改用 The movie 當主詞，助動詞
後應填原形動詞 interest。

* ***be interested in*** 對～有興趣

4. The new road will be completed by next March.

When ＿＿＿＿＿＿＿＿＿＿＿＿＿＿＿＿＿＿＿＿＿?

重點結構：直述句改爲疑問句

解　答：When will the new road be completed?

句型分析：When＋助動詞＋主詞＋被動語態（be＋p.p.）？

説　明：將未來式的直述句改爲 When 問句，先省略時間副
詞 by next March，再將助動詞 will 與主詞 the
new road 倒裝，並將句點改成問號，形成問句。

* complete〔kəmˋplit〕*v.* 完成

5. How old is Jane?

   Do you know _____?

   重點結構：間接問句的用法

   解　答：<u>Do you know how old Jane is?</u>

   句型分析：Do you know + how old + 主詞 + be 動詞？

   說　明：Do you know 後面須接受詞，故直接問句 How old is Jane? 須改為間接問句當受詞，即「疑問詞 + 主詞 + 動詞」的形式，寫成 how old Jane is。

第 6～10 題：句子合併

6. There is a long beach.

   The beach is white.

   There is a _____.

   重點結構：形容詞的排序

   解　答：<u>There is a long white beach.</u>

   句型分析：There is/are + a(n) + 名詞

   說　明：這題的意思是「有個很長的白色海灘」，「長」與「白」都是用來形容「海灘」的形容詞，當有數個形容詞用來修飾相同名詞時，排列順序大致如下：大小/長短/形狀 → 新舊 → 顏色 → 國籍 → 材料/性質。

   * beach〔bitʃ〕n. 海灘

7. That is the necklace.

   It belongs to Mrs. Green.

   That is _____ necklace.

  重點結構：所有格的用法

   解　答：<u>That is Mrs. Green's necklace.</u>

  句型分析：代名詞＋be 動詞＋所有格＋名詞

   說　明：除了「你、他/她、我」的所有格有固定的寫法

      （ your、his/her、my ），表示「某人的」大多可

      直接在後面加「's」來表示，故「格林太太的」寫

      成「Mrs. Green's」即可。本題句意爲：「那是格

      林太太的項鍊。」

  * necklace〔'nɛklɪs〕n. 項鍊

8. Mark got a high score on the test.

   Linda got the same score.

   Linda's score is as _____.

  重點結構：as…as～的用法

   解　答：<u>Linda's score is as high as Mark's (score).</u>

  句型分析：主詞＋be 動詞＋as＋形容詞＋as＋受詞

   說　明：本題句意爲：「琳達的分數和馬克的分數一樣高」，

      用「as…as～」來表示「像～一樣…」，分數爲重

      複的部分，故可省略。

  * score〔skor〕n. 分數

9. I bake chocolate cookies.

　 I sell chocolate cookies.

　 I not only bake chocolate cookies, _____.

　　重點結構：not only…but also～的用法

　　解　答：I not only bake chocolate cookies, but also sell them.

　　句型分析：主詞＋not only＋動詞＋, ＋but also＋動詞

　　說　明：本句的意思是：「我不僅烤巧克力餅乾，也賣巧克力餅乾」，用「not only…but also～」合併兩句，表「不僅…而且～」。

　　* bake〔bek〕v. 烤

　　 chocolate〔'tʃɔkəlɪt〕adj. 巧克力的

　　 cookie〔'kʊkɪ〕n. 餅乾

10. That is the boy.

　　 His uncle is a firefighter.

　　 That is the boy _____.

　　重點結構：whose 的用法

　　解　答：That is the boy whose uncle is a firefighter.

　　句型分析：代名詞＋be 動詞＋主詞補語（先行詞）＋whose＋名詞＋動詞

　　說　明：本題意思是：「那位就是叔叔是消防員的小男孩」，先行詞 the boy 為人，故用關係代名詞 who 的所有格 whose 來引導形容詞子句，修飾先行詞。

　　* firefighter〔'faɪrˌfaɪtə〕n. 消防員

第 11～15 題：重組

11. _____?
　　have / Dean / today / work / to / did

　　　　重點結構：問句基本結構

　　　　解　　答：<u>Did Dean have to work today?</u>

　　　　句型分析：Did + 主詞 + 動詞 + 時間副詞？

　　　　説　　明：提示中無疑問詞，可知爲助動詞 Did 爲首的問句，
　　　　　　　　　後面接主詞 Dean，再接動詞 have to work，today
　　　　　　　　　爲時間副詞，放在句尾。

12. The box _____.
　　of / top / is / on / the bookcase

　　　　重點結構：top 的用法

　　　　解　　答：<u>The box is on top of the bookcase.</u>

　　　　句型分析：主詞 + 動詞 + 地方副詞

　　　　説　　明：本句句意爲：「箱子在書櫃的上面」，表示「在…
　　　　　　　　　的上面」，寫法爲「on top of」。

　　　　* bookcase〔'buk,kes〕n. 書櫃

13. I _____.
　　name / would / his / know / to / like

　　　　重點結構：would like to 的用法

　　　　解　　答：<u>I would like to know his name.</u>

　　　　句型分析：主詞 + would like to + V.

　說　明：would like to 表「想要」，後面須接原形動詞，本題的意思是：「我想知道他的名字。」

14. How come ＿＿＿＿＿＿＿＿＿＿＿＿＿＿＿？

were / late / so / this morning / you

　重點結構：how come 的用法

　解　答：How come you were so late this morning?

　句型分析：How come + 主詞 + be 動詞 + 形容詞？

　說　明：how come 表「為什麼」，後面須接直述句，即「主詞 + 動詞」的形式，故先寫主詞 you，再寫 be 動詞 were，形容詞 so late 和時間副詞 this morning 放在句尾。

15. ＿＿＿＿＿＿＿＿＿＿＿＿＿＿＿＿．

letter / you / for / is / this

　重點結構：for（給）的用法

　解　答：This letter is for you.

　句型分析：主詞（物）+ be 動詞 + for + 受詞（人）

　說　明：本題句意為：「這是你的信」，for 在此表「給…；…收」，須以物當主詞，再接 be 動詞，給某人 for sb. 則放在放句尾。

第二部份：段落寫作

題目： Angela 買了一些花的種子要來種花。請根據以下的圖片寫
　　　一篇約 50 字的短文。**注意**：未依提示作答者，將予扣分。

One day, Angela decided to grow a flower. She bought
some seeds and planted them in a pot. Then she waited for
the flower to appear. **However**, it did not. She waited for
four days. Then she put the pot in a sunny window. The
next day her flower appeared.

　　有一天，安琪拉決定要種花。她買了一些種子，把它們種在
花盆裡。然後，她等待花的出現。然而，花並沒有出現。她等了
四天。後來，她把花盆放在一個有陽光的窗戶。隔天，她的花就
開了。

decide〔dɪˋsaɪd〕v. 決定　　grow〔gro〕v. 種植
seed〔sid〕n. 種子　　plant〔plænt〕v. 種植
pot〔pɑt〕n. 花盆　　**wait for** 等待
appear〔əˋpɪr〕v. 出現
however〔hauˋɛvə〕adv. 然而；可是
sunny〔ˋsʌnɪ〕adj. 陽光充足的　　**the next day** 隔天

口説能力測驗詳解

*請在 15 秒內完成並唸出下列自我介紹的句子:

My seat number is （複試座位號碼後 5 碼）, and my test number is （初試准考證號碼後 5 碼）.

I. 複誦

共五題。題目不印在試卷上,由耳機播出,
每題播出兩次,兩次之間大約有一到二秒
的間隔。聽完兩次後,請馬上複誦一次。

1. Is there anything I can do to help?
   有什麼我可以幫忙做的嗎?

2. I would rather have pizza than noodles.
   我寧願吃披薩也不想吃麵。

3. They'll be very disappointed if you don't come.
   如果你不來,他們會非常失望。

4. Why in the world do you think that?
   你究竟為什麼會那樣認為?

5. Let's hurry up! 我們要快一點!

【註】 ***would rather…than*** 寧願…也不願
have〔hæv〕v. 吃;喝　　pizza〔'pitsə〕n. 披薩
noodles〔'nudl̩z〕n. pl. 麵
disappointed〔,dɪsə'pɔɪntɪd〕adj. 失望的
in the world 究竟;到底　　***hurry up*** 趕快

II. 朗讀句子與短文

共有五個句子及一篇短文，請先利用一分
鐘的時間閱讀試卷上的句子與短文，然後
在一分鐘內以正常的速度，清楚正確的朗
讀一遍，請開始閱讀。

One 　　: Rain is expected tomorrow.

　　　　明天會下雨。

Two 　　: You remember meeting Mr. Lee, don't you?

　　　　你記得跟李先生見過面，不是嗎？

Three　: I recently took up bowling.

　　　　我最近開始打保齡球。

Four 　: Who is your favorite movie star?

　　　　你最喜愛的電影明星是誰？

Five 　: I don't remember the author's name.

　　　　我不記得作者的名字。

【註】 rain〔ren〕n. 雨　　expect〔ɪkˋspɛkt〕v. 預計會有
　　　remember + V-ing 記得做過～
　　　meet〔mit〕v. 與…見面
　　　recently〔ˋrisntlɪ〕adv. 最近
　　　take up 開始　　bowl〔bol〕v. 打保齡球
　　　star〔stɑr〕n. 明星　　author〔ˋɔθɚ〕n. 作者
　　　name〔nem〕n. 名字

Six　　:　Guide dogs—dogs that lead the blind—are allowed in all public places. This includes stores, restaurants, and public transportation. When you see a guide dog in public, please remember that it is working. Do not try to pet or play with the dog.

導盲犬——引導盲人走路的狗——在所有的公共場所都是被准許的。包括商店、餐廳，以及大眾運輸工具。當你在公共場所看到導盲犬時，請記得牠正在工作。不要試著去撫摸牠，或是跟牠玩耍。

【註】 guide〔gaɪd〕n. 引導　　***guide dog*** 導盲犬
　　　 lead〔lid〕v. 引導　　blind〔blaɪnd〕adj. 盲的；失明的
　　　 the blind 盲人　　allow〔əˈlaʊ〕v. 准許
　　　 public〔ˈpʌblɪk〕adj. 公共的　n. 公共場所
　　　 public place 公共場所
　　　 include〔ɪnˈklud〕v. 包括
　　　 transportation〔ˌtrænspɚˈteʃən〕n. 運輸工具
　　　 public transportation 大眾運輸工具
　　　 pet〔pɛt〕v. 撫摸

Ⅲ. 回答問題

共七題。題目不印在試卷上，由耳機播出，每題播出兩次，兩次之間大約有一到二秒的間隔。聽完兩次後，請馬上回答。每題回答時間為 15 秒，請在作答時間內盡量的表達。

1. **Q** : How often are you late for school?

　　　你多常上學遲到？

　A1: I'm never late for school. If I was, my teacher would be very angry. It's just not worth it!

　　　我上學從來不遲到。如果我遲到，我的老師會非常生氣。那實在是不值得！

　A2: I'm late every now and then. Sometimes it's hard for me to get up in the morning. Then I'm late even if I run all the way.

　　　我偶爾會遲到。我有時候早上會很難起床。之後即使我一路上都用跑的，我還是會遲到。

【註】late〔let〕 *adj.* 遲到的

　　　angry〔'æŋgrɪ〕 *adj.* 生氣的

　　　worth〔wɜθ〕 *adj.* 值得…的

　　　every now and then 有時候

　　　sometimes〔'sʌm,taɪmz〕 *adv.* 有時候

　　　hard〔hɑrd〕 *adj.* 困難的　***get up*** 起床

　　　even if 即使　　***all the way*** 一路上

2. **Q** : Have you ever climbed to the top of a mountain?

　　　你曾經爬上山頂嗎？

　A1: I climbed Mt. Jade last year. It was really hard! But the view was definitely worth the climb.

　　　我去年爬了玉山。那真的非常困難！但是上面的景色絕對是值得一爬的。

A2: No, I haven't. I'm not very athletic. I would rather walk along a nice flat beach.

不，我沒有。我不是很有運動神經。我寧願沿著平坦的海灘走。

【註】 climb〔klaɪm〕v. 爬　　top〔tɑp〕n. 頂端
mountain〔'maʊntn̩〕n. 山　　Mt.〔maʊnt〕n. …山
jade〔dʒed〕n. 玉　　***Mt. Jade*** 玉山
view〔vju〕n. 景色　　definitely〔'dɛfənɪtlɪ〕adv. 絕對
athletic〔æθ'lɛtɪk〕adj. 像運動員的；強壯靈活的
would rather 寧願　　along〔ə'lɔŋ〕prep. 沿著
flat〔flæt〕adj. 平坦的　　beach〔bitʃ〕n. 海灘

3. **Q** : What did you do last weekend?

上個週末你做了什麼？

A1: I went shopping last weekend. It was my friend's birthday, so I wanted to buy a present. I had a really good time.

上個週末我去購物。因為是我朋友的生日，所以我想買個禮物。我真的玩得很愉快。

A2: I went to a movie with my sister. We saw an action film. It was really exciting.

我和我姐姐去看電影。我們看了一部動作片。真的非常刺激。

【註】 weekend〔'wik'ɛnd〕n. 週末
birthday〔'bɝθ,de〕n. 生日　　present〔'prɛznt̩〕n. 禮物
have a good time 玩得愉快　　***go to a movie*** 去看電影
action〔'ækʃən〕n. 動作　　film〔fɪlm〕n. 電影
exciting〔ɪk'saɪtɪŋ〕adj. 刺激的

4. **Q** : If you were going on a picnic, what food would you bring?

　　如果你要去野餐，你會帶什麼食物？

A1: I'd bring fried chicken.　It tastes good whether it's hot or cold.　Besides, it isn't that expensive.

　　我會帶炸雞。不管它是熱的還是冷的，都很好吃。此外，它沒有那麼貴。

A2: I'd probably bring sandwiches.　They're easy to prepare and easy to eat.　We wouldn't need to bring any plates or bowls.

　　我可能會帶三明治。它們很好準備，而且很方便吃。我們不需要帶任何碗盤。

【註】 picnic〔'pɪknɪk〕*n.* 野餐　　***go on a picnic*** 去野餐
　　　 fried〔fraɪd〕*adj.* 油炸的
　　　 chicken〔'tʃɪkɪn〕*n.* 雞；雞肉　　***fried chicken*** 炸雞
　　　 taste〔test〕*v.* 嚐起來　　***whether…or~*** 不論…或~
　　　 besides〔bɪ'saɪdz〕*adv.* 此外
　　　 expensive〔ɪk'spɛnsɪv〕*adj.* 昂貴的
　　　 probably〔'prɑbəblɪ〕*adv.* 可能
　　　 sandwich〔'sændwɪtʃ〕*n.* 三明治
　　　 prepare〔prɪ'pɛr〕*v.* 準備　　plate〔plet〕*n.* 盤子
　　　 bowl〔bol〕*n.* 碗

5. **Q** : How do you prepare for a test?　你如何準備考試？

A1: The first thing I do is review all of my notes.　Then I think of possible questions.　Last, I try to answer the questions.

我第一件會做的事情，就是複習我所有的筆記。然後我會想可能會考的題目。最後，我會試著回答問題。

A2: I don't believe in last-minute studying. I try to get ready a couple of days before a big test. Then, on the night before, I just relax.

我不相信臨時抱佛腳這件事。我會試著在大考的前幾天就準備好。然後，在考試的前一晚，我就會放輕鬆。

【註】 test〔tɛst〕*n.* 測驗；考試
***The first thing** one do is V.* 某人第一件做的事情就是～
review〔rɪ'vju〕*v.* 複習　　note〔not〕*n.* 筆記
think of 想　　last〔læst〕*adv.* 最後
believe in 相信；信任
last-minute〔'læst,mɪnɪt〕*adj.* 最後一刻的；最後關頭的
get ready 準備好　　***a couple of*** 幾個；兩個
relax〔rɪ'læks〕*v.* 放鬆

6. **Q** : What is your favorite place to relax after school?
你放學後最喜歡去哪裡放鬆？

A1: My home is my favorite place to relax. I can do whatever I want there. It's also very comfortable.
我家就是我最喜歡放鬆的地方。在那裡我可以做任何我想做的事。家裡也非常舒適。

A2: I like going to an Internet café. I relax by playing games. I can easily spend a couple of hours there.
我喜歡去網咖。我利用玩遊戲來放鬆。我很容易就在那裡待好幾個小時。

【註】 *after school* 放學後

comfortable 〔ˋkʌmfɚtəbḷ 〕 *adj.* 舒適的

Internet 〔ˋɪntɚ͵nɛt 〕 *n.* 網際網路

café 〔 kəˋfe 〕 *n.* 咖啡廳　　game 〔 gem 〕 *n.* 遊戲

spend 〔 spɛnd 〕 *v.* 花 (時間)

7. **Q** : Do you like to watch a movie in a theater or at home?
你喜歡在電影院看電影，還是在家裡看？

A1: I like to go to a theater. I enjoy seeing films on a big screen. They also sound a lot better in a theater.
我喜歡去電影院。我喜歡用大銀幕看電影。電影院裡的音效也會好很多。

A2: I prefer to watch a movie at home. It's comfortable and cheap. I can eat whatever I want and even stop the movie if I want to.
我比較喜歡在家裡看電影。舒適又便宜。我可以吃任何想吃的東西，而且如果我想要，甚至可以暫停電影。

【註】 theater 〔ˋθiətɚ 〕 *n.* 電影院　　screen 〔 skrin 〕 *n.* 銀幕

sound 〔 saʊnd 〕 *v.* 聽起來

prefer 〔 prɪˋfɝ 〕 *v.* 比較喜歡　　cheap 〔 tʃip 〕 *adj.* 便宜的

whatever 〔 hwɑtˋɛvɚ 〕 *pron.* 不論什麼

even 〔ˋivən 〕 *adv.* 甚至　　stop 〔 stɑp 〕 *v.* 暫停

* 請將下列自我介紹的句子再唸一遍：

My seat number is (複試座位號碼後 5 碼) , and my test number is (初試准考證號碼後 5 碼) .

初級英語檢定複試測驗 ⑦ 詳解

寫作能力測驗詳解

第一部份：單句寫作

第1～5題：句子改寫

1. It is seven forty-five.

   It is ＿＿＿＿＿＿＿＿＿＿＿＿＿＿＿＿＿＿＿＿＿ eight.

   重點結構：時間的說法

   解　答：It is a quarter to eight.

   或　　：It is fifteen minutes to eight.

   句型分析：It is + 分鐘 + to + 點鐘

   說　明：題目是「現在是七點四十五分」，意即「再十五分鐘
   　　　　八點」，表示「差幾分鐘～」，用 to；而「十五分
   　　　　鐘」則可用 a quarter 或 fifteen minutes 來表示。

   * quarter〔'kwɔrtɚ〕n. 一刻鐘；十五分鐘

2. Please pick the pen up.

   Please ＿＿＿＿＿＿＿＿＿＿＿＿＿＿＿＿＿＿＿＿＿ pen.

   重點結構：pick up 的用法

   解　答：Please pick up the pen.

   句型分析：Please + pick up + 受詞

   說　明：pick up 是可分離的動詞片語，即受詞可放在兩字之
   　　　　間或之後，要注意的是，當受詞是代名詞時，只可
   　　　　放在兩字之間。

   * pick up 撿起；拿起

3. Nathan is only 12, so he can't see this movie.

   Because _____.

   重點結構：because 的用法

   解　答：Because Nathan is only12, he can't see this movie.

   句型分析：Because ＋ 主詞 ＋ 動詞 ＋ , ＋ 主詞 ＋ 動詞

   說　明：連接詞 so 與 because 的比較：

   ⎰ 原因 ＋ so ＋ 結果
   ⎱ 結果 ＋ because ＋ 原因

4. All of my friends want to be flight attendants.

   One of my friends _____.

   重點結構：one of ＋ 複數名詞

   解　答：One of my friends wants to be a flight attendant.

   句型分析：One of ＋ 複數名詞 ＋ 單數動詞

   說　明：「one of…」表示「…之一」，of 後面須接複數名詞，
   　　　　合起來為單數主詞，須接單數動詞，故動詞 want 改
   　　　　為 wants，而 flight attendants 也須改為單數，變
   　　　　成 a flight attendant。

   ＊ attendant〔əˋtɛndənt〕n. 服務員
   　 flight attendant 空服員

5. These shoes are so small that I can't wear them.

   These shoes are too _____.

   重點結構：too…for *sb*. to ＋ V. 的用法

解　答：<u>These shoes are too small for me to wear.</u>

句型分析：主詞＋be 動詞＋too＋形容詞＋for *sb.*＋to V.

説　明：這題的意思是「這些鞋子對我來說來小了，沒辦法穿」，用「too…to＋V.」合併兩句，表「太…以致於無法～」，而「對某人來說」，用「to *sb.*」表示，放在形容詞之後。

第 6～10 題：句子合併

6. I didn't know the news.

   So I didn't tell you.

   If I had known the news, _____.

重點結構：與過去事實相反的假設

解　答：<u>If I had known the news, I would have told you.</u>

句型分析：If＋主詞＋had＋過去分詞＋,＋主詞＋should/would/could/might＋have＋過去分詞

説　明：題意是：「我不知道那個消息，所以我沒告訴你」，換句話說，就是「如果我（當時）知道那個消息，我（當時）就會告訴你了」，與過去事實相反的假設，If 後面須接表「條件」的副詞子句，動詞須用「had＋p.p.」，而主要子句的動詞須用「should/would/could/might＋have＋p.p.」的形式。

7. Please give me the pencil.

   It is in the drawer.

   Please give me the pencil _____.

重點結構：關係代名詞和 be 動詞可省略

解　答：<u>Please give me the pencil (which/that is) in the</u>
　　　　<u>drawer.</u>

句型分析：Please give me＋受詞＋(which/that is)＋介系詞
　　　　片語

説　明：本題的意思是「請把抽屜裡的那支筆給我」，可用
　　　　關係代名詞 which 或 that 來代替先行詞 the
　　　　pencil，而當關代後面接 be 動詞時，關代與 be 動
　　　　詞可同時省略，轉成介系詞片語當形容詞用。

* drawer〔'drɔɚ〕 n. 抽屜

8. Turn the lights on.

We can see better.

＿＿＿＿＿＿＿＿ so that ＿＿＿＿＿＿＿＿＿＿＿＿＿.

重點結構：so that 的用法

解　答：<u>Turn the lights on so that we can see better.</u>

句型分析：原形動詞＋受詞＋so that＋主詞＋can/could/may/
　　　　might/will/would＋原形動詞

説　明：so that（為了；以便於）是表「目的」的從屬連接
　　　　詞，其所引導的副詞子句中，必須要有如上列的助
　　　　動詞之一，且該子句只能放在主要子句之後。依句
　　　　意，「把燈打開，以便我們能看得更清楚」，故第
　　　　一句直接放在 so that 之前，表目的的第二句則放
　　　　在 so that 之後。

* *turn on* 打開（電源）　　light〔laɪt〕 n. 燈

9. Tell me the truth.

I will not be angry with you.

_____ as long as _____.

重點結構：as long as 的用法

解　答：I will not be angry with you as long as you tell me the truth.

句型分析：主詞＋動詞＋受詞＋as long as＋主詞＋動詞＋受詞

說　明：as long as（只要）為一表「條件」的連接詞片語，引導副詞子句，但並無假設語氣，而是直述的條件句。題目中第一句是祈使句，省略了主詞 you，將第一句加上主詞 you 後，放在 as long as 後，第二句則放在 as long as 之前。

10. I opened the box.

My name was written on the box.

I opened the box on which _____.

重點結構：which 的用法

解　答：I opened the box on which my name was written.

句型分析：主詞＋動詞＋受詞＋介系詞＋which＋主詞＋動詞

說　明：關係代名詞 which 用來引導形容詞子句，修飾非人的先行詞，因 written on 的 on 已被移至 which 前，故其後應接 my name was written 成為形容詞子句，來修飾 the box。

第 11～15 題：重組

11. Amy _____.

　　plays / two hours / for / piano / the

　　　重點結構：句子基本結構

　　　解　答：<u>Amy plays the piano for two hours.</u>

　　　句型分析：主詞＋動詞＋時間副詞

　　　說　明：這題的意思是「艾美彈鋼琴兩小時」，Amy 為主
　　　　　　　詞，後面接動詞 plays the piano，for two hours
　　　　　　　為時間副詞，放在句尾。

12. I'm _____.

　　forward / the movie / to / seeing / looking

　　　重點結構：look forward to 的用法

　　　解　答：<u>I am looking forward to seeing the movie.</u>

　　　句型分析：主詞＋be 動詞＋looking forward to＋V-ing

　　　說　明：look forward to 的 to 為介系詞，其後須接名詞或
　　　　　　　動名詞。這題的意思是「我很期待看這部電影。」

　　　* *look forward to* 期待

13. Remember _____.

　　to / , please / the / letter / mail

　　　重點結構：remember 及 please 的用法

　　　解　答：<u>Remember to mail the letter, please.</u>

　　　句型分析：Remember＋不定詞＋,＋please

說　明：本題是由 remember 為首的祈使句，後面須接不定
　　　　詞，故寫成 Remember to mail the letter，而當
　　　　please（請）放在句尾時，前面須加逗點。

　　* mail〔mel〕v. 郵寄

14. I _____.

nor / a pen / neither / a notebook / have

　　重點結構：neither A nor B 的用法

　　解　答：I have neither a pen nor a notebook.

　　或　　：I have neither a notebook nor a pen.

　　句型分析：主詞＋動詞＋neither＋名詞＋nor＋名詞

　　說　明：對等連結「neither A nor B」表「既不 A 也不
　　　　　　B」，在此連接兩個名詞，表「兩者皆非」。
　　　　　　句意為：「我既沒有筆，也沒有筆記本。」

　　* notebook〔'not‚bʊk〕n. 筆記本

15. Can _____?

man / you / tell / is / who / me / the

　　重點結構：間接問句的用法

　　解　答：Can you tell me who the man is?

　　句型分析：Can＋主詞＋授與動詞＋間接受詞＋直接受詞

　　說　明：主詞是 you，tell 是授與動詞，後接間接受詞 me，
　　　　　　再接直接受詞，在此須用間接問句，做為名詞子句，
　　　　　　即「疑問詞＋主詞＋動詞」的形式。

第二部份：段落寫作

題目： 你因為頭髮很亂，所以想去修剪。請根據以下的圖片寫一篇
約 50 字的短文。**注意**：未依提示作答者，將予扣分。

I hated my hair because it was always messy. It really
made me unhappy. ***So***, I went to a hair salon and talked with
a stylist. I asked for a haircut but I didn't really pay attention
to what the stylist was doing. When she was finished, I was
shocked by how short the woman had cut my hair.

我很討厭我的頭髮，因為它總是很雜亂。這真的令我很不愉
快。所以，我去了一家美髮沙龍，和一位髮型師談一談。我要求要
剪髮，但我並沒有真的注意髮型師在做的事。當她剪完時，我很震
驚地發現，那位女士把我的頭髮剪得很短。

hate〔het〕v. 討厭　　messy〔ˈmɛsɪ〕adj. 凌亂的
salon〔səˈlɑn〕n.（營業性的）店；沙龍
hair salon 美髮沙龍　　stylist〔ˈstaɪlɪst〕n. 髮型師；設計師
ask for 要求　　haircut〔ˈhɛr͵kʌt〕n. 剪髮
attention〔əˈtɛnʃən〕n. 注意　　***pay attention to*** 注意
finished〔ˈfɪnɪʃt〕adj. 做完的；完成的
shocked〔ʃɑkt〕adj. 震驚的　　how〔haʊ〕adv. 多麼地
cut〔kʌt〕v. 剪

口説能力測驗詳解

* 請在 15 秒內完成並唸出下列自我介紹的句子：

My seat number is （複試座位號碼後 5 碼）, and my test
number is （初試准考證號碼後 5 碼）.

I. 複誦

共五題。題目不印在試卷上，由耳機播出，
每題播出兩次，兩次之間大約有一到二秒
的間隔。聽完兩次後，請馬上複誦一次。

1. Excuse me, where is the nearest phone?
   對不起，請問最近的電話在哪裡？

2. I was sleeping when you called.
   你打電話來的時候我正在睡覺。

3. Do you recognize that singer? 你認得那位歌手嗎？

4. That is the cup you were looking for.
   那是你正在找的杯子。

5. Long time no see! 好久不見！

【註】 near〔nɪr〕*adj.* 接近的　　phone〔fon〕*n.* 電話
　　　 sleep〔slip〕*v.* 睡覺　　call〔kɔl〕*v.* 打電話
　　　 recognize〔'rɛkəɡ,naɪz〕*v.* 認出；認得
　　　 singer〔'sɪŋɚ〕*n.* 歌手　　cup〔kʌp〕*n.* 杯子
　　　 look for 尋找　　***Long time no see.*** 好久不見。

II. 朗讀句子與短文

共有五個句子及一篇短文，請先利用一分
鐘的時間閱讀試卷上的句子與短文，然後
在一分鐘內以正常的速度，清楚正確的朗
讀一遍，請開始閱讀。

One　：　I'm so pleased to meet you.
　　　　很高興認識你。

Two　：　When do you think the painting will be finished?
　　　　你認為這幅畫什麼時候會完成？

Three　：　Is this the magazine you were looking for?
　　　　這是你在找的雜誌嗎？

Four　：　I had a wonderful meal at that restaurant.
　　　　我在那間餐廳吃了很棒的一餐。

Five　：　What time are you going to the airport?
　　　　你幾點要去機場？

【註】 pleased〔plizd〕*adj.* 高興的　　meet〔mit〕*v.* 認識
　　　painting〔'pentɪŋ〕*n.* 畫　　finish〔'fɪnɪʃ〕*v.* 完成
　　　magazine〔ˌmægə'zin〕*n.* 雜誌
　　　have〔hæv〕*v.* 吃；喝
　　　wonderful〔'wʌndəfəl〕*adj.* 極好的；很棒的
　　　meal〔mil〕*n.* 一餐　　airport〔'ɛrˌport〕*n.* 機場

Six　：　The government has begun a campaign to encourage people to eat more fruit instead of sweets when they want a snack. Schools will no longer be allowed to sell junk food to students. Instead, they will sell apples, oranges and other kinds of fruit.

政府已經開始一項運動，來鼓勵人們在想吃零食的時候，吃更多的水果而不是甜食。學校將不准再販售垃圾食物給學生，而會改賣蘋果、柳橙，以及其他種類的水果。

【註】government〔ˋgʌvɚnmənt〕n. 政府
　　　campaign〔kæmˋpen〕n. 運動；宣傳活動
　　　encourage〔ɪnˋkɝɪdʒ〕v. 鼓勵
　　　fruit〔frut〕n. 水果　　***instead of*** 而不是
　　　sweets〔swits〕n. pl. 甜食
　　　snack〔snæk〕n. 零食；點心
　　　no longer 不再　　allow〔əˋlaʊ〕v. 允許
　　　junk〔dʒʌŋk〕n. 垃圾　　***junk food*** 垃圾食物
　　　instead〔ɪnˋstɛd〕adv. 取而代之；改換
　　　orange〔ˋɔrɪndʒ〕n. 柳橙　　kind〔kaɪnd〕n. 種類

Ⅲ. 回答問題

共七題。題目不印在試卷上，由耳機播出，每題播出兩次，兩次之間大約有一到二秒的間隔。聽完兩次後，請馬上回答。每題回答時間為 15 秒，請在作答時間內盡量的表達。

1. **Q** : Where do you usually hang out with your friends?
你常跟朋友去哪裡？

A1: We usually hang out at my house. My parents are really generous. They always welcome my friends.
我們通常待在我家。我爸媽真的很大方。他們總是很歡迎我的朋友。

A2: We usually go to the playground. We can play a game or just sit around and talk. We feel free there.
我們通常會去運動場。我們可以玩遊戲，或是就坐著聊天。在那裡我們感覺很自在。

【註】 *hang out* 出去玩；閒晃
generous〔'dʒɛnərəs〕*adj.* 慷慨的；大方的
welcome〔'wɛlkəm〕*v.* 歡迎
playground〔'ple͵graʊnd〕*n.* 遊樂場；運動場
game〔gem〕*n.* 遊戲；比賽
sit around 無所事事地坐著；閒坐
free〔fri〕*adj.* 自由的；自在的

2. **Q** : Which subject in school is the most difficult for you?
學校的哪個科目對你來說最困難？

A1: Math is the most difficult subject for me. I've struggled with it ever since elementary school. I even have my own math tutor.
數學對我來說是最困難的科目。從小學開始，我就一直在跟數學搏鬥。我甚至有自己的數學家教。

A2: History is my worst subject. I just have no memory for dates. I'll be happy if I can get a passing grade.
歷史是我最糟糕的科目。我就是記不得日期。如果我可以拿到及格分數,我就很高興了。

【註】 subject〔'sʌbdʒɪkt〕*n.* 科目
difficult〔'dɪfəˌkʌlt〕*adj.* 困難的　　math〔mæθ〕*n.* 數學
struggle〔'strʌgl̩〕*v.* 奮鬥;搏鬥　***ever since*** 自從
elementary school 小學　　own〔on〕*adj.* 自己的
tutor〔'tjutɚ〕*n.* 家教　　history〔'hɪstrɪ〕*n.* 歷史
worst〔wɜst〕*adj.* 最糟的
memory〔'mɛmərɪ〕*n.* 記憶(力)
date〔det〕*n.* 日期　　passing〔'pæsɪŋ〕*adj.* 及格的
grade〔gred〕*n.* 成績;分數

3. **Q** : Would you like to have a part-time job?
你想要有兼職工作嗎?

A1: I'd love to have a part-time job. I'd like to earn my own money. I'd also like to have a new experience.
我想要有一份兼職工作。我想要自己賺錢。我也想要有新的經驗。

A2: No, I don't want to work yet. I have to focus on my schoolwork. If I have free time, I want to spend it with my friends. 不,我還不想工作。我必須專心課業。如果我有空閒時間,我想跟朋友一起度過。

【註】 part-time〔'pɑrtˌtaɪm〕*adj.* 兼職的　　job〔dʒɑb〕*n.* 工作
earn〔ɜn〕*v.* 賺(錢)
experience〔ɪk'spɪrɪəns〕*n.* 經驗
not…yet 尚未…;還沒…　***focus on*** 專心於;集中於
schoolwork〔'skulˌwɜk〕*n.* 課業;學業
free time 空閒時間　　spend〔spɛnd〕*v.* 度過

4. **Q** : What do you usually do for your friends on their birthdays? 朋友生日的時候，你通常會為他們做什麼？

   A1: I usually give them a card and wish them happy birthday. If they want to go out for a meal, I will offer to pay. Sometimes I will buy a cake.
   我通常會給他們卡片，祝他們生日快樂。如果他們想要出去吃飯，我會請客。有時候我會買個蛋糕。

   A2: I always try to give my friends a surprise. I pretend that I forgot their birthday. Then I surprise them with a small gift or a card.
   我總是試著給我的朋友驚喜。我會假裝忘記他們的生日。然後我會用小禮物或卡片讓他們很驚訝。

   【註】 card〔kɑrd〕n. 卡片　　wish〔wɪʃ〕v. 祝；祝福
   　　　 go out for a meal 出去吃飯
   　　　 offer〔ˋɔfɚ〕v. 願意；提議；提出
   　　　 pay〔pe〕v. 付錢
   　　　 surprise〔səˋpraɪz〕n. 驚喜　v. 使驚訝
   　　　 pretend〔prɪˋtɛnd〕v. 假裝
   　　　 forget〔fɚˋgɛt〕v. 忘記　　gift〔gɪft〕n. 禮物

5. **Q** : Do you have a pen pal in a foreign country?
   你有在國外的筆友嗎？

   A1: Yes, I have an Internet friend in New Zealand. We've been writing to each other for a year now. I hope to go there one day.
   是的，我有一個網友在紐西蘭。現在我們已經通信一年了。我希望有一天可以去那裡。

A2: No, I don't. I'm not a very good letter writer. And it would be even harder to write in English.

不，我沒有。我不是寫信寫得很好的人。用英文寫信更是困難。

【註】 ***pen pal*** 筆友　　foreign〔ˈfɔrɪn〕*adj.* 外國的
country〔ˈkʌntrɪ〕*n.* 國家
Internet〔ˈɪntɚˌnɛt〕*n.* 網際網路
Internet friend 網友
New Zealand〔njuˈzilənd〕*n.* 紐西蘭
write to sb. 寫信給某人　　***each other*** 互相
hope〔hop〕*v.* 希望　　***one day*** 有一天
letter〔ˈlɛtɚ〕*n.* 信　　writer〔ˈraɪtɚ〕*n.* 作者；書寫者
even〔ˈivən〕*adv.* 更加
hard〔hard〕*adj.* 困難的　　***in English*** 用英文

6. **Q** : Have you ever been to a live concert?

你曾經去聽過現場的音樂會嗎？

A1: Yes, I've been to a few concerts. It's always a lot of fun. I enjoy listening to the music with lots of other people.

是的，我去聽過幾場音樂會。音樂會總是很好玩。我喜歡和很多其他的人一起聽音樂。

A2 : No, I never have. I'd like to try it, though. I think it must be very exciting.

不，我從來沒有。不過我很想試試。我想那一定非常刺激。

【註】 ever〔ˈɛvɚ〕*adv.* 曾經
have ever been to 曾經去過

live〔laɪv〕adj. 現場的　　concert〔'kɑnsɝt〕n. 音樂會
a few 幾個　　always〔'ɔlwez〕adv. 總是
a lot of 很多的（= *lots of*）　　fun〔fʌn〕n. 樂趣
though〔ðo〕adv. 不過【置於句尾】
exciting〔ɪk'saɪtɪŋ〕adj. 刺激的

7. **Q**：Are you on any sports teams?
　　你有加入任何一個運動代表隊嗎？

A1：Yes.　I'm on my school's soccer team.　We practice
every day after school.　We play a game every
weekend.
有。我是我們學校足球隊的隊員。我們每天放學後會練習。
我們每個週末會比賽。

A2：No, I don't play on any teams.　I do like to play
basketball, though.　But I just play for fun with my
friends.
不，我沒有加入任何球隊。不過我真的很喜歡打籃球。但
我只是和朋友打好玩的。

【註】sports〔sports〕adj. 運動的　　team〔tim〕n. 隊
sports team 運動代表隊　　soccer〔'sɑkɚ〕n. 足球
be on ~ team 是 ~ 隊的隊員
practice〔'præktɪs〕v. 練習　　**after school** 放學後
play〔ple〕v. 打球　　**for fun** 為了好玩

＊請將下列自我介紹的句子再唸一遍：

My seat number is （複試座位號碼後 5 碼）, and my test
number is （初試准考證號碼後 5 碼）.

初級英語檢定複試測驗⑧詳解

寫作能力測驗詳解

第一部份：單句寫作

第 1～5 題：句子改寫

1. We were amazed by the sight of the Grand Canyon.

   The Grand Canyon is ＿＿＿＿＿＿＿＿＿＿＿＿＿＿ sight.

   > 重點結構：情緒動詞的用法
   >
   > 解　答：The Grand Canyon is an amazing sight.
   >
   > 句型分析：主詞（事物）＋be 動詞＋名詞
   >
   > 說　明：amaze（使驚訝）為情緒動詞，可用過去分詞
   > （p.p.）表「（人）覺得～」，現在分詞（V-ing）
   > 表「令人覺得～」，依句意，「大峽谷的景色很驚
   > 人」，故「（人）were amazed by the sight」要
   > 改成「（事物）be an amazing sight」。
   >
   > * grand〔grænd〕adj. 雄偉的
   > canyon〔ˈkænjən〕n. 峽谷
   > ***the Grand Canyon*** 大峽谷　　sight〔saɪt〕n. 風景

2. Gloria saw the doctor yesterday.

   Gloria ＿＿＿＿＿＿＿＿＿＿＿＿＿＿＿ tomorrow.

   > 重點結構：過去式改成未來式
   >
   > 解　答：Gloria will see the doctor tomorrow.
   >
   > 句型分析：主詞＋will＋原形動詞

説　明：過去式改成未來式時，主詞後面須加助動詞 will，再接原形動詞，故 saw the doctor 改爲 see the doctor。

3. The train is scheduled to arrive at 9:30.

　 What time _____?

　 重點結構：直述句改成疑問句

　 解　答：<u>What time is the train scheduled to arrive?</u>

　 句型分析：What time＋be 動詞＋主詞＋過去分詞＋不定詞？

　 説　明：直述句改成 What time（何時）的疑問句時，主詞與 be 動詞須倒裝，並把句點改成問號。

　 * schedule（'skɛdʒul）v. 預定

4. You are not allowed to enter the room without permission.

　 You must _____.

　 重點結構：must 的用法

　 解　答：<u>You must not enter the room without permission.</u>

　 句型分析：主詞＋must＋not＋原形動詞＋受詞＋介系詞片語

　 説　明：must（必須）爲助動詞，後面須接動詞原形，表否定時，則在 must 後面加 not，表禁止，作「不可；不得」解。本題的意思是：「未經許可你不能進入房間。」

　 * allow（ə'lau）v. 允許　　permission（pə'mɪʃən）n. 許可

5. I think you didn't mail the letter.

　 You didn't mail the letter, _____?

重點結構：附加問句的用法

解　答：<u>You didn't mail the letter, did you?</u>

句型分析：主詞＋否定助動詞縮寫＋原形動詞＋,＋助動詞＋
　　　　　人稱代名詞？

說　明：敘述句為否定，故附加問句須為肯定，依句意為過去
　　　　式，故用 did；又附加問句的主詞須為敘述句主詞的
　　　　人稱代名詞，you 的人稱代名詞也是 you，故寫成
　　　　「, did you」。本句句意：「你沒寄信，是嗎？」

第 6～10 題：句子合併

6. Lindy likes to watch TV.
　　Lindy doesn't like to read books.
　　Lindy prefers _____.

重點結構：prefer A to B 的用法

解　答：<u>Lindy prefers watching TV to reading books.</u>

句型分析：主詞＋prefer＋動名詞＋to＋動名詞

說　明：這題的意思是說「琳蒂比較喜歡看電視，比較不喜
　　　　歡看書」，用「prefer A to B」合併，表「喜歡
　　　　A，而不喜歡 B」。要注意的是，若 A、B 為動詞，
　　　　須以動名詞呈現，故 watch TV 改成 watching
　　　　TV，read books 改成 reading books。

7. The window is open.
　　Please close the window.
　　Would you mind _____?

重點結構：mind 的用法

解　答：<u>Would you mind closing the (open) window?</u>

句型分析：Would＋主詞＋mind＋動名詞？

説　明：題意爲「你介意把那扇開著的窗戶關上嗎？」用
「Would you mind～？」表示客氣的請求，後
面接動名詞。

8. Bill is a naughty boy.

Everyone hates him.

Bill is such ＿＿＿＿＿＿＿ that ＿＿＿＿＿＿＿＿.

重點結構：such…that～的用法

解　答：<u>Bill is such a naughty boy that everyone hates</u>
<u>him.</u>

句型分析：主詞＋be 動詞＋such＋a/an＋形容詞＋名詞＋that
＋主詞＋動詞

説　明：本題的意思是「比爾是如此頑皮的男孩，所以大家
都討厭他」，用「such…that～」合併，表「如此
…以致於/所以～」，用法類似「so…that～」，差
別在於 so 是副詞，後面要接形容詞，而 such 是形
容詞，後面須接名詞，若與其他形容詞連用，且名
詞前有 a/an 時，其字序爲「such＋a/an＋形容詞＋
名詞」。這句話也等於 Bill is so naughty that…。

* naughty〔ˋnɔtɪ〕adj. 頑皮的
hate〔het〕v. 討厭

9. I saw the man yesterday.

The man was swimming in the lake.

He is the man _____ yesterday.

> 重點結構：關係代名詞當受詞時可省略
>
> 解　答：He is the man (who/that) I saw swimming in the lake yesterday.
>
> 句型分析：主詞＋動詞＋補語＋(who/that was)＋主詞＋動詞 ＋現在分詞片語＋時間副詞
>
> 說　明：本題的意思是「他就是我昨天看到在湖裡游泳的那 個人。」可用關係代名詞 who 或 that 來代替先行 詞 the man，而關係代名詞當受詞時，可省略。

10. Bert lives in a big wooden house.

Bert lives in a white house.

Bert lives in _____.

> 重點結構：形容詞的排序
>
> 解　答：Bert lives in a big white wooden house.
>
> 句型分析：主詞＋動詞＋介系詞片語
>
> 說　明：這題的意思是「伯特住在一個白色的大木屋裡」， 「白色的」、「大的」、以及「木製的」，都是用 來形容「房子」的形容詞，當有數個形容詞用來修 飾相同名詞時，排列順序大致如下：大小/長短/形 狀 → 新舊 → 顏色 → 國籍 → 材料。

* wooden〔'wʊdn̩〕adj. 木製的

第 11~15 題：重組

11. _____.

meet / three / in / the library / at / let's

  重點結構：Let's 的用法

   解 答：<u>Let's meet in the library at three.</u>

  句型分析：Let's ＋原形動詞＋時間副詞

   説 明：Let's 是 Let us 的縮寫，作「我們去～吧」解，常放在句首。Let 爲使役動詞，後面須接原形動詞。

12. We were _____.

so / the / ate / that / hungry / whole / pizza / we

  重點結構：so…that～的用法

   解 答：<u>We were so hungry that we ate the whole pizza.</u>

  句型分析：主詞＋be 動詞＋so ＋形容詞＋that ＋主詞＋動詞

   説 明：本句的意思是：「我們太餓了，以致於把整個披薩都吃了」，用「so…that～」的句型連接，意思爲「如此…以致於～」。

  ＊ whole〔hol〕*adj.* 整個的   pizza〔'pitsə〕*n.* 披薩

13. _____!

a / what / view / wonderful

  重點結構：what 開頭的感嘆句

   解 答：<u>What a wonderful view!</u>

  句型分析：What ＋a/an ＋形容詞＋單數名詞！

說　明：提示中有 what，但是句尾是「驚嘆號」，可知本句
　　　　不是問句，而是感嘆句。what 在感嘆句中是形容
　　　　詞，作「多麼」解，後面只能接名詞。本句句意
　　　　爲：「多麼棒的景色！」

* wonderful〔'wʌndəfəl〕*adj.* 極好的；很棒的
　view〔vju〕*n.* 景色

14. Penny _____.

for / is / preparing / noon / the test / at

重點結構：prepare 的用法

解　答：Penny is preparing for the test at noon.

句型分析：主詞＋be 動詞＋preparing＋for＋名詞＋時間副詞

說　明：題意爲：「潘妮正在爲中午的考試做準備」，「爲～
　　　　做準備」，用 prepare for～來表示，後面須接名詞，
　　　　故主詞 Penny 後面接 be 動詞 is，再接現在分詞片
　　　　語 preparing for the test，at noon 爲時間副詞，
　　　　放在句尾。

15. Do _____?

you / said / he / what / believe

重點結構：複合關係代名詞 what 的用法

解　答：Do you believe what he said?

句型分析：助動詞＋主詞＋原形動詞＋what＋主詞＋動詞

說　明：由 Do 爲首的疑問句，主詞爲非第三人稱單數，故
　　　　後面接 you，再接動詞 believe。what 在此不是疑
　　　　問詞，而是複合關係代名詞，引導名詞子句做受詞，
　　　　what 等於 the thing that 或 the thing which。

第二部份：段落寫作

題目：Billy 喜歡吃速食。請根據以下的圖片寫一篇約 50 字的短文。

注意：未依提示作答者，將予扣分。

Billy was a happy, energetic boy who loved to eat fast food. Every day he went to McDonald's or KFC or Dairy Queen. He ate hamburgers, fried chicken, and ice cream. ***One year later***, Billy still ate fast food every day, but he was no longer energetic. He was too fat and tired to get out of his chair.

比利是個快樂、充滿活力的男孩，他很愛吃速食。他每天都去麥當勞或肯德基，或冰雪王后。他吃漢堡、炸雞，以及冰淇淋。一年後，比利仍然每天吃速食，但他已不再充滿活力了。他太胖，而且很疲倦，無法離開他的椅子。

energetic〔͵ɛnəˈdʒɛtɪk〕*adj.* 充滿活力的　***fast food*** 速食
McDonald's〔mækˈdɑnl̩dz〕*n.* 麥當勞
KFC 肯德基（ = *Kentucky Fried Chicken*）
dairy〔ˈdɛrɪ〕*adj.* 乳製品的
Dairy Queen 冰雪王后【全球冰淇淋和快餐連鎖企業】
hamburger〔ˈhæmbɝɡɚ〕*n.* 漢堡　***fried chicken*** 炸雞
ice cream 冰淇淋　　later〔ˈletɚ〕*adv.* ～之後
still〔stɪl〕*adv.* 仍然　　***no longer*** 不再
too…to～ 太…以致於不～　　fat〔fæt〕*adj.* 胖的
tired〔taɪrd〕*adj.* 疲倦的　　***get out of*** 離開

口說能力測驗詳解

＊請在 15 秒內完成並唸出下列自我介紹的句子：

My seat number is （複試座位號碼後 5 碼）, and my test number is （初試准考證號碼後 5 碼）.

I. 複誦

共五題。題目不印在試卷上，由耳機播出，每題播出兩次，兩次之間大約有一到二秒的間隔。聽完兩次後，請馬上複誦一次。

1. What would you like, tea or coffee?
   你喜歡什麼，茶還是咖啡？

2. No, you didn't tell me that you would be late.
   不，你沒有告訴我你會遲到。

3. Here they are! 他們在這裡！

4. What were you doing last Sunday?
   上個星期天你在做什麼？

5. Because I don't feel well, I will stay home.
   因為我不太舒服，所以我會待在家裡。

【註】 coffee〔ˋkɔfɪ〕*n.* 咖啡　　late〔let〕*adj.* 遲到的
　　　 well〔wɛl〕*adj.* 健康的；安好的
　　　 stay〔ste〕*v.* 停留

II. 朗讀句子與短文

共有五個句子及一篇短文，請先利用一分
鐘的時間閱讀試卷上的句子與短文，然後
在一分鐘內以正常的速度，清楚正確的朗
讀一遍，請開始閱讀。

One　　：　This café is very popular with students.

　　　　　這間咖啡廳很受學生歡迎。

Two　　：　Don't believe everything you hear!

　　　　　不要相信你聽到的每件事！

Three　：　Would you like soup or salad with your meal?

　　　　　你的餐要搭配湯還是沙拉？

Four　　：　The pen is under the newspaper.

　　　　　筆在報紙下面。

Five　　：　I often get headaches.

　　　　　我經常頭痛。

【註】café〔kə'fe〕 *n.* 咖啡廳
　　　popular〔'pɑpjələ 〕 *adj.* 受歡迎的
　　　soup〔sup〕 *n.* 湯　　salad〔'sæləd〕 *n.* 沙拉
　　　meal〔mil〕 *n.* 一餐
　　　newspaper〔'njuz,pepɚ 〕 *n.* 報紙
　　　headache〔'hɛd,ek〕 *n.* 頭痛

Six : The library will be closed today from 2 pm until 6 pm. During this time, librarians will update the computer system. Books may be returned in the drop box outside of the main library door. We apologize for any inconvenience and thank you for your cooperation.

圖書館今天下午兩點到六點會關閉。在這段期間,圖書館員會更新電腦系統。要還書可把書投入圖書館正門外的還書箱。很抱歉造成您的不便,感謝您的合作。

【註】 library〔'laɪˌbrɛrɪ〕*n.* 圖書館
librarian〔laɪ'brɛrɪən〕*n.* 圖書館員
update〔ʌp'det〕*v.* 更新
computer〔kəm'pjutɚ〕*n.* 電腦
system〔'sɪstəm〕*n.* 系統　　return〔rɪ'tɝn〕*v.* 歸還
drop〔drɑp〕*n.* (郵箱等的) 投遞口
drop box 還書箱
outside of 在⋯的外面 (= *outside*)
main〔men〕*adj.* 主要的　　***main door*** 大門;正門
apologize〔ə'pɑləˌdʒaɪz〕*v.* 道歉
inconvenience〔ˌɪnkən'vinjəns〕*n.* 不便
cooperation〔koˌɑpə'reʃən〕*n.* 合作

III. 回答問題

共七題。題目不印在試卷上，由耳機播出，
每題播出兩次，兩次之間大約有一到二秒的
間隔。聽完兩次後，請馬上回答。每題回答
時間為 15 秒，請在作答時間內盡量的表達。

1. **Q** : What is your favorite food?
   你最喜愛的食物是什麼？

   A1: I like spaghetti. It's really delicious. I even know how to make it.
   我喜歡義大利麵。它真的很好吃。我甚至知道怎麼做。

   A2: I'm crazy about cake. Cheesecake is my absolute favorite. I just can't get enough of it.
   我非常喜歡蛋糕。起司蛋糕絕對是我的最愛。我再怎麼吃都不夠。

   【註】 favorite〔'fevərɪt〕*adj.* 最喜愛的　*n.* 最喜愛的人或物
   　　　spaghetti〔spə'gɛtɪ〕*n.* 義大利麵
   　　　delicious〔dɪ'lɪʃəs〕*adj.* 美味的；好吃的
   　　　even〔'ivən〕*adv.* 甚至
   　　　crazy〔'krezɪ〕*adj.* 很喜歡⋯的；迷戀的＜*about*＞
   　　　cheesecake〔'tʃiz,kek〕*n.* 起司蛋糕
   　　　absolute〔'æbsə,lut〕*adj.* 絕對的　　　get〔gɛt〕*v.* 吃
   　　　can't get enough of it 再怎麼吃都不夠

2. **Q** : Have you ever made a speech?
   你曾經演講過嗎？

A1: No, I've never done that. I'd like to give it a try. I think it would be a good experience. 不，我從來沒做過。我想試試看。我認為那會是很好的經驗。

A2: Yes, I have. I had to give a presentation in one of my classes last year. I was really nervous, but I did OK. 是的，我有。去年我必須在我的其中一門課上台報告。我真的非常緊張，但是我做得還可以。

【註】 speech〔spitʃ〕 *n.* 演講；演說
make a speech 發表演說　　***give it a try*** 試試看
experience〔ɪk'spɪrɪəns〕 *n.* 經驗
presentation〔͵prɛzn̩'teʃən〕 *n.* 上台報告
give a presentation 上台報告；發表演說
nervous〔'nɝvəs〕 *adj.* 緊張的
O.K.〔'o'ke〕 *adv.* 沒問題地

3. **Q** : When do you usually listen to music?
你通常何時會聽音樂？

A1: I listen to music when I exercise. I use my mp3 player while I run. It makes it a lot more fun!
當我運動的時候我會聽音樂。當我跑步時，我會用 mp3 播放器。它會讓跑步有趣很多！

A2: I listen to music on my way home from school. I have to take a long bus ride. Listening to music makes the time go faster.
我放學回家的途中會聽音樂。我搭公車必須搭很久。聽音樂會讓時間過得快一點。

【註】 usually〔'juʒʊəlɪ〕adv. 通常　　*listen to music* 聽音樂
exercise〔'ɛksəˌsaɪz〕v. 運動
player〔'pleə〕n. 播放器　　fun〔fʌn〕adj. 有趣的
on one's way home 在某人回家的途中
ride〔raɪd〕n. 車程
take a long bus ride 搭公車搭很久

4. **Q** : What time do you usually get home in the evening?
　　你晚上通常幾點到家？

A1: That depends on the day.　If I don't have to go to a
cram school, I get home by six.　Otherwise, it is after
ten.
那要視當天而定。如果我不用去補習，我六點會到家。不
然，會十點以後才到家。

A2: I usually get home at 7:00.　My parents wait to have
dinner with me then.　After that, I do my homework
and then watch TV for a while.
我通常七點到家。那時我爸媽會等我吃晚餐。吃完晚餐後，
我會做功課，然後看一下電視。

【註】 *depend on* 視…而定　　*cram school* 補習班
otherwise〔'ʌðəˌwaɪz〕adv. 否則；不然
have〔hæv〕v. 吃；喝
homework〔'homˌwɜk〕n. 功課
for a while 一會兒

5. **Q** : Do you enjoy going to the beach?
　　你喜歡去海灘嗎？

A1: I love the beach! I like to swim and play in the waves. I also like to take a nap on the sand.

我愛海灘！我喜歡游泳，還有在海浪裡玩。我也喜歡在沙灘上小睡片刻。

A2: No, I don't like the beach. It's too hot for me. And I can never get all of the sand out of my clothes.

不，我不喜歡海灘。對我來說太熱了。而且我永遠無法把所有的沙子從我的衣服上弄掉。

【註】enjoy〔ɪn'dʒɔɪ〕v. 喜歡
beach〔bitʃ〕n. 海灘；海邊
swim〔swɪm〕v. 游泳　　wave〔wev〕n. 海浪
nap〔næp〕n. 小睡　　***take a nap*** 小睡片刻
sand〔sænd〕n. 沙子　　***get…out of*** ~ 把…由~弄掉
clothes〔kloz〕n. pl. 衣服

6. **Q** : What advice would you give to a new student at your school?

你會給你們學校的新同學什麼建議？

A1 : I would tell him or her to relax. Everyone is always so nervous in the first semester. It's really not as scary as it seems.

我會告訴他或她要放鬆。每個人第一學期的時候總是很緊張。其實不像看起來那麼可怕。

A2: I would tell a new student to balance study and play. Both are important for a student. You can't have a happy school life unless you have balance.

我會告訴新同學，讀書和玩樂要平衡。兩者對學生來說都很重要。除非你取得平衡，否則就無法有快樂的校園生活。

【註】 advice〔əd'vaɪs〕n. 建議　　relax〔rɪ'læks〕v. 放鬆
　　　　semester〔sə'mɛstɚ〕n. 學期　　***as…as~*** 像~一樣…
　　　　scary〔'skɛrɪ〕adj. 可怕的　　seem〔sim〕v. 看起來
　　　　balance〔'bæləns〕v. 使平衡　　n. 平衡
　　　　study〔'stʌdɪ〕n. 讀書　　play〔ple〕n. 遊戲；玩耍
　　　　unless〔ən'lɛs〕conj. 除非

7. **Q**：What is your favorite color?　你最喜愛的顏色是什麼？

A1：I like red. It's such a happy color. Wearing it always cheers me up.

我喜歡紅色。它是非常快樂的顏色。穿紅色衣服總是可以讓我高興起來。

A2：My favorite color is brown. It's a little unusual, I think. I like it because it is a calm color.

我最喜愛的顏色是棕色。我想這有點不尋常。我喜歡它，是因為它是沉穩的顏色。

【註】 color〔'kʌlɚ〕n. 顏色　　***cheer sb. up*** 使某人高興起來
　　　　brown〔braʊn〕n. 棕色　　***a little*** 有點
　　　　unusual〔ʌn'juʒʊəl〕adj. 不尋常的
　　　　calm〔kɑm〕adj. 冷靜的；沉穩的

*請將下列自我介紹的句子再唸一遍：

My seat number is 　(複試座位號碼後5碼)　, and my test number is 　(初試准考證號碼後5碼)　.

初級英語檢定複試測驗 ⑨ 詳解

寫作能力測驗詳解

第一部份：單句寫作

第 1～5 題：句子改寫

1. Jimmy doesn't want to go to the amusement park.

   Jimmy would rather ＿＿＿＿＿＿＿＿＿＿＿＿＿＿＿＿＿.

   重點結構：would rather 的用法

   解　答：Jimmy would rather not go to the amusement park.

   句型分析：主詞 + would rather not + 原形動詞

   說　明：would rather 表「寧願」，後面須接原形動詞，表否定時，在 rather 後面加 not，故 doesn't want to 改為 would rather not。

   * ***amusement park*** 遊樂園

2. I am going to the concert tomorrow.

   My parents as well as ＿＿＿＿＿＿＿＿＿＿＿＿＿＿＿＿＿.

   重點結構：as well as 的用法

   解　答：My parents as well as I are going to the concert tomorrow.

   句型分析：主詞 A + as well as + 主詞 B + 動詞【與 A 一致】+ 時間副詞

説　明：as well as（…和～）連接兩個文法功能相同的單
　　　　字、片語或子句，當連接兩個主詞時，重點在前
　　　　面，故動詞須與前面的主詞一致，my parents 為
　　　　複數，故 be 動詞 am 改成 are。

* concert〔ˈkɑnsɝt〕n. 演唱會；音樂會

3. Marsha is fifteen years old, and I am too.

Marsha is fifteen years old, and so ＿＿＿＿＿＿＿＿＿＿＿.

重點結構：so（也）的用法

解　答：Marsha is fifteen years old, and so am I.

句型分析：主詞 A＋be 動詞＋歲數＋,＋and so＋be 動詞＋
　　　　　主詞 B

説　明：這題的意思是說「瑪莎十五歲，我也是」，so 在這
　　　　裡是副詞，用於與前述句主詞不同的肯定句，作
　　　　「也」解，放在句首，主詞與 be 動詞須倒裝。

4. I don't know what time it is.

Can you tell me ＿＿＿＿＿＿＿＿＿＿＿＿＿＿＿＿＿？

重點結構：間接問句的用法

解　答：Can you tell me what time it is?

句型分析：Can you tell me＋疑問詞＋主詞＋動詞？

説　明：Can you tell me 後面須接受詞，故保留直述句 I
　　　　don't know what time it is 中的間接問句 what
　　　　time it is 做為名詞子句，當受詞。

5. Lisa broke the window yesterday.

   What _____ yesterday?

   重點結構：過去式的 wh- 問句

   解　答：<u>What did Lisa do yesterday?</u>

   句型分析：What + did + 主詞 + 原形動詞 + 時間副詞？

   説　明：過去式直述句改爲 wh- 問句時，要用助動詞 did，
   　　　　且助動詞後的動詞須用原形動詞，而回答是「打破
   　　　　窗戶」，表示問題問是「做」了什麼，故 broke
   　　　　the window 要改成 do。

第 6～10 題：句子合併

6. I will take a math test.

   The test is important.

   I will take _____ .

   重點結構：句子基本架構

   解　答：<u>I will take an important math test.</u>

   句型分析：主詞 + 助動詞 + 原形動詞

   説　明：本題的意思是「我將會參加一個很重要的數學考
   　　　　試」，important 爲以母音開頭的單字，故 a math
   　　　　test 須改爲 an important math test。

   * **take a test** 參加考試

7. Liz told me a secret.

I can't tell you the secret.

I _____ that _____.

　重點結構：that 引導形容詞子句

　解　答：<u>I can't tell you the secret that Liz told me.</u>

　句型分析：主詞＋動詞＋受詞＋that＋主詞＋動詞

　說　明：that 在此為關係代名詞，引導形容詞子句，即「關代＋主詞＋動詞」，修飾先行詞 the secret，故主要子句 I can't tell you the secret 放在 that 之前，Liz told me 放在 that 之後。

　＊ secret〔'sikrɪt〕n. 祕密

8. The cake is delicious.

Your mother made the cake.

The cake _____ delicious.

　重點結構：形容詞子句的用法

　解　答：<u>The cake (that/which) your mother made is</u> <u>delicious.</u>

　句型分析：主詞＋形容詞子句＋be 動詞＋形容詞

　說　明：這題的意思是「你媽媽做的蛋糕很好吃」，可用關係代名詞引導形容詞子句，即「關代＋主詞＋動詞」，修飾先行詞 the cake，而當關代 that 或 which 當受詞時，可省略。

9. Mrs. Jones gave away her piano.

She gave it to the church.

Mrs. Jones gave _____ piano.

　　重點結構：give 的用法

　　解　　答：<u>Mrs. Jones gave the church her piano.</u>

　　句型分析：主詞＋give＋間接受詞（人）＋間接受詞（物）

　　說　　明：give（給）的寫法有兩種：

　　　　　　　$\begin{cases} \text{give } sb. \ sth. \\ \text{give } sth. \text{ to } sb. \end{cases}$

　　　　　　　這題要改為第一種寫法，先寫 the church，再寫
　　　　　　　her piano。

　　* ***give away*** 捐贈；贈送　　church〔tʃɝtʃ〕*n.* 教堂

10. The dress is too small.

I can't wear it.

_____ because _____.

　　重點結構：because 的用法

　　解　　答：<u>I can't wear the dress because it is too small.</u>

　　句型分析：主詞＋動詞＋because＋主詞＋動詞

　　說　　明：連接詞 because（因為）引導副詞子句，後面接原
　　　　　　　因，所以先寫結果 I can't wear the dress，再寫原
　　　　　　　因 it is too small。

　　* dress〔drɛs〕*n.* 洋裝；衣服

第 11～15 題：重組

11. Never _____.

without / the street / looking / cross

重點結構：祈使句的用法

解　答：<u>Never cross the street without looking.</u>

句型分析：Never + 原形動詞 + without + 動名詞

説　明：本題是以 never 為首的祈使句，後面應接原形動詞 cross the street，再接介系詞片語 without looking，本題的意思是：「絕對不要沒有四處觀望就過街。」

　　　　* cross〔krɔs〕v. 橫越　　look〔luk〕v. 看

12. The cat _____.

as / not / as / noisy / is / the dog

重點結構：as…as～ 的用法

解　答：<u>The cat is not as noisy as the dog.</u>

句型分析：主詞 + be 動詞 + not + as + 形容詞 + as + 受詞

説　明：本題句意為：「貓不像狗一樣吵」，用「not as…as～」來表示「不像～一樣…」。

　　　　* noisy〔ˈnɔɪzɪ〕adj. 吵鬧的

13. How often _____?

do / e-mail / you / your friends

重點結構：How often 的用法

解　答：<u>How often do you e-mail your friends?</u>

句型分析：How often + 助動詞 + 主詞 + 原形動詞？

　說　明：這題的意思是「你多久寄一次電子郵件給你的朋
　　　　　　友？」問頻率，用疑問詞片語 How often，表
　　　　　　「多久一次」。

* e-mail〔ˈiˌmɛl〕 v. 寄電子郵件

14. Please _____.
the TV / close / and / turn down / the window

　重點結構：and 的用法

　　解　答：<u>Please turn down the TV and close the window.</u>

　　或　　：<u>Please close the window and turn down the TV.</u>

　句型分析：Please + 動詞 A + and + 動詞 B

　　說　明：提示中有兩個動作：turn down the TV 以及 close
　　　　　　the window，用 and 來連接。

* ***turn down*** 將…關小聲

15. _____!
beautiful / how / are / you

　重點結構：感嘆句的用法

　　解　答：<u>How beautiful you are!</u>

　句型分析：How + 形容詞 + 主詞 + be 動詞！

　　說　明：提示中有疑問詞 how，但句尾是「驚嘆號」，可知
　　　　　　本題是以 How 為首的感嘆句，其句型為：「How
　　　　　　+ *adj./adv* + 主詞 + 動詞！」

第二部份：段落寫作

題目： Rose 打算星期天的時候去野餐。請根據以下的圖片寫一篇
約 50 字的短文。**注意：未依提示作答者，將予扣分。**

On Saturday, Rose watched the weather report. It said that it would be warm and sunny. *So* Rose decided to go on a picnic on Sunday. Rose happily packed her picnic basket and set out the next morning on the bus. She got off the bus at the park. *Suddenly*, there was a strong wind and heavy rain. Rose's picnic was ruined!

　　星期六，蘿絲看了氣象報告，說天氣將會是溫暖而且晴朗。所以蘿絲決定星期天去野餐。蘿絲很高興地打包她的野餐籃，並且隔天早上搭公車出發。她在公園下了公車。突然間，有一陣強風，並且下了大雨。蘿絲的野餐被破壞了！

weather〔ˈwɛðɚ〕*n.* 天氣；氣象

report〔rɪˈport〕*n.* 報告；報導　　***weather report*** 氣象報告

warm〔wɔrm〕*adj.* 溫暖的　　sunny〔ˈsʌnɪ〕*adj.* 晴朗的

decide〔dɪˈsaɪd〕*v.* 決定　　picnic〔ˈpɪknɪk〕*n.* 野餐

go on a picnic 去野餐　　pack〔pæk〕*v.* 打包；裝塡

basket〔ˈbæskɪt〕*n.* 籃子　　***set out*** 出發　　***get off*** 下（車）

suddenly〔ˈsʌdn̩lɪ〕*adv.* 突然地　　strong〔strɔŋ〕*adj.* 強烈的

wind〔wɪnd〕*n.* 風　　heavy〔ˈhɛvɪ〕*adj.* 猛烈的；大量的

heavy rain 大雨　　ruin〔ˈruɪn〕*v.* 破壞

口說能力測驗詳解

* 請在 15 秒內完成並唸出下列自我介紹的句子：

My seat number is （複試座位號碼後 5 碼）, and my test number is （初試准考證號碼後 5 碼）.

I. 複誦

共五題。題目不印在試卷上，由耳機播出，每題播出兩次，兩次之間大約有一到二秒的間隔。聽完兩次後，請馬上複誦一次。

1. Be sure to write me. 一定要寫信給我。

2. How long will you be away?
   你會離開多久？

3. There are lots of birds in the forest.
   森林裡有很多鳥。

4. I don't know the answer.
   我不知道答案。

5. What did you say?
   你說什麼？

【註】 ***be sure to*** + *V.* 一定要～　　write〔raɪt〕*v.* 寫信給（某人）
　　　 away〔ə'we〕*adv.* 離開　　 ***lost of*** 很多的
　　　 forest〔'fɔrɪst〕*n.* 森林　　 answer〔'ænsɚ〕*n.* 答案

II. 朗讀句子與短文

共有五個句子及一篇短文，請先利用一分
鐘的時間閱讀試卷上的句子與短文，然後
在一分鐘內以正常的速度，清楚正確的朗
讀一遍，請開始閱讀。

One　：　It's your turn to clean the room.
　　　　輪到你打掃房間了。

Two　：　Why did you quit coming to the class?
　　　　爲什麼你不來上課了？

Three　：　John is by far the best dancer.
　　　　約翰顯然是最傑出的舞者。

Four　：　What would you like to do tomorrow?
　　　　你明天想做什麼？

Five　：　Josh is too busy to cut lawns.
　　　　喬許忙得無法修剪草坪。

【註】 turn〔tɜn〕n. 輪流　　*be one's turn* 輪到某人
clean〔klin〕v. 打掃　　quit〔kwɪt〕v. 停止
by far 顯然　　dancer〔'dænsɚ〕n. 舞者
too…to~ 太…以致於無法~
busy〔'bɪzɪ〕adj. 忙碌的　　cut〔kʌt〕v. 修剪
lawn〔lɔn〕n. 草坪

Six : All passengers are reminded to keep an eye on their belongings. Do not leave your luggage unattended. If you see any suspicious packages, please inform the airport security staff immediately. Any abandoned luggage will be destroyed.

提醒所有乘客，要注意自己的隨身物品。請勿讓你的行李無人看管。若你看到任何可疑的包裹，請立刻通知機場的安全人員。任何被遺棄的行李將會被銷毀。

【註】 passenger（'pæsṇdʒɚ）n. 乘客
remind（rɪ'maɪnd）v. 提醒
keep an eye on 留意；監視
belongings（bə'lɔŋɪŋz）n. pl. 所有物
leave（liv）v. 使處於（某種狀態）
luggage（'lʌgɪdʒ）n. 行李
unattended（ˌʌnə'tɛndɪd）adj. 無人照顧的
suspicious（sə'spɪʃəs）adj. 可疑的
package（'pækɪdʒ）n. 包裹
inform（ɪn'fɔrm）v. 通知
airport（'ɛr‚port）n. 機場
security（sɪ'kjurətɪ）n. 安全
staff（stæf）n. 工作人員
immediately（ɪ'midɪɪtlɪ）adv. 立刻
abandoned（ə'bændənd）adj. 被拋棄的
destroy（dɪ'strɔɪ）v. 摧毀

Ⅲ. 回答問題

共七題。題目不印在試卷上，由耳機播出，
每題播出兩次，兩次之間大約有一到二秒的
間隔。聽完兩次後，請馬上回答。每題回答
時間為 15 秒，請在作答時間內盡量的表達。

1. **Q**：Do you have a busy schedule at your school?
　　你在學校的行程很忙嗎？

A1：My schedule is really full.　I take a lot of classes.
　　　In addition to that, I'm in a school club.
　　　我的行程真的很滿。我上很多堂課。除了上課之外，我還
　　　參加一個學校的社團。

A2：No, my schedule is pretty light this semester.　But I
　　　still study a lot.　I usually spend my free periods in
　　　the library.
　　　不，我這個學期的行程相當輕鬆。但是我仍然讀很多書。
　　　空堂的時候我通常都在圖書館裡度過。

【註】schedule〔ˈskɛdʒul〕*n.* 時間表；行程表
　　　full〔ful〕*adj.* 滿的　　take〔tek〕*v.* 上（課）
　　　in addition to 除了…之外（還有）
　　　club〔klʌb〕*n.* 社團　　pretty〔ˈprɪtɪ〕*adv.* 相當
　　　light〔laɪt〕*adj.* 輕鬆的
　　　semester〔səˈmɛstɚ〕*n.* 學期
　　　spend〔spɛnd〕*v.* 度過
　　　free〔fri〕*adj.* 有空的；自由的
　　　period〔ˈpɪrɪəd〕*n.*（上課的）節；堂
　　　free periods 空堂　　library〔ˈlaɪˌbrɛrɪ〕*n.* 圖書館

2. **Q** : How much time do you spend watching television during the week?

你平日花多少時間看電視？

A1: I watch TV only on weekends, so I guess about six hours. I like to watch sports or comedy shows. I'm not really interested in any of the dramas.

我只有在週末看電視，所以我猜大約是六小時。我喜歡看運動節目或喜劇。我對任何的戲劇都不是很有興趣。

A2: I watch TV for two hours every evening. That means I watch between 10 and 15 hours a week. I think that's about average for most students.

我每天晚上會看兩小時電視。那表示我一星期看十到十五個小時之間。我想那大約是大部份學生的平均值。

【註】 *during the week* 平日；工作日
weekend〔'wik'ɛnd〕*n.* 週末　　guess〔gɛs〕*v.* 猜
sports〔sports〕*adj.* 運動的
comedy〔'kɑmədɪ〕*n.* 喜劇　　show〔ʃo〕*n.* 節目
be interested in 對～有興趣
drama〔'drɑmə〕*n.* 戲劇
mean〔min〕*v.* 意思是；表示
average〔'ævərɪdʒ〕*n.* 平均值；一般標準

3. **Q** : How do you feel about fast food?

你覺得速食如何？

A1: I love fast food! It's so delicious! I just wish it wasn't so fattening.

我愛速食！它很好吃！我只希望它不要讓人那麼容易發胖。

A2: I don't care for it. I find most fast food too greasy.
And I also know it's not good for me.

我不喜歡。我覺得大部份的速食都太油膩。而且我也知道
那對我不好。

【註】 ***fast food*** 速食　　delicious〔dɪ'lɪʃəs〕*adj.* 好吃的
　　　wish〔wɪʃ〕*v.* 但願；希望
　　　fattening〔'fætnɪŋ〕*adj.* 令人發胖的
　　　care for 喜歡　　find〔faɪnd〕*v.* 覺得
　　　greasy〔'grisɪ〕*adj.* 油膩的

4. **Q**：Have you ever traveled alone?

你曾經獨自旅行過嗎？

A1: I went to Tainan by myself once. I wanted to visit my
grandparents, but no one could go with me. I took the
train by myself.

我有一次獨自去台南。我想去探望我的祖父母，但是沒人
可以跟我去。我自己一個人搭火車。

A2: No, I haven't. I think I would be pretty nervous. I
get lost easily.

不，我沒有。我想我會很緊張。我很容易迷路。

【註】 ever〔'ɛvɚ〕*adv.* 曾經　　travel〔'trævl̩〕*v.* 旅行
　　　alone〔ə'lon〕*adv.* 獨自　　***by oneself*** 獨自
　　　once〔wʌns〕*adv.* 曾經；有一次
　　　visit〔'vɪzɪt〕*v.* 拜訪；探望
　　　grandparents〔'grænd͵pɛrənts〕*n. pl.* 祖父母
　　　take〔tek〕*v.* 搭乘　　train〔tren〕*n.* 火車
　　　pretty〔'prɪtɪ〕*adv.* 相當　　nervous〔'nɝvəs〕*adj.* 緊張的
　　　get lost 迷路　　easily〔'izɪlɪ〕*adv.* 容易地

5. **Q** : What kind of movies do you like? 你喜歡哪種電影？

A1: I like action movies. I enjoy the fast pace and the special effects. They keep me on the edge of my seat.
我喜歡動作片。我喜歡快速的步調和特效。它們讓我非常興奮。

A2: I like romantic comedies. They always make me laugh. Seeing one is a great way to relax.
我喜歡浪漫喜劇。它們總是會讓我笑。看一部浪漫喜劇是放鬆的好方法。

【註】 action〔'ækʃən〕*n.* 動作   pace〔pes〕*n.* 步調
special〔'spɛʃəl〕*adj.* 特別的   effect〔ə'fɛkt〕*n.* 效果
edge〔ɛdʒ〕*n.* 邊緣   seat〔sit〕*n.* 座位
on the edge of *one's* ***seat*** 異常興奮；極為激動
romantic〔ro'mæntɪk〕*adj.* 浪漫的
laugh〔læf〕*v.* 笑   relax〔rɪ'læks〕*v.* 放鬆

6. **Q** : Do you help with the housework at home?
你在家會幫忙做家事嗎？

A1 : I try to help. I take care of my own room. I also do the dishes after dinner.
我會試著幫忙。我會負責自己的房間。我晚餐後也會洗碗。

A2: No, I have to admit that I don't. My parents always tell me that my job is to study. After all my exams are over, I will try to help them more.
不，我必須承認我不會。我的父母總是告訴我，我的工作是讀書。在我的考試完全結束後，我會試著幫他們更多的忙。

【註】housework〔'haʊsˏwɜk〕n. 家事
take care of 照顧；負責　　own〔on〕adj. 自己的
do the dishes 洗碗　　admit〔əd'mɪt〕v. 承認
job〔dʒɑb〕n. 工作　　exam〔ɪg'zæm〕n. 考試
over〔'ovə〕adv. 結束

7. **Q**：Have you ever been abroad?
你曾經出過國嗎？

A1：I went to Europe last summer. It was a school trip, so I went with a lot of my friends. We visited six countries.
我去年夏天去歐洲。那是學校旅行，所以我跟很多朋友一起去。我們遊覽了六個國家。

A2：No, I haven't. I would like to do that after I graduate. I think I'd like to go to Japan first.
不，我沒有。我想畢業後再出國。我想我會先去日本。

【註】abroad〔ə'brɔd〕adv. 到國外
Europe〔'jʊrəp〕n. 歐洲　　trip〔trɪp〕n. 旅行
visit〔'vɪzɪt〕v. 參觀；遊覽　　country〔'kʌntrɪ〕n. 國家
graduate〔'grædʒʊˏet〕v. 畢業
Japan〔dʒə'pæn〕n. 日本

＊請將下列自我介紹的句子再唸一遍：

My seat number is （複試座位號碼後5碼）, and my test number is （初試准考證號碼後5碼）.

(A) 那要看是什麼時候。　　(B) 他最近升遷了。

(C) 一百二十五元。

* seminar (ˈsɛməˌnɑr) *n.* 研討會
manager (ˈmænɪdʒɚ) *n.* 經理　　***depend on*** 取決於
promote (prəˈmot) *v.* 升遷　　recently (ˈrisntlɪ) *adv.* 最近

10. (**C**) 伯恩賽德天橋下週將要關閉施工，不是嗎？

(A) 是的，我們營業到九點。　　(B) 進展得很好，謝謝你。

(C) 是的，再下一週也是。

* overpass (ˈovɚˌpæs) *n.* 天橋
construction (kənˈstrʌkʃən) *n.* 建造；施工
open (ˈopən) *adj.* 營業的
go (go) *v.* 進展　　fine (faɪn) *adv.* 很好地
following (ˈfɑloɪŋ) *adj.* 接下來的　　***as well*** 也；而且

11. (**C**) 泰勒女士預定何時到達？

(A) 那是我建議的。　　(B) 在 B 月台。

(C) 隨時都可能。

* due (dju) *adj.* 預定的　　arrive (əˈraɪv) *v.* 到達
suggest (səgˈdʒɛst) *v.* 建議　　platform (ˈplætˌform) *n.* 月台
any minute 隨時；馬上

12. (**B**) 最近的自動提款機在哪？

(A) 你可以借我的。

(B) 在街的那一頭，郵局的旁邊。

(C) 它種類比較多。

* ***ATM*** 自動提款機 (= *automated-teller machine*)
borrow (ˈboro) *v.* 借（入）
down (daʊn) *prep.* 在⋯的那一頭　　***post office*** 郵局
variety (vəˈraɪətɪ) *n.* 變化；多樣性

13. (**A**) 誰應該寫關於股票市場趨勢的文章？

(A) 我想是約翰。　　(B) 在左手邊。

(C) 請再把它印出來。

* **be supposed to V.** 應該~　　　article〔ˈɑrtɪkḷ〕*n.* 文章
   on〔ɑn〕*prep.* 關於（= *about*）　　stock〔stɑk〕*n.* 股票
   market〔ˈmɑrkɪt〕*n.* 市場　　trend〔trɛnd〕*n.* 趨勢
   print〔prɪnt〕*v.* 列印　　 ***print out*** 打印出

14. (**C**) 你想要一張公園的地圖嗎？

    (A) 我已經有了。　　　　　　(B) 在車庫。

    (C) <u>當然，它可能會有用。</u>

    * garage〔gəˈrɑʒ〕*n.* 車庫　　 ***come in handy*** 派上用場

15. (**C**) 這是最新一期的雜誌，不是嗎？

    (A) 我認爲你還有時間。　　　　(B) 不，在封面。

    (C) <u>是的，它剛剛出版。</u>

    * latest〔ˈletɪst〕*adj.* 最新的
      issue〔ˈɪʃju〕*n.*（報章、雜誌的）期
      magazine〔ˌmæɡəˈzin〕*n.* 雜誌
      cover〔ˈkʌvɚ〕*n.* 封面　　 ***come out*** 出版

16. (**C**) 就業博覽會何時結束？

    (A) 是的，就在那裡。　　　　　(B) 他們很不一樣。

    (C) <u>大約再過半小時。</u>

    * career〔kəˈrɪr〕*n.* 職業；生涯　　fair〔fɛr〕*n.* 展覽會
      over〔ˈovɚ〕*adj.* 結束的　　in〔ɪn〕*prep.* 再過

17. (**B**) 你打算何時會到聖誕節派對？

    (A) 他去年來這裡。　　　　　　(B) <u>很遺憾，我不能去。</u>

    (C) 我也帶了一個。

    * unfortunately〔ʌnˈfɔrtʃənɪtlɪ〕*adv.* 不幸地；不巧地

18. (**A**) 你有時間校對我的報告嗎？

    (A) <u>抱歉，我沒有。</u>　　　　　(B) 經常在週間的夜晚。

(C) 很多圖表和曲線圖。

* moment〔'momənt〕n. 片刻
proofread〔'pru,frid〕v. 校對　　report〔rɪ'port〕n. 報告
weeknight〔'wik,naɪt〕n. 工作日夜晚；週間夜晚
chart〔tʃart〕n. 圖表　　graph〔græf〕n. 圖表；（曲線）圖

19.(**B**) 你不是說你是素食主義者嗎？

(A) 是的，但不要太鹹。　　(B) 事實上，我全家都是。
(C) 新鮮的蔬果。

* vegan〔'vɛdʒən〕n. 素食主義者（= vegetarian）
salty〔'sɔltɪ〕adj. 鹹的　　*as a matter of fact* 事實上
whole〔hol〕adj. 全部的；整個的　　fresh〔frɛʃ〕adj. 新鮮的

20.(**A**) 你十點有空嗎？

(A) 十一點半如何。　　(B) 不，我還沒。
(C) 那樣對嗎？

* available〔ə'veləbḷ〕adj. 有空的　　*how about~* ～如何

21.(**C**) 我要去哪裡交費用表？

(A) 我去新加坡的旅行。　　(B) 太多了。
(C) 會計部。

* submit〔sʌb'mɪt〕v. 繳交
expense〔ɪk'spɛns〕n. 費用；花費　　form〔fɔrm〕n. 表格
acounting〔ə'kaʊntɪŋ〕n. 會計
department〔dɪ'partmənt〕n. 部門

22.(**C**) 週三早上的會議，我訂購了幾盒的甜甜圈。

(A) 桌子在角落。　　(B) 只有董事會成員。
(C) 我想那應該很多了。

* order〔'ɔrdə〕v. 訂購　　doughnut〔'donʌt〕n. 甜甜圈
meeting〔'mitɪŋ〕n. 會議　　corner〔'kɔrnə〕n. 角落
board〔bord〕n. 董事會　　member〔'mɛmbə〕n. 成員
plenty〔'plɛntɪ〕n. 很多

23. (**C**) 為何你要搬去奧克拉荷馬市？

    (A) 再過兩天。   (B) 一段很長的路程。

    (C) <u>為了新工作。</u>

    * Oklahoma〔,oklə'homə〕*n.* 奧克拉荷馬州

      Oklahoma Citye 奧克拉荷馬市【美國奧克拉荷馬州的首府】

      walk〔wɔk〕*n.* 步行距離；路程

24. (**B**) 你們有提供全職員工健康保險嗎？

    (A) 手套和安全帽。   (B) <u>有的，六十天後。</u>

    (C) 在生產設備。

    * offer〔'ɔfɚ〕*v.* 提供   insurance〔ɪn'ʃʊrəns〕*n.* 保險

      full-time〔'fʊl'taɪm〕*adj.* 全職的   worker〔'wɜkɚ〕*n.* 員工

      glove〔glʌv〕*n.* 手套   ***hard hat*** 安全帽

      manufacturing〔,mænjə'fæktʃərɪŋ〕*adj.* 製造（業）的

      facility〔fə'sɪlətɪ〕*n.* 設備

25. (**B**) 你不是預期會有更多的人來安全研討會嗎？

    (A) 我昨天收到的。   (B) <u>不，這就是全部的人了。</u>

    (C) 在演講廳。

    * expect〔ɪk'spɛkt〕*v.* 期待；預計   safety〔'seftɪ〕*n.* 安全

      seminar〔'sɛmɪ,nɑr〕*n.* 研討會

      auditorium〔,ɔdə'torɪəm〕*n.* 大禮堂；演講廳

26. (**C**) 你要回電給顧客，還是我應該做？

    (A) 我當時不該那麼做。   (B) 是的，我已經看到那一個。

    (C) <u>讓我來處理吧。</u>

    * ***would like to V.*** 想要～   ***call back*** 回電

      customer〔'kʌstəmɚ〕*n.* 顧客   ***take care of*** 處理

27. (**C**) 我們何時會發行更新的軟體？

    (A) 他們在會計部門。   (B) 至少七個。

    (C) <u>現在還言之過早。</u>

* release〔rɪ'lis〕v. 發行　　updated〔ʌp'detɪd〕adj. 更新的
  software〔'sɔft,wɛr〕n. 軟體
  accounting〔ə'kauntɪŋ〕n. 會計
  department〔dɪ'pɑrtmənt〕n. 部門　　at least 至少
  too…to V. 太…以致於不～　　tell〔tɛl〕v. 知道

28. (**A**) 煙屋有供應很棒的堪薩斯城風格的烤肉。

   (A) 不會有點貴嗎？　　　　(B) 在劇院隔壁。

   (C) 我把它拿給幾位同事看。

   * hut〔hʌt〕n. 小屋　　serve〔sɜv〕v. 供應；上（菜）
     Kansas City 堪薩斯城　　barbecue〔'bɑrbɪ,kju〕n. 烤肉
     kind of 有點　　next to 在…隔壁
     present〔prɪ'zɛnt〕v. 呈現；給…看
     colleague〔'kɑlig〕n. 同事（= co-worker）

29. (**B**) 為何約書亞不是在進行網站的發佈？

   (A) 在首頁。　　　　　　(B) 我想他當時正在做。

   (C) 下週五。

   * work on 從事於　　Web site 網頁（= website）
     launch〔lɔntʃ〕n. 發行；發佈　　front page 首頁

30. (**A**) 我如何從辦公室電話撥打外面的電話？

   (A) 按2，然後等待撥號音。　(B) 我在丹佛市中心租的。

   (C) 三點以後打電話給我。

   * dial〔'daɪəl〕v. 撥（號）　　press〔prɛs〕v. 按
     dial tone 撥號音　　rent〔rɛnt〕v. 租
     downtown〔,daun'taun〕adj. 市中心的
     Denver〔'dɛnvə〕n. 丹佛

31. (**C**) 我們能夠再多雇用一些全職的員工，不行嗎？

   (A) 是的，他們是。　　　　(B) 這有打折了。

   (C) 我會審查預算。

   * afford〔ə'fɔrd〕v. 負擔得起　　hire〔haɪr〕v. 雇用

full-time〔'fʊl'taɪm〕*adj.* 全職的　　staff〔stæf〕*n.* 職員；員工
discounted〔dɪs'kaʊntɪd〕*adj.* 打折的
review〔rɪ'vju〕*v.* 審查；檢查　　budget〔'bʌdʒɪt〕*n.* 預算

PART 3 詳解

參考以下的對話，回答第 32 至 34 題。

男：妳知道嗎，我在我的隔間很難專心。辦公室這地方會很吵。休息室剛好在角落。而且每星期五，他們會在隔壁的會議室開大型會議。

女：你有問過關於遠距辦公的事嗎？你有時候可能可以在家工作。管理階層慢慢可以接受這想法。我已經開始偶爾這樣工作。有時候這會比較方便。

男：喔，這樣呀。那可以使我的星期五有生產力多了。我會問問我的經理關於這件事。

* ***have trouble V-ing*** …有困難
  cubicle〔'kjubɪkḷ〕*n.* 小寢室；小隔間
  concentrate〔'kɑnsṇ,tret〕*v.* 專心
  break room 休息室　　meeting〔'mitɪŋ〕*n.* 會議
  conference〔'kɑnfərəns〕*n.* 會議　　inquire〔ɪn'kwaɪr〕*v.* 詢問
  telecommute〔'tɛləkə,mjut〕*v.* 遠距辦公
  management〔'mænɪdʒmənt〕*n.* 管理階層
  come around to 開始接受　　concept〔'kɑnsɛpt〕*n.* 概念；想法
  once in a while 偶爾（= *sometimes*）
  productive〔prə'dʌktɪv〕*adj.* 有生產力的

32.(**B**) 男士擔心什麼？
　　(A) 上漲的紙張成本。　　　(B) 辦公室的噪音。
　　(C) 停車場關閉。　　　　　(D) 手機的接收效果不良。
　　* concerned〔kən'sɝnd〕*adj.* 擔心的
　　　rising〔'raɪzɪŋ〕*adj.* 上升的　　***parking area*** 停車場

closure〔'kloʒɚ〕 *n.* 關閉　　mobile〔'mobḷ〕 *adj.* 移動的
mobile phone 手機　　reception〔rɪ'sɛpʃən〕 *n.* 接收；反應

33. (**B**) 女士建議什麼？

(A) 使用大眾運輸。　　　　(B) 在家工作。
(C) 重新安排會議。　　　　(D) 找不同的供應商。

* suggest〔səg'dʒɛst〕 *v.* 建議
transport〔'træns,pɔrt〕 *n.* 運輸；交通工具
reschedule〔ri'skɛdʒʊl〕 *v.* 重新安排
supplier〔sə'plaɪɚ〕 *n.* 供應商

34. (**A**) 男士說他會做什麼？

(A) 連絡主管。　　　　　　(B) 去旅行。
(C) 組一個團隊。　　　　　(D) 參加訓練講習。

* contact〔'kɑntækt〕 *v.* 聯絡
supervisor〔,supɚ'vaɪzɚ〕 *n.* 監督者；主管
assemble〔ə'sɛmbḷ〕 *v.* 集合；召集
participate〔pɑr'tɪsə,pet〕 *v.* 參加 < *in* >
session〔'sɛʃən〕 *n.* (授課) 時間；講習

參考以下的對話，回答第 35 至 37 題。

女：請幫我預訂五月二十四日晚上三人的座位。第一輪的座位還有
　　嗎？

男：有的，我們晚上五點三十分有一張三人的桌子。

女：噢，那太早了。有晚一點的嗎？我五點要和一些客戶在機場會
　　面。還有交通時間，我們不可能在五點半前到達。

男：嗯，我可以幫妳保留座位到五點四十五分。那樣妳時間足夠嗎？
　　不然我七點三十分有空桌。

* reserve〔rɪ'zɝv〕 *v.* 預訂　　available〔ə'veləbḷ〕 *adj.* 可獲得的
seating〔'sitɪŋ〕 *n.* 座位；座位安排　　client〔'klaɪənt〕 *n.* 客戶
airport〔'ɛr,port〕 *n.* 機場　　traffic〔'træfɪk〕 *n.* 交通
hold〔hold〕 *v.* 保留　　otherwise〔'ʌðɚ,waɪz〕 *adv.* 否則；不然

35. **(D)** 女士詢問什麼？

    (A) 付款方式。   (B) 票務升等。

    (C) 班機行程。   (D) 預定晚餐。

    * inquire〔ɪn'kwaɪr〕v. 詢問   payment〔'pemənt〕n. 付款
       option〔'ɑpʃən〕n. 選擇   upgrade〔'ʌp͵gred〕n. 升等
       flight〔flaɪt〕n. 班機   schedule〔'skɛdʒul〕n. 行程
       reservation〔͵rɛzə'veʃən〕n. 預訂

36. **(C)** 女士說她晚上五點需要做什麼？

    (A) 上台報告。   (B) 租用飯店房間。

    (C) 和客戶見面。   (D) 趕上轉接班機。

    * presentation〔prɛzn̩'teʃən〕n. 上台報告
       rent〔rɛnt〕v. 租   catch〔kætʃ〕v. 趕上
       connecting〔kə'nɛktɪŋ〕adj. 連結的
       connecting flight 轉接班機

37. **(C)** 男士說他可以做什麼？

    (A) 取消預定。   (B) 搭之後的班機。

    (C) 保留座位。   (D) 聯絡客戶。

    * cancel〔'kænsl̩〕v. 取消   later〔'letɚ〕adj. 之後的
       contact〔'kɑntækt〕v. 聯絡

參考以下的三人對話，回答第 38 至 40 題。

女   ：我是布魯克大樓研發部的喬安娜。我們應該上個禮拜就收到斯
       克蘭頓實究室的包裹，但是包裹還沒到達。

美男：等一下。嘿，東尼！我們有收到斯克蘭頓的包裹嗎？研發部的
       喬安娜來電。

澳男：沒有。我沒有看到任何物品。

美男：好的，東尼說他還沒有看到。如果妳給我追蹤碼，我可以查看
       資料庫。那樣子我們就可以知道是否在系統裡，還是依然在運
       送中。

女　：追蹤碼是 7-2-2-1-G-T。另外，技術人員告訴我包裹是亮紅色的，而且側面有閃亮的綠色標誌。那的確可以和我們平常收到的單棕色的包裹有所區別。

美男：謝謝妳提供的資訊。我一找到妳包裹的下落，會告知妳。

* research〔'risɜtʃ〕*n.* 研究
development〔dɪ'vɛləpmənt〕*n.* 開發
be supposed to V. 應該～　　package〔'pækɪdʒ〕*n.* 包裹
laboratory〔'læbrə,torɪ〕*n.* 實驗室
hold on 別掛斷　　***tracking number*** 追蹤碼
database〔'detə,bes〕*n.* 資料庫
system〔'sɪstəm〕*n.* 系統；組織
transit〔'trænzɪt〕*n.* 運送；運輸　　***by the way*** 另外；順便一提
technician〔tɛk'nɪʃən〕*n.* 技術人員
logo〔'logo〕*n.* 標誌；圖案　　distinguish〔dɪ'stɪŋgwɪʃ〕*v.* 區別
plain〔plen〕*adj.* 單色的　　information〔,ɪnfə'meʃən〕*n.* 資訊
as soon as 一…就　　whereabouts〔,hwɛrə'bauts〕*n.* 下落；行蹤

38. (**D**) 這通電話的目的為何？

    (A) 買點供給品。　　　　(B) 退還一些商品。
    (C) 安排運送。　　　　　(D) <u>找失蹤的物品。</u>

    * purpose〔'pɜpəs〕*n.* 目的　　purchase〔'pɜtʃəs〕*v.* 購買
     supplies〔sə'plaɪz〕*n. pl.* 供給品　　return〔rɪ'tɜn〕*v.* 退還
     merchandise〔'mɜtʃən,daɪz〕*n.* 商品
     shipping〔'ʃɪpɪŋ〕*n.* 運送
     arrangement〔ə'rendʒmənt〕*n.* 安排
     locate〔lo'ket〕*v.* 找到　　missing〔'mɪsɪŋ〕*adj.* 下落不明的
     item〔'aɪtəm〕*n.* 物品

39. (**A**) 美籍男士要求什麼？

    (A) <u>追蹤碼。</u>　　　　(B) 存貨量。
    (C) 建築物的地點。　　　(D) 包裹重量。

    * inventory〔'ɪnvɛn,torɪ〕*n.* 存貨清單
     location〔lo'keʃən〕*n.* 地點　　weight〔wet〕*n.* 重量

40. (**D**) 關於盒子女士說什麼？

      (A) 比一般的大。   (B) 可能已經受損。

      (C) 很快就會用到。   (D) <u>顏色鮮艷。</u>

      * average〔ˈævərɪdʒ〕 *adj.* 平均的；一般的

          damage〔ˈdæmɪdʒ〕 *v.* 破壞

          brightly-colored *adj.* 顏色鮮艷的

<u>參考以下的對話，回答第 41 至 43 題。</u>

女：嗨，我是來自第三眼設計雜誌的蒂芬妮蒂芬‧坎貝爾。我是來探訪畫廊館長。

男：喔，坎貝爾小姐，妳提早一點來了，是嗎？格羅弗先生去吃午餐還沒回來。

女：事實上，我是故意早來的，因為我想要到處看看，如果可以的話，在見格羅弗先生前，我要到處看看，拍幾張照片撰文。

男：沒問題，請隨意參觀。這是畫廊的地圖。上面有一樓和二樓的平面圖。

      * interview〔ˈɪntɚˌvju〕 *v.* 採訪

          director〔dəˈrɛktɚ〕 *n.* 管理者；館長

          gallery〔ˈgælərɪ〕 *n.* 畫廊   actually〔ˈæktʃʊəlɪ〕 *adv.* 事實上

          purposely〔ˈpɝpəslɪ〕 *adv.* 故意   ***would like to V****.* 想要～

          look around 四處看看   article〔ˈɑrtɪkl〕 *n.* 文章

          feel free 隨意～   map〔mæp〕 *n.* 地圖

          plan〔plæn〕 *n.* 計畫；平面圖   floor〔flor〕 *n.* 地板；樓層

41. (**A**) 女士最有可能是誰？

      (A) <u>記者。</u>   (B) 籌辦宴席的人。

      (C) 建築師。   (D) 接待員。

      * journalist〔ˈdʒɝnl̩ɪst〕 *n.* 記者

          caterer〔ˈketərɚ〕 *n.* 籌辦宴席的人

          architect〔ˈɑrkɪtɛkt〕 *n.* 建築師

          receptionist〔rɪˈsɛpʃənɪst〕 *n.* 接待員

42. (**B**) 女士說在等待的時候，她想做什麼？

    (A) 聽演講。   (B) 拍些照片。

    (C) 看特展。   (D) 吃午餐。

    * attend〔ə'tɛnd〕*v.* 出席；參加   lecture〔'lɛktʃɚ〕*n.* 演講

      exhibit〔ɪg'zɪbɪt〕*n.* 展覽

43. (**C**) 男士給女士什麼東西？

    (A) 免費的會員資格。   (B) 錄音檔。

    (C) 樓層平面圖。   (D) 每天的行程。

    * free〔fri〕*adj.* 免費的

      membership〔'mɛmbɚˌʃɪp〕*n.* 會員資格

      audio〔'ɔdɪˌo〕*adj.* 聲音的

      recording〔rɪ'kɔrdɪŋ〕*n.* 記錄；錄音

      daily〔'delɪ〕*adj.* 每天的   schedule〔'skɛdʒul〕*n.* 行程

參考以下的對話，回答第 44 至 46 題。

男：早安。歡迎來到布魯克菲爾德農夫市集。妳想要嚐嚐我們自家種植的橄欖嗎？

女：謝謝你。真好吃。但是我想要買些番茄。我記得你去年這時候有很多。

男：事實上，我們現在才剛準備要開採。如果妳下週再來，我們應該就會在市場販賣了。

    * homegrown〔'hom'gron〕*adj.* 本地出產的；自己種植的

      olive〔'ɑlɪv〕*n.* 橄欖   plenty〔'plɛntɪ〕*adv.* 大量地；充足地

      actually〔'æktʃuəlɪ〕*adv.* 事實上   ***get ready to V.*** 準備好～

44. (**A**) 說話者最可能在哪裡？

    (A) 在菜市場。   (B) 在餐廳。

    (C) 在百貨公司。   (D) 在銀行。

    * ***food market*** 菜市場   ***department store*** 百貨公司

45. (**A**) 男士給女士什麼？

    (A) 樣品。   (B) 菜單。

    (C) 電子報。   (D) 購物袋。

    * sample〔'sæmpḷ〕*n.* 樣品   menu〔'mɛnju〕*n.* 菜單

      newsletter〔'njuz,lɛtɚ〕*n.* 電子報   ***shopping bag*** 購物袋

46. (**B**) 據男士所說，下週會發生什麼事？

    (A) 開始接受工作應徵。   (B) 有項物品可販售。

    (C) 價格調降。   (D) 有個新店面會開幕。

    * application〔,æplɪ'keʃən〕*n.* 申請；應徵

      item〔'aɪtəm〕*n.* 物品；商品

      lower〔'loɚ〕*v.* 降低   location〔lo'keʃən〕*n.* 地點

參考以下的對話，回答第 47 至 49 題。

男：妳午餐有計畫嗎？

女：是的，我有！我受邀去一場業務部同事的午餐會。

男：妳們約哪裡見面？

女：紅屋肋骨牛排餐廳。我等不及了。

男：哇！對週二的午餐來說很昂貴吧，不是嗎？

女：嗯，這有點像是慶祝。我們最近和馬庫姆製造公司完成一個交易。業務副理會付帳，我想。

男：我正要問，誰要付錢？另外，為何他們邀請妳？妳有參與完成交易？

女：事實上，我負責合約提案的所有數字計算。

    * plan〔plæn〕*n.* 計畫   luncheon〔'lʌntʃən〕*n.* 午餐；午餐會

      associate〔ə'soʃɪɪt〕*n.* 同事；伙伴

      sales〔selz〕*adj.* 銷售的；業務的   house〔haʊs〕*n.* 餐廳

      prime〔praɪm〕*adj.* 最好的   rib〔rɪb〕*n.* 肋骨；肋排

      pricey〔'praɪsɪ〕*adj.* 昂貴的   ***sort of*** 有點

      celebration〔,sɛlə'breʃən〕*n.* 慶祝會

recently〔'risn̩tlı〕*adv.* 最近

close〔kloz〕*v.* 結束；完成　　deal〔dil〕*n.* 買賣；交易

manufacturing〔ˌmænju'fæktʃərıŋ〕*n.* 製造業

V.P. 副總經理（= *Vice President*）　　tab〔tæb〕*n.* 帳單

pick up the tab 付帳　　***by the way*** 順帶一提

play a part 起作用；參與　　***as a matter of fact*** 事實上

crunch〔krʌntʃ〕*v.* 處理；計算　　contract〔'kɑntrækt〕*n.* 合約

proposal〔prə'pozl̩〕*n.* 提議；提案

47.(**C**) 女士說「我等不及了！」，是什麼意思？

　　(A) 她約會遲到了。　　　　(B) 她快沒耐心了。

　　(C) 她對那活動感到興奮。　(D) 她不想說話。

　　* appointment〔ə'pɔıntmənt〕*n.* 約會

　　run out of 用光；用完　　patience〔'peʃəns〕*n.* 耐心

　　excited〔ık'saıtıd〕*adj.* 興奮的　　event〔ı'vɛnt〕*n.* 活動

　　reluctant〔rı'lʌktənt〕*adj.* 不願意的；勉強的

48.(**B**) 午餐會是怎樣的場合？

　　(A) 發表報告。　　　　　　(B) 慶祝商業買賣。

　　(C) 表揚退休人員。　　　　(D) 介紹新員工。

　　* occasion〔ə'keʃən〕*n.* 場合

　　presentation〔ˌprɛzn̩'teʃən〕*n.* 發表；報告

　　celebrate〔'sɛləˌbret〕*v.* 慶祝　　honor〔'ɑnɚ〕*v.* 表揚

　　retiree〔rıˌtaır'i〕*n.* 退休者

　　introduce〔ˌıntrə'djus〕*v.* 介紹

　　employee〔ˌɛmplɔı'i〕*n.* 員工

49.(**C**) 女士說什麼？

　　(A) 她帶領團隊提案。　　　(B) 她跟該提案無關。

　　(C) 她在該提案扮演重要腳色。

　　(D) 她不會出席該提案。

　　* ***have nothing to do with*** 和…無關

　　present〔'prɛzn̩t〕*adj.* 存在的；出席的

參考以下的對話，回答第 50 至 52 題。

女：好的，先生你購買的物品總計是六十七元二十分。你有我們商店的貴賓卡嗎？

男：不，我沒有。這家店對我來說很方便。離我住的地方只有兩條街的距離。我沒有聽過什麼貴賓卡，而且我很訝異之前沒人告訴過我這個東西。

女：嗯，這是一張回饋卡。如果你加入這活動，你在這裡所花的每一塊錢都會得到點數。當你得到五十點，你就能獲得一個你最常購買物品的優惠券。這張表格你填寫好後便可以開始這活動。

* ***come to*** 總計為（ = *amount to*)　　total〔ˋtotḷ〕*n.* 總額；總計
preferred〔prɪˋfɝd〕*adj.* 偏好的；優先的
shopper's card 購物卡　　convenient〔kənˋvinjənt〕*adj.* 便利的
hear of 聽過　　reward〔rɪˋwɔrd〕*n.* 報酬；回報
rewards card 回饋卡　　enroll〔ɪnˋrol〕*v.* 登記；加入 < *in* >
program〔ˋprogræm〕*n.* 活動　　point〔pɔɪnt〕*n.* 點數
earn〔ɝn〕*v.* 賺取；獲得　　coupon〔ˋkupɑn〕*n.* 優惠券
product〔ˋprɑdəkt〕*n.* 產品
form〔fɔrm〕*n.* 表格　　***fill out*** 填寫

50. (**D**) 女士的工作最有可能是什麼？
　　(A) 銀行行員。　　　　　　(B) 保全。
　　(C) 行銷顧問。　　　　　　(D) 商店收銀員。
　　* likely〔ˋlaɪklɪ〕*adv.* 可能　　employee〔ˌɛmplɔɪˋi〕*n.* 員工
　　security〔sɪˋkjʊrətɪ〕*n.* 安全
　　guard〔gɑrd〕*n.* 警察；看守人
　　marketing〔ˋmɑrkɪtɪŋ〕*adj.* 行銷的
　　consultant〔kənˋsʌltənt〕*n.* 顧問
　　cashier〔kæˋʃɪr〕*n.* 收銀員

51. (**D**) 關於商店，男士說什麼？
　　(A) 那是個好選擇。　　　　(B) 那有很方便的營業時間。
　　(C) 那每週有折扣。　　　　(D) 那離他家很近。

* business〔'bɪznɪs〕*n.* 商業；商店
  selection〔sə'lɛkʃən〕*n.* 選擇
  hours〔aʊrz〕*n. pl.* 營業時間　　weekly〔'wiklɪ〕*adj.* 每週的
  discount〔'dɪskaʊnt〕*n.* 折扣　　***close to*** 接近

52.(**D**)　女士建議男士申請什麼？

    (A)　比賽。　　　　　　　　(B)　貸款。

    (C)　工作機會。　　　　　　(D)　購物回饋卡。

* suggest〔səg'dʒɛst〕*v.* 建議　　***apply for*** 申請
  loan〔lon〕*n.* 貸款　　contest〔'kɑntɛst〕*n.* 比賽
  employment〔ɪm'plɔɪmənt〕*n.* 雇用；工作
  opportunity〔ˌɑpə'tjunətɪ〕*n.* 機會

參考以下的對話，回答第 53 至 55 題。

女：早安，戴倫博士。我想跟您確認產品測試的進展。你今天計畫要
　　讓十個人進來測試新的拋棄式隱形眼鏡，是吧？

男：嗯，我們尚無法招募到足夠的人。我們想要招募十人但是只有五
　　個人能來。所以我們把測試延後到下週。

女：好的，那不是問題。但是您完成後可以儘快給我結果嗎？我下週
　　結束前需要這份報告。

男：當然，我是那樣計畫的。我會確保妳在週四前拿到報告。

* confirm〔kən'fɝm〕*v.* 確認　　progress〔'prɑgrɛs〕*n.* 進展
  product〔'prɑdʌkt〕*n.* 產品　　schedule〔'skɛdʒul〕*v.* 安排；計畫
  participant〔par'tɪsəpənt〕*n.* 參與者
  disposable〔dɪ'spozəbḷ〕*adj.* 用完即丟的
  contact lenses 隱形眼鏡　　recruit〔rɪ'krut〕*v.* 招聘；雇用
  available〔ə'veləbḷ〕*adj.* 可獲得的；有空的
  postpone〔post'pon〕*v.* 延後　　result〔rɪ'zʌlt〕*n.* 結果
  as soon as possible 儘快　　***make sure*** 確認

53.(**C**)　說話者主要在討論什麼？

    (A)　一個廣告的想法。　　　　(B)　一個雇用的決定。

(C) 一個產品測試。　　　　(D) 一個最近的拍賣。

* mainly（'menlɪ）adv. 主要地　　discuss（dɪ'skʌs）v. 討論
advertising（'ædvə,taɪzɪŋ）adj. 廣告的
hiring（'haɪrɪŋ）adj. 雇用的　　decision（dɪ'sɪʒən）n. 決定

54.（**C**）男士提到什麼問題？

(A) 商店關閉了。　　　　　　(B) 發票所列的數量錯誤。

(C) 活動延後。　　　　　　　(D) 訂單發送日期不對。

* mention（'mɛnʃən）v. 提到　　business（'bɪznɪs）n. 商店
invoice（'ɪnvɔɪs）n. 發票　　list（lɪst）v. 列出
incorrect（,ɪnkə'rɛkt）adj. 不正確的
amount（ə'maʊnt）n. 總計；總額　　event（ɪ'vɛnt）n. 活動
delay（dɪ'le）v. 延後　　order（'ɔrdə）n. 訂購；訂單
ship（ʃɪp）v. 運送

55.（**A**）男士同意週四前做什麼？

(A) 繳交報告。　　　　　(B) 修正手冊。

(C) 制定議程。　　　　　(D) 上台報告。

* agree（ə'gri）v. 同意　　***turn in*** 繳交
revise（rɪ'vaɪz）v. 修訂；改正
manual（'mænjuəl）n. 手冊
agenda（ə'dʒɛndə）n. 議程；工作事項
presentation（prɛzn̩'teʃən）n. 報告

參考以下的對話和一覽表，回答第 56 至 58 題。

男：好的，女士。您這總共是三百八十元。您要付現還是刷卡？

女：這是我的 Visa 卡。喔，等一下——我有一張折扣券。我確認它
還有效。在哪裡呢？有了。

男：很好，謝謝。嗯，看來掃描器無法偵測出這條碼。讓我來看看
問題是什麼。

女：我知道了。你介意我把東西放在這裡，我再看看店裡其他的東
西嗎？

男 ： 沒問題。我會把這些襯衫放旁邊，當您準備好結帳時它們會在
　　　這裡。

* total〔'totḷ〕*n.* 總計；總額　　***come to*** 總計為（= *amount to*）
exactly〔ɪg'zæktlɪ〕*adv.* 剛好；恰巧　　credit〔'krɛdɪt〕*n.* 賒帳
discount〔'dɪskaʊnt〕*n.* 折扣　　coupon〔'kupɑn〕*n.* 優惠券
pretty〔'prɪtɪ〕*adv.* 非常；相當　　valid〔'vælɪd〕*adj.* 有效的
There it is. 有了；就是這個。
hmm〔hm〕*interj.*（表示猶疑、懷疑等）嗯
scanner〔'skænɚ〕*n.* 掃描器　　***bar code*** 條碼
item〔'aɪtəm〕*n.* 物品　　browse〔'braʊz〕*v.* 瀏覽；隨意看看
certainly〔'sɝtṇlɪ〕*adv.* 當然　　***set aside*** 把…放在一旁
check out 結帳

56.（**A**）男士在做什麼？

　　　(A) 協助顧客。　　　　　　(B) 發送優惠券。
　　　(C) 安排陳列布置。　　　　(D) 重開電腦。

　　　* assist〔ə'sɪst〕*v.* 幫助　　customer〔'kʌstəmɚ〕*n.* 顧客
　　　hand out 發送　　arrange〔ə'rendʒ〕*v.* 安排
　　　display〔dɪ'sple〕*n.* 展覽；陳列

57.（**D**）看圖表。為什麼優惠券無法使用？

　　　(A) 過期了。　　　　　　　(B) 是另一家店發行的。
　　　(C) 要經由經理批准。　　　(D) 要購買至少四百元。

丹頓
百貨公司
折扣券

購買四百元以上打八五折

(00) 0 0123456 000000001 8

截止日期：五月十五日

* graphic〔'græfɪk〕*n.* 圖表　　reject〔rɪ'dʒɛkt〕*v.* 拒絕
expire〔ɪk'spaɪr〕*v.* 過期　　issue〔'ɪʃu〕*v.* 發行
approve〔ə'pruv〕*v.* 認可；批准

58. (**A**) 男士同意做什麼？

(A) 保留櫃檯的物品。　　　　(B) 啓用優惠券。

(C) 批准額外的折扣。　　　　(D) 呼喚給另一位員工。

* hold〔hold〕*v.* 保留　　counter〔'kauntɚ〕*n.* 櫃台
initialize〔ɪ'nɪʃə,laɪz〕*v.* 初始化；啓用
authorize〔'ɔθə,raɪz〕*v.* 授權；批准
additional〔ə'dɪʃənḷ〕*adj.* 額外的；多餘的
staff〔stæf〕*n.* 員工

參考以下的對話，回答第 59 至 61 題。

女： 嗨，我這週五在你們的飯店預訂了一標準房，但是我想要升等。
那晚還有多的套房嗎？

男： 很抱歉，但我們最大的房間最少要訂兩晚。您有意要再待一晚
嗎，週四晚或是週六晚？

女： 嗯，很樂意，但是我只待一晚參加麥考密克廣場的電腦展。

男： 嗯，那麼讓我跟經理確認看看。他或許能夠免除這限制，因爲您
將在這裡參加會議。

* reserve〔rɪ'zɝv〕*v.* 預約；保留
standard〔'stændɚd〕*adj.* 標準的　　***would like to V.*** 想要～
upgrade〔'ʌp,gred〕*n.* 升等；升級　　suite〔swit〕*n.* 套房
available〔ə'veləbḷ〕*adj.* 可獲得的；可用的
minimum〔'mɪnəməm〕*n.* 最低限度；最低消費
hmm〔hm〕*interj.* （表示猶疑、懷疑等）嗯
convention〔kən'vɛnʃən〕*n.* 會議
McCormick Place 麥考密克廣場【位於芝加哥市】
check〔tʃɛk〕*v.* 確認　　waive〔wev〕*v.* 放棄；免除
restriction〔rɪ'strɪkʃən〕*n.* 限制
possibility〔,pasə'bɪlətɪ〕*n.* 可能性　　join〔dʒɔɪn〕*v.* 加入

59. (**D**) 為何女士打電話到飯店？

　　　(A) 安排會議。　　　　　(B) 確認地址。

　　　(C) 抱怨服務。　　　　　(D) 改變預定。

　　　* organize〔'ɔrgə,naɪz〕v. 安排
　　　　conference〔'kɑnfərəns〕n. 會議
　　　　confirm〔kən'fɝm〕v. 確認　　address〔'ædrɛs〕n. 地址
　　　　complain〔kən'plen〕v. 抱怨
　　　　reservation〔rɛzə·'veʃən〕n. 預定；保留

60. (**D**) 男士建議什麼？

　　　(A) 搭接駁公車。　　　　(B) 查看飯店的網站。

　　　(C) 晚一點回電。　　　　(D) 再多待一晚。

　　　* suggest〔sə'dʒɛst〕v. 建議
　　　　shuttle〔'ʃʌtḷ〕adj. 來回移動的　　***shuttle bus*** 接駁公車
　　　　website〔'wɛb,saɪt〕n. 網站　　***call back*** 回電

61. (**D**) 男士會要求經理做什麼？

　　　(A) 解釋政策。　　　　　(B) 提供行程。

　　　(C) 批准折扣。　　　　　(D) 改變限制。

　　　* explain〔ɪk'splen〕v. 解釋　　policy〔'pɑləsɪ〕n. 政策
　　　　provide〔prə'vaɪd〕v. 提供　　schedule〔'skɛdʒul〕n. 行程
　　　　authorize〔'ɔθə,raɪz〕v. 授權；批准

參考以下的對話，回答第 62 至 64 題。

男：我是極端建設的艾德。我過來是因為您稍早來電請求服務。有某
　　種臭味，是吧？

女：謝謝你臨時過來。那味道是來自會議室的天花板，自從大約一週
　　前開始。你可以看到一個很大的汙點，就在那。

男：您可能有動物死在那裡，但我必須拿些工具和用品，明天再回來
　　進入天花板裡面看看。

女：那沒問題。我想要在週一之前處理完這件事。我那時候要進行一
　　個研討會，所以我將要使用那房間。

* ultra〔'ʌltrə〕*adj.* 極端的；過度的
construction〔kən'strʌkʃən〕*n.* 建造；建設
request〔rɪ'kwɛst〕*v.* 請求　　service〔'sɜvɪs〕*n.* 服務
foul〔faʊl〕*adj.* 有惡臭的　　odor〔'odə〕*n.* 氣味；惡臭
on short notice　一經通知；突然
meeting〔'mitɪŋ〕*n.* 會議；開會　　ceiling〔'silɪŋ〕*n.* 天花板
or so　大約　　stain〔sten〕*n.* 汙點
probably〔'prɑbəblɪ〕*adv.* 可能　　critter〔'krɪtə〕*n.* 動物；生物
tool〔tul〕*n.* 工具　　supplies〔sə'plaɪz〕*n. pl.* 供應品；用品
take care of　處理　　conduct〔kən'dʌkt〕*v.* 進行
workshop〔'wɜk,ʃɑp〕*n.* 研討會

62.（**B**）為何聯絡男士的公司？

(A) 要建一個車庫。　　　　(B) 要調查一個臭味。
(C) 要移除一棵樹。　　　　(D) 要安裝家電。

* company〔'kʌmpənɪ〕*n.* 公司
contact〔'kɑntækt〕*v.* 連絡　　garage〔gə'rɑʒ〕*n.* 車庫
investigate〔ɪn'vɛstə,get〕*v.* 調查
remove〔rɪ'muv〕*v.* 移除　　install〔ɪn'stɔl〕*v.* 安裝
appliance〔ə'plaɪəns〕*n.* 家電

63.（**A**）男士說他明天回來前會做什麼？

(A) 拿些用具。　　　　　(B) 測試設備。
(C) 雇用額外的工人。　　(D) 跟經理說話。

* *pick up*　拿　　equipment〔ɪ'kwɪpmənt〕*n.* 設備；器材
hire〔haɪr〕*v.* 雇用　　extra〔'ɛkstrə〕*adj.* 額外的
worker〔'wɜkə〕*n.* 工人　　manager〔'mænɪdʒə〕*n.* 經理

64.（**B**）女士週一會做什麼？

(A) 打電話給男士。　　　　(B) 主辦活動。
(C) 粉刷房間。　　　　　　(D) 寄送款項。

* host〔host〕*v.* 主辦　　event〔ɪ'vɛnt〕*n.* 活動
paint〔pent〕*v.* 油漆；粉刷
payment〔'pemənt〕*n.* 付款；報酬

參考以下的對話和通知，回答第 65 至 67 題。

女：瑞，皇家音樂廳有一系列的音樂會，我們在這裡上班的有些人打
算要去。你有興趣嗎？

男：當然，我有看過有關那系列的消息了。聽起來會有很多很棒的音
樂。票價多少？

女：這要看狀況。你看，這裡有資料。我們已經有超過十個人答應要
出席了，所以我們應該有資格用那個價格購買。

男：那的確很公道。是這個週末嗎？

女：是的，週五下班後。

男：有人要先預先訂票嗎？

女：行銷部的劉先生會預定。你可以打電話給他，讓他知道要算你一
份。

* concert〔ˈkɑnsɝt〕*n.* 音樂會　　series〔ˈsɪrɪz〕*n.* 一系列；連續
open〔ˈopən〕*v.* 開始　　regal〔ˈrigḷ〕*adj.* 皇家的
auditorium〔ˌɔdəˈtɔrɪəm〕*n.* 演講廳；禮堂
it depends 視情況而定
information〔ˌɪnfɚˈmeʃən〕*n.* 資訊；消息
committed〔kəˈmɪtɪd〕*adj.* 承諾過的　　attend〔əˈtɛnd〕*v.* 出席
qualify〔ˈkwɑləˌfaɪ〕*v.* 有資格　　certainly〔ˈsɝtṇlɪ〕*adv.* 的確
reasonable〔ˈriznəbḷ〕*adj.* 合理的；公道的　　*in advance* 預先
marketing〔ˈmɑrkɪtɪŋ〕*adj.* 行銷的
department〔dɪˈpɑrtmənt〕*n.* 部門
include〔ɪnˈklud〕*v.* 包含；計入

65. (**D**) 說話者在討論哪種活動？

(A) 劇場表演。　　　　　　(B) 博物館展覽開幕。

(C) 攝影工作坊。　　　　　(D) 現場音樂會。

* event〔ɪˈvɛnt〕*n.* 活動　　theater〔ˈθiətɚ〕*n.* 劇院；劇場
performance〔pɚˈfɔrməns〕*n.* 表演
exhibit〔ɪgˈzɪbɪt〕*n.* 展覽　　opening〔ˈopənɪŋ〕*n.* 開幕
photography〔foˈtɑgrəfɪ〕*n.* 攝影

workshop〔'wɝk,ʃɑp〕*n.* 演討會;工作坊
live〔laɪv〕*adj.* 現場的

66. (**C**) 看圖表。說話者可能要付多少票價?

(A) 美金 15 元。 (B) 美金 18 元。

(C) <u>美金 20 元。</u> (D) 美金 25 元。

皇家音樂廳

入場費(每人)

大學生 $18

十人或以上的團體 $20

會員 $15

非會員 $25

---

* graphic〔'græfɪk〕*n.* 圖表　　per〔pɚ〕*prep.* 每⋯
nonmember〔,nɑm'mɛmbɚ〕*n.* 非會員

67. (**D**) 女士建議男士做什麼?

(A) 用信用卡付款。 (B) 租用一些設備。

(C) 提早下班。 (D) <u>打電話給同事。</u>

* suggest〔sə'dʒɛst〕*v.* 建議　　***credit card*** 信用卡
rent〔rɛnt〕*v.* 租用
equipment〔ɪ'kwɪpmənt〕*n.* 設備
coworker〔'ko,wɝkɚ〕*n.* 同事

<u>參考以下的對話和發票,回答第 68 至 70 題。</u>

女: 今天就這樣子嗎?只是一支新電話和服務升級?

男: 在我買電話前,我的確還有一個問題。我可以線上付帳單嗎?我常常出差,而且帳單來的時候我常常不在家。

女: 當然可以。你可以在我們的網站上設定一個付款帳戶。我也建議下載手機應用程式,如此你就可以隨時觀看你的帳戶狀況。

男：好的，太棒了。但是關於延長保固，我改變心意了。我不覺得我
　　真的需要它。妳可以幫我從帳單移除嗎？

女：當然可以。

* service〔'sɝvɪs〕*n.* 服務　　upgrade〔'ʌpˌgred〕*n.* 升等；升級
bill〔bɪl〕*n.* 帳單　　online〔'ɑnˌlaɪn〕*adv.* 線上地；在網路上
absolutely〔'æbsəlutlɪ〕*adv.* 絕對地；當然　　***set up*** 設定
payment〔'pemənt〕*n.* 付款　　account〔ə'kaʊnt〕*n.* 帳戶
website〔'wɛbˌsaɪt〕*n.* 網站
recommend〔ˌrɛkə'mɛnd〕*v.* 推薦；建議
download〔ˌdaʊn'lod〕*v.* 下載　　mobile〔'mobl̩〕*adj.* 可移動的
mobile phone 手機　　application〔ˌæplə'keʃən〕*n.* 應用程式
view〔vju〕*v.* 看；觀覽　　status〔'stætəs〕*n.* 情況
change one's mind 改變心意
extended〔ɪk'stɛndɪd〕*adj.* 延長的
warranty〔'wɔrəntɪ〕*n.* 保證；保固　　remove〔rɪ'muv〕*v.* 移除

68. (**A**) 女是最有可能是什麼職業？
　　　　(A) 店員。　　　　　　　(B) 不動產業者。
　　　　(C) 銀行家。　　　　　　(D) 老師。
　　　　* likely〔'laɪklɪ〕*adv.* 可能　　clerk〔klɝk〕*n.* 店員
　　　　real estate 不動產　　agent〔'edʒənt〕*n.* 代理人；經紀人
　　　　banker〔'bæŋkɚ〕*n.* 銀行家

69. (**B**) 男士詢問什麼？
　　　　(A) 額外的功能。　　　　(B) 線上付款。
　　　　(C) 舊換新的政策。　　　(D) 保險範圍。
　　　　* additional〔ə'dɪʃən̩l〕*adj.* 額外的
　　　　feature〔'fitʃɚ〕*n.* 特色；功能
　　　　trade-in〔'tredɪn〕*adj.* 以舊折價換新
　　　　policy〔'pɑləsɪ〕*n.* 政策　　coverage〔'kʌvərɪdʒ〕*n.* 保險

70. (**C**) 看圖表。稅前帳單會有多少金額會被移除？

(A) 美金 75.55 元。　　　　(B) 美金 76.56 元。
(C) 美金 100 元。　　　　　(D) 美金 700 元。

弗雷澤行動電信 對帳單：六月二十三日 www.fzrmobile.com		
設備	FZR 9980 銀色 16GB 全球通	$700.00
服務方案	無限鑽石級（月計）	$75.00
保固	兩年延長	$100.00
小計		$875.00
手續費及稅/州銷售稅（8.75%）		$76.56
總計		$951.56

* tax〔tæks〕*n.* 稅
statement〔'stetmənt〕*n.* 陳述；對帳單
silver〔'sɪlvɚ〕*n.* 銀色
GSM 全球移動通信；全球通（= *global system for mobile*）
diamond〔'daɪəmənd〕*n.* 鑽石
sub-total〔'sʌbtotḷ〕*n.* 小計　　fee〔fi〕*n.* 手續費
state〔stet〕*adj.* 州的

PART 4 詳解

參考以下的一段話，回答第 71 至 73 題。

早安，各位先生女士，歡迎來到這場介紹課程，關於使用我們新的餐廳管理軟體。今天我們要熟悉你們在店內服務時，將會用到的基本功能。我們會討論如何點餐、製作帳單並處理帳款，以及管理你的輪班工作。我認爲這款新的軟體，在你面對用餐者時，會節省你很多時間。我知道我們舊的軟體經常故障，難以處理。新的軟體會穩定許多。

* introductory〔,ɪntrə'dʌktərɪ〕*adj.* 引導的;介紹的
  session〔'sɛʃən〕*n.* 一段時間;授課時間
  management〔'mænɪdʒmənt〕*n.* 管理
  software〔'sɔft,wɛr〕*n.* 軟體　　familiar〔fə'mɪljə〕*adj.* 熟悉的
  basic〔'besɪk〕*adj.* 基本的　　feature〔'fitʃə〕*n.* 特色;功能
  floor〔flor〕*n.* 樓層;活動場所　　server〔'sɝvə〕*n.* 服務生
  go over 仔細檢查;認眞討論　　order〔'ɔrdə〕*v.* 點 (餐)
  menu〔'mɛnju〕*n.* 菜單　　item〔'aɪtəm〕*n.* 物品;東西
  generate〔'dʒɛnə,ret〕*v.* 產生　　guest〔gɛst〕*n.* 客人
  bill〔bɪl〕*n.* 帳單　　process〔'prɑsɛs〕*v.* 處理
  payment〔'pemənt〕*n.* 付款;款項　　manage〔'mænɪdʒ〕*v.* 處理
  end〔ɛnd〕*n.* 端點;(工作的) 方面　　shift〔ʃɪft〕*n.* 輪班
  task〔'tæsk〕*n.* 工作　　save〔sev〕*v.* 節省
  take care of 處理;照顧　　diner〔'daɪnə〕*n.* 用餐者
  have problems with 有…的問題　　crash〔kræʃ〕*v.* 故障;癱瘓
  frequently〔'frikwəntlɪ〕*adv.* 經常地
  program〔'progræm〕*n.* 電腦程式　　stable〔'stebl̩〕*adj.* 穩定的

71. (**C**) 聽眾是誰?
　　(A) 軟體開發人員。　　　　(B) 法務助理。
　　(C) <u>餐廳工作人員。</u>　　　(D) 餐廳經理。
　　* developer〔dɪ'vɛləpə〕*n.* 開發者;研發者
　　　legal〔'lig̩l〕*adj.* 法律的　　assistant〔ə'sɪstənt〕*n.* 助理
　　　staff〔stæf〕*n.* 工作人員　　manager〔'mænɪdʒə〕*n.* 經理

72. (**C**) 聽眾在研習會將要做什麼?
　　(A) 制定來年的目標。　　　(B) 討論顧客反應。
　　(C) <u>學習使用新的軟體。</u>　(D) 參加角色扮演活動。
　　* workshop〔'wɝk,ʃɑp〕*n.* 研習會
　　　develop〔dɪ'vɛləp〕*v.* 發展;制定　　goal〔gol〕*n.* 目標
　　　upcoming〔'ʌp,kʌmɪŋ〕*adj.* 即將到來的
　　　discuss〔dɪ'skʌs〕*v.* 討論　　customer〔'kʌstəmə〕*n.* 顧客
　　　feedback〔'fid,bæk〕*n.* 反饋;反應
　　　discuss〔dɪ'skʌs〕*v.* 討論

participate〔par'tɪsə,pet〕*v.* 參加
     role-playing *adj.* 角色扮演的
     activity〔æk'tɪvətɪ〕*n.* 活動

73. (**D**) 說話者預期會發生什麼？

    (A) 顧客會寫下正面的評論。 (B) 銷售量會增加。

    (C) 帳單開送錯誤會更少。   (D) <u>員工工作將會更有效率。</u>

    * positive〔'pazətɪv〕*adj.* 正面的
    review〔rɪ'vju〕*n.* 評論 sales〔selz〕*adj.* 銷售的
    volume〔'valjəm〕*n.* 量 increase〔ɪn'kris〕*v.* 增加
    billing〔'bɪlɪŋ〕*adj.* 開送帳單的 error〔'ɛrɚ〕*n.* 錯誤
    employee〔,ɛmplɔɪ'i〕*n.* 員工
    efficiently〔ɪ'fɪʃəntlɪ〕*adv.* 有效率地

<u>參考以下的語音留言，回答第 74 至 76 題。</u>

哈囉，洛加尼斯女士，我是夏博不動產的德瑞克・夏博。我來電是要跟您約去看一個位於時裝區頂樓公寓，剛好空出來。我想這房子很適合您。它是那棟樓最大的一間，而且劃分為商業和住宅用途。我很樂意明天任何時候，或是週一午前帶您去看這房子。請回電給我，讓我知道您是否有空看房。

  * realty〔'rɪəltɪ〕*n.* 不動產；房地產 ***set up*** 設定；安排
  appointment〔ə'pɔɪntmənt〕*n.* 約會 loft〔lɔft〕*n.* 閣樓；頂樓
  apartment〔ə'partmənt〕*n.* 公寓
  available〔ə'veləbḷ〕*adj.* 可獲得的；可用的；(人) 有空的
  garment〔'garmənt〕*n.* 衣服 district〔'dɪstrɪkt〕*n.* 地區
  Garment District 時裝區【位於紐約】
  property〔'prɑpɚtɪ〕*n.* 地產
  perfect〔'pɜfɪkt〕*adj.* 完美的；適合的
  zone〔zon〕*v.* 指定…為某項用途的區域
  commercial〔kə'mɝʃəl〕*adj.* 商業的
  residential〔,rɛzə'dɛnʃəl〕*adj.* 住宅的 use〔jus〕*n.* 使用
  call back 回電

74. (**A**) 說話者最可能在哪裡工作？

　　　(A) 不動產仲介公司。　　　(B) 法律事務所。

　　　(C) 保險公司。　　　　　　(D) 倉庫。

　　　* likely〔'laɪklɪ〕*adv.* 可能　　***real estate*** 不動產
　　　　agency〔'edʒənsɪ〕*n.* 仲介；經銷店　　law〔lɔ〕*n.* 法律
　　　　firm〔fɝm〕*n.* 公司　　insurance〔ɪn'ʃurəns〕*n.* 保險
　　　　policy〔'pɑləsɪ〕*n.* 政策；保險單
　　　　warehouse〔'wɛr͵haus〕*n.* 倉庫

75. (**C**) 關於該公寓，說話者怎麼說？

　　　(A) 它有新式的設備。　　　(B) 它地點很好。

　　　(C) 它很大。　　　　　　　(D) 它還不能使用。

　　　* modern〔'mɑdən〕*adj.* 現代的；新式的
　　　　facilities〔fə'sɪlətɪz〕*n. pl.* 設備
　　　　location〔lo'keʃən〕*n.* 地點

76. (**D**) 說話者要聽者做什麼？

　　　(A) 上一個網站。　　　　　(B) 預約。

　　　(C) 申請貸款。　　　　　　(D) 回電。

　　　* ***apply for*** 申請　　loan〔lon〕*n.* 貸款
　　　　return〔rɪ'tɝn〕*v.* 返回；回應

参考以下的廣播，回答第 77 至 79 題。

身為薩姆克鞋業生產部的新進員工，你們大部分的時間都會在剛剛參
觀的裝配區度過。但是也看看其他的地方對我們來說是很好的。如此
一來，你們就知道其他部門在哪裡，以及它們的功能。我們的第一個
停留的地方是運輸部門。要進入倉庫和船塢區，你們將要在入口刷你
們的安全識別證。所以請把那證件準備好。

　　　* production〔prə'dʌkʃən〕*n.* 生產
　　　　department〔dɪ'pɑrtmənt〕*n.* 部門
　　　　assembly〔ə'sɛmblɪ〕*n.* 裝配　　area〔'ɛrɪə〕*n.* 區域

vist〔'vɪzɪt〕v. 參觀　　rest〔rɛst〕n. 剩下
facility〔fə'sɪlətɪ〕n. 場所；設備　　*as well* 也；而且
this way 如此一來　　located〔lo'ketɪd〕adj. 位於…的
function〔'fʌŋkʃən〕n. 功能；作用　　serve〔sɜv〕v. 提供
stop〔stɑp〕n. 停留；站　　shipping〔'ʃɪpɪŋ〕n. 運輸；航運
access〔'æksɛs〕v. 接觸；獲得　　warehouse〔'wɛr,haʊs〕n. 倉庫
dock〔dɑk〕n. 碼頭；船塢　　swipe〔swaɪp〕v. 刷（卡）
security〔sɪ'kjʊrətɪ〕adj. 安全的；保安的
badge〔bædʒ〕n. 徽章；證章
gate〔get〕n. 大門；出入口　　*have…ready* 準備好…

77.（**C**）這段話的預期聽眾是誰？

　　(A) 顧客。　　　　　　　　(B) 求職者。
　　(C) <u>生產部工人。</u>　　　　(D) 管理人員。

　　* intended〔ɪn'tɛndɪd〕adj. 打算的；預期的
　　　audience〔'ɔdɪəns〕n. 聽眾
　　　customer〔'kʌstəmɚ〕n. 顧客
　　　candidate〔'kændə,det〕n. 候選人；求職者
　　　managerial〔,mænə'dʒɪrɪəl〕adj. 經理的；管理的
　　　staff〔stæf〕n. 職員

78.（**B**）根據說話者，聽眾接下來會去哪？

　　(A) 裝配樓層。　　　　　　(B) <u>運輸部門。</u>
　　(C) 訓練室。　　　　　　　(D) 警衛室。

　　* training〔'trenɪŋ〕adj. 訓練的　　*security office* 警衛室

79.（**D**）聽眾被要求做什麼？

　　(A) 執行安全程序。　　　　(B) 在表格上面簽名。
　　(C) 繳交工作申請書。　　　(D) <u>使用保全辨識證。</u>

　　* practice〔'præktɪs〕v. 練習；執行
　　　safety〔'seftɪ〕n. 安全　　procedure〔prə'sidʒɚ〕n. 程序
　　　sign〔saɪn〕v. 在…上簽名　　form〔form〕n. 表格
　　　turn in 繳交　　application〔,æplə'keʃən〕n. 申請書

參考以下的新聞報導，回答第 80 至 82 題。

遺跡娛樂爲北美最大的遊戲製造商，宣布要延後發行它最受歡迎的遊戲，決鬥交戰二，直到明天春季。執行長路易斯・馬赫今早在記者會發表談話，說決鬥交戰二最新的版本要到其他的產品測試完成後，才會販售。在測試結束而產品發行後，預計會很快售罄，因此建議玩家顧客儘早下定單。

* vestige〔'vɛstɪdʒ〕*n.* 遺跡；殘餘
  entertainment〔ˌɛntə'tenmənt〕*n.* 娛樂　　***North America*** 北美洲
  manufacturer〔ˌmænjə'fæktʃərə〕*n.* 製造業者；製造商
  announce〔ə'naʊs〕*v.* 宣布　　delay〔dɪ'le〕*v. n.* 延後
  release〔rɪ'lis〕*n. v.* 發行　　popular〔'pɑpjʊələ〕*adj.* 受歡迎的
  combat〔'kɑmbæt〕*n.* 格鬥；戰鬥
  engagement〔ɪn'gedʒmənt〕*n.* 約定；交戰
  press conference 記者會
  CEO 執行長（ = *Chief Executive Officer*）
  latest〔'letɪst〕*adj.* 最新的　　version〔'vɝʃən〕*n.* 版本
  go on sale 販售　　additional〔ə'dɪʃənḷ〕*adj.* 額外的
  product〔'prɑdʌkt〕*n.* 產品　　complete〔kəm'plit〕*v.* 完成
  expect〔ɪk'spɛkt〕*v.* 預期　　***sell out*** 售完
  customer〔'kʌstəmə〕*n.* 顧客　　advise〔əd'vaɪz〕*v.* 建議
  place an order 下訂單

80.（**A**）遺跡娛樂是什麼類型的公司？
  (A) 遊戲開發商。　　　　(B) 電器行。
  (C) 武器製造商。　　　　(D) 婚禮策劃人。

  * type〔taɪp〕*n.* 類型　　business〔'bɪznɪs〕*n.* 商業；公司
    developer〔dɪ'vɛləpə〕*n.* 開發者
    electronic〔ɪˌlɛk'trɑnɪk〕*adj.* 電子設備的
    weapon〔'wɛpən〕*n.* 武器　　wedding〔'wɛdɪŋ〕*n.* 婚禮
    planner〔'plænə〕*n.* 計畫者；策畫者

81.（**D**）爲何要延後？

(A) 缺乏一些材料。　　　　　(B) 機器要替換。

(C) 價格還沒決定。　　　　　(D) <u>需要進一步的產品測試。</u>

* material〔məˈtɪrɪəl〕 *n.* 材料；原料
  available〔əˈveləbḷ〕 *adj.* 可獲得的
  machinery〔məˈʃɪnərɪ〕 *n.* 機器
  replace〔rɪˈples〕 *v.* 替換　　price〔praɪs〕 *n.* 價格
  determine〔dɪˈtɜmɪn〕 *v.* 決定
  necessary〔ˈnɛsəˌsɛrɪ〕 *adj.* 需要的；必要的

82. (**A**) 顧客被鼓勵去做什麼？

(A) <u>提早下訂單。</u>　　　　　(B) 查看網頁找更新。

(C) 比較規格。　　　　　　　(D) 讀消費者評論。

* encourage〔ɪnˈkɝɪdʒ〕 *v.* 鼓勵
  order〔ˈɔrdɚ〕 *v.* 訂購　　item〔ˈaɪtəm〕 *n.* 物品
  in advance 預先　　check〔tʃɛk〕 *v.* 檢查；查看
  update〔ˈʌpˌdet〕 *n.* 升級；更新
  compare〔kəmˈpɛr〕 *v.* 比較
  specifications〔ˌspɛsəfəˈkeʃənz〕 *n. pl.* 規格
  review〔rɪˈvju〕 *n.* 評論

參考以下的談話和地圖，回答第 83 至 85 題。

歡迎來到威廉野生動物救援中心的志工訓練會。我們很高興你們將會帶領野生動物的導覽。我身後是救援中心的路徑圖。我們現在正走在林肯小徑上，而在前往水世界中心前，我們將經過猛禽和蝙蝠區。你們也可以利用其他的步道，除了這一條，因為有一群黑猩猩居住在這附近。首次，我們中心和州立大學合作，研究黑猩猩。我們在這區域安置了及時攝影機，而我們不想要在研究的期間打擾到黑猩猩。

* volunteer〔ˌvɑlənˈtɪr〕 *adj.* 志願的
  orientation〔ˌorɪɛnˈteʃən〕 *n.* 訓練；指導
  wildlife〔ˈwaɪldˌlaɪf〕 *n.* 野生動物　　rescue〔ˈrɛskju〕 *n.* 救援
  center〔ˈsɛntɚ〕 *n.* 中心　　guide〔gaɪd〕 *v.* 指導；帶領

tour〔tur〕n. 遊覽　　trail〔trel〕n. 小徑
raptor〔'ræptə〕n. 猛禽　　bat〔bæt〕n. 蝙蝠
head〔hɛd〕v. 前往　　aquatic〔ə'kwætɪk〕adj. 水生的；水中的
as well 也；而且　　***except for*** 除了
troop〔trup〕n. 一群　　chimpanzee〔ˌtʃɪmpæn'zi〕n. 黑猩猩
nearby〔'nɪr,baɪ〕adv. 在附近　　***for the first time*** 第一次
collaborate〔kə'læbə,ret〕v. 合作　　***state university*** 州立大學
research〔'risɝtʃ〕n. 研究　　project〔'pradʒɛkt〕n. 計畫
chimp〔tʃɪmp〕n. 黑猩猩　　position〔pə'zɪʃən〕v. 安置
live〔laɪv〕adj. 現場直播的　　camera〔'kæmərə〕n. 攝影機
area〔'ɛrɪə〕n. 地區　　disturb〔dɪ'stɝb〕v. 打擾
duration〔du'reʃən〕n. 持續的時間；期間　　study〔'stʌdɪ〕n. 研究

83. (**C**) 這談話目的是誰？

    (A) 大自然攝影師。　　　　(B) 市政官員。

    (C) <u>新的志願者。</u>　　　　(D) 大學學生。

    * ***be intended for*** 目的是　　nature〔'netʃə〕n. 自然
    photographer〔fə'tagrəfə〕n. 攝影師
    official〔ə'fɪʃəl〕n. 官員
    volunteer〔ˌvalən'tɪr〕n. 志願者

84. (**D**) 看圖表。那條小徑遊客不得進入？

    (A) 北林肯小徑。　　　　(B) 坎伯蘭小徑。

    (C) 迪卡爾布小徑格。　　　(D) <u>道生小徑。</u>

WILLIAMS WILDLIFE RESCUE CENTER

> * graphic〔'græfɪk〕*n.* 圖表　**be closed to** 對…封閉
> visitor〔'vɪzɪtə〕*n.* 訪客；參觀者　den〔dɛn〕*n.* 獸穴
> sanctuary〔'sæŋktʃuˌɛrɪ〕*n.* 庇護所；保護區
> reptile〔'rɛp,tḷ〕*n.* 爬蟲類
> kennel〔'kɛnḷ〕*n.* 狗窩；養狗場
> kangaroo〔ˌkæŋgə'ru〕*n.* 袋鼠　panda〔'pændə〕*n.* 貓熊

85. (**D**)　該中心正參與什麼計畫？
　　(A)　年度大掃除日。
　　(B)　種植更多樹的計畫。
　　(C)　一系列關於野生動物保育的研討會。
　　(D)　關於黑猩猩的研究。

> * participate〔par'tɪsəˌpet〕*v.* 參加 < *in* >
> annual〔'ænjuəl〕*adj.* 一年一度的
> clean-up〔'klinˌʌp〕*n.* 清掃；清潔
> program〔'progræm〕*n.* 計畫　plant〔plænt〕*v.* 種植
> series〔'sɪrɪz〕*n.* 一系列　seminar〔'sɛməˌnar〕*n.* 研討會
> conservation〔ˌkansɚ'veʃən〕*n.* 保存；保育

參考以下的指示，回答第 86 至 88 題。

這個月，所有的郵局員工都被要求出席一場客服的講習。這兩小時的
講課安排在四月二十二日，星期四的傍晚，在營業時間之後。如果你
是兼職員工，請注意你的額外工時會有支薪。我現在要分發一些資料，
我希望你們在講習前仔細研讀。這是一份更新版的員工手冊，包含了
一些新的指導方針，關於如何面對民眾。我們將會在講習時更細部討
論改變的地方。

> * ***post office*** 郵局　employee〔ˌɛmplɔɪ'i〕*n.* 員工；職員
> require〔rɪ'kwaɪr〕*v.* 要求　attend〔ə'tɛnd〕*v.* 出席
> ***customer service*** 顧客服務
> workshop〔'wɝkˌʃap〕*n.* 研討會；講習
> session〔'sɛʃən〕*n.* 一段時間；講課　plan〔plæn〕*v.* 安排；計畫

regular（'rɛgjələ）*adj.* 例行的　　***business hours*** 營業時間

part-time（'part,taɪm）*adv.* 兼職地　*adj.* 兼職的

note（not）*v.* 注意　　extra（'ɛkstrə）*adj.* 額外的

hand out 發送；分發　　material（mə'tɪrɪəl）*n.* 資料

right now 目前；現在　　review（rɪ'vju）*v.* 仔細研究；細查

updated（ˌʌp'detɪd）*adj.* 更新的

handbook（'hænd,bʊk）*n.* 手冊；指南

include（ɪn'klud）*v.* 包含

guideline（'gaɪd,laɪn）*n.* 指導方針

on（an）*prep.* 關於　　***the public*** 民眾

discuss（dɪ'skʌs）*v.* 討論　　***be up to*** 由…決定

straight（stret）*adv.* 直接地　　***in detail*** 仔細地

86. (**C**) 四月二十二日會發生什麼事？

    (A) 郵政服務會延長。　　(B) 會發薪水。

    (C) <u>會舉辦訓練講習。</u>　　(D) 會調整工作時間表。

    * mail（mel）*n.* 郵件；郵政　　service（'sɝvɪs）*n.* 服務

    extend（ɪk'stɛnd）*v.* 延長

    paycheck（'pe,tʃɛk）*n.* 薪水支票

    issue（'ɪʃu）*v.* 發行；配給　　training（'trenɪŋ）*n.* 訓練

    hold（hold）*v.* 舉辦

    schedule（'skɛdʒul）*n.* 行程；時間表

    adjust（ə'dʒʌst）*v.* 調整

87. (**D**) 聽眾被要求要仔細閱讀什麼？

    (A) 海關申報。　　(B) 計畫進度。

    (C) 顧客調查。　　(D) <u>員工手冊。</u>

    * customs（'kʌstəmz）*n.* 海關

    declaration（ˌdɛklə'reʃən）*n.* 宣布；申報

    project（'pradʒɪkt）*n.* 計畫

    timeline（'taɪm,laɪn）*n.* 時間表；進度

    customer（'kʌstəmə）*n.* 顧客

    survey（'sɝve）*n.* 調查

88.(**B**) 關於兼職員工，說話者說什麼？

　　　　(A) 他們會收到證書。

　　　　(B) <u>他們會超時而支薪。</u>

　　　　(C) 他們不含在該政策內。

　　　　(D) 他們要在稅單上簽名。

　　　　* receive〔rɪˋsiv〕v. 收到
　　　　　 certificate〔səˋtɪfəkɪt〕n. 證明書
　　　　　 policy〔ˋpɑləsɪ〕n. 政策　　 sign〔saɪn〕v. 在…上簽名
　　　　　 tax〔tæks〕n. 稅　　 form〔fɔrm〕n. 表格

<u>參考以下的宣布，回答第 89 至 91 題。</u>

顧客請注意。白橡村商店很高興宣布正要進入第五個年頭。商店因應週年慶的開始，明天早上會提早開始營業，並提供商品特價促銷。顧客可以到我們一樓的服務台，位於凡斯珠寶的對面，拿取手冊，裡面附有折扣券。一定要提早來購物，以獲得年度的最低價。

　　* attention〔əˋtɛnʃən〕n. 注意
　　　 shopper〔ˋʃɑpɚ〕n. 買東西的人；顧客　　 oak〔ok〕n. 橡樹
　　　 village〔ˋvɪlɪdʒ〕n. 村莊　　 announce〔əˋnaʊns〕v. 宣布
　　　 turn〔tɝn〕v. 轉變成　　 anniversary〔ˏænəˋvɝsərɪ〕adj. 週年的
　　　 celebration〔ˏsɛləˋbreʃən〕n. 慶祝　　 offer〔ˋɔfɚ〕v. 給予；提出
　　　 special〔ˋspɛʃəl〕adj. 特別的　　 promotion〔prəˋmoʃən〕n. 促銷
　　　 merchandise〔ˋmɝtʃənˏdaɪs〕n. 商品
　　　 customer〔ˋkʌstəmɚ〕n. 顧客　　 ***pick up*** 拿取
　　　 brochure〔broˋʃʊr〕n. 小冊子　　 discount〔ˋdɪskaʊnt〕n. 折扣
　　　 coupon〔ˋkupɑn〕n. 折價券　　 ***information desk*** 服務台
　　　 located〔loˋketɪd〕adj. 位於…的　　 ***ground floor*** 底層；一樓
　　　 jewelry〔ˋdʒuəlrɪ〕n. 珠寶　　 ***be sure to V.*** 一定～
　　　 take advantage of 利用　　 price〔praɪs〕n. 價格

89.(**A**) 正在宣布什麼？

　　　　(A) <u>週年慶。</u>　　　　　　　　(B) 盛大開幕。

(C) 整修計畫。　　　　　　(D) 抽獎贈品。

　　* grand〔grænd〕*adj.* 壯觀的；盛大的
　　　opening〔'opənɪŋ〕*n.* 開幕
　　　renovation〔ˌrɛnə'veʃən〕*n.* 整修
　　　project〔'pradʒɪkt〕*n.* 計劃
　　　sweepstakes〔'swip͵steks〕*n.* 彩票抽獎
　　　giveaway〔'gɪvə͵we〕*n.* 贈品

90. (**C**) 明天早上會發生什麼事？

　　(A) 會頒獎。　　　　　　　(B) 餐廳會供應免費早餐。
　　(C) <u>商店會提早營業。</u>　　(D) 會陳列設計。

　　* award〔ə'wɔrd〕*n.* 獎品
　　　present〔prɪ'zɛnt〕*v.* 呈現；頒發　　serve〔sɝv〕*v.* 供應
　　　design〔dɪ'zaɪn〕*n.* 設計
　　　display〔dɪ'sple〕*v.* 展現；陳列

91. (**B**) 根據公告，服務台有什麼可取得？

　　(A) 活動時間表。　　　　　(B) <u>有折價券的小冊子。</u>
　　(C) 區域地圖。　　　　　　(D) 餐廳清單。

　　* available〔ə'veləbḷ〕*adj.* 可獲得的
　　　event〔ɪ'vɛnt〕*n.* 活動　　map〔mæp〕*n.* 地圖
　　　area〔'ɛrɪə〕*n.* 區域　　list〔lɪst〕*n.* 清單

<u>參考以下的會議節錄，回答第 92 至 94 題。</u>

嘿，各位。我知道你們之中有很多人，對於我們和艾胥黎家具簽的新
的廣告合約有疑問。我昨天恐怕沒有解釋清楚，所以讓我再試看看。
就如你們所知，艾胥黎家具要求我們公司想出一個廣告，宣傳他們新
一系列的玻璃和木製咖啡桌。這是非常重要的計畫，所以我希望整個
團隊都要參與。我希望你們各位可以草擬一頁的廣告，呈現出桌子的
魅力。然後，在下次的會議上，你們將會發表你們的想法，而我們會
一起選出最有希望的一個。有任何人有問題嗎？

* excerpt（ˋɛksɝpt）n. 節錄　　regarding（rɪˋgɑrdɪŋ）prep. 關於
advertising（ˋædvɚ͵taɪzɪŋ）adj. 廣告的
contract（ˋkɑntrækt）n. 合約　　furniture（ˋfɝnɪtʃɚ）n. 家具
fail（fel）v. 未能　　explain（ɪkˋsplen）v. 解釋
explain oneself 為自己的行為說明
clearly（ˋklɪrlɪ）adv. 清楚地
agency（ˋedʒənsɪ）n. 經銷店　　*come up with* 想出
ad（æd）n. 廣告　　campaign（kæmˋpen）n. 宣傳活動
line（laɪn）n. 系列　　glass（glæs）n. 玻璃
wood（wʊd）n. 木材；木製品　　project（ˋprɑdʒɛkt）n. 計畫
be involved 參與　　sketch（skɛtʃ）v. 簡述；草擬
in a···light 以···的角度
attractive（əˋtræktɪv）adj. 有魅力的；吸引人的
present（prɪˋzɛnt）v. 呈現；表現
promising（ˋprɑmɪsɪŋ）adj. 有希望的

92. (**B**) 說話者為何召開今天的會議？
　　(A) 為了討論每季的預算。　　(B) 為了澄清工作。
　　(C) 為了完成產品設計。　　(D) 為了測試新產品。
　　* call（kɔl）v. 召集　　discuss（dɪˋskʌs）v. 討論
　　quarterly（ˋkwɔrtəlɪ）adj. 季度的；一季的
　　budget（ˋbʌdʒɪt）n. 預算　　clarify（ˋklærə͵faɪ）v. 澄清
　　assignment（əˋsaɪnmənt）n. 工作；任務
　　finalize（ˋfaɪn͵aɪz）v. 完成　　product（ˋprɑdʌkt）n. 產品
　　design（dɪˋzaɪn）n. v. 設計　　test（tɛst）v. 檢測；測試

93. (**B**) 該公司被要求做什麼？
　　(A) 設計一個新的咖啡桌。　　(B) 創造一個宣傳廣告。
　　(C) 降低每個月的成本。　　(D) 截止日期前提早完成。
　　* company（ˋkʌmpənɪ）n. 公司　　create（krɪˋet）v. 創造
　　lower（ˋloɚ）v. 降低　　monthly（ˋmʌnθlɪ）adj. 每月的
　　cost（kɔst）n. 成本　　meet（mit）v. 達成
　　deadline（ˋdɛd͵laɪn）n. 截止日期；最後期限

94. (**C**) 根據說話者，下次開會會發生什麼事？
    (A) 舉行示範。　　　　　(B) 分析競爭對手的產品。
    (C) 審視提案。　　　　　(D) 重寫素材。

      * demonstration〔͵dɛmən'streʃən〕*n.* 示範
      hold〔hold〕*v.* 舉辦
      competitor〔kəm'pɛtətɚ〕*n.* 競爭者
      analyze〔'ænḷ͵aɪz〕*v.* 分析；研究
      proposal〔prə'pozḷ〕*n.* 提議；提案
      review〔rɪ'vju〕*v.* 仔細檢查；審視
      material〔mə'tɪrɪəl〕*n.* 素材；資料

參考以下的語音留言以及費用報表，回答第 95 至 97 題。

嗨，鮑伯，我是會計部的凱洛琳。我正在看你最近去波士頓業務出差後，提交的費用報表，看起來少了一張發票。我知道你申請十月十二日 45.86 美元的補償費，但是我找不到該發票。沒有附在你的報表裡面。我需要那發票才能處理付款。如果你沒有，打電話給我，我會說明未附發票請求補償的程序。

      * expense〔ɪk'spɛns〕*n.* 費用　　accounting〔ə'kaʊntɪŋ〕*n.* 會計
      submit〔səb'mɪt〕*v.* 提交　　recent〔'risn̩t〕*adj.* 最近的
      sales〔'selz〕*adj.* 銷售的；業務的　　trip〔trɪp〕*n.* 旅遊；出差
      Boston〔'bɔstn̩〕*n.* 波士頓　　receipt〔rɪ'sit〕*n.* 發票；收據
      missing〔'mɪsɪŋ〕*adj.* 不見的；少的
      request〔rɪ'kwɛst〕*v.* 請求；索取
      reimbursement〔͵riɪm'bɝsmənt〕*n.* 償還
      include〔ɪn'klud〕*v.* 包含　　process〔'prɑsɛs〕*v.* 處理
      payment〔'pemənt〕*n.* 付款　　***give*** sb. ***a call*** 打電話給某人
      explain〔ɪk'splen〕*v.* 解釋　　procedure〔prə'sidʒɚ〕*n.* 程序

95. (**D**) 說話者為何來電？
    (A) 會議已經取消。　　　(B) 客戶有問題。
    (C) 班機延後。　　　　　(D) 發票不見。

* meeting〔'mitɪŋ〕*n.* 會議；開會
cancel〔'kænsḷ〕*v.* 取消　　client〔'klaɪənt〕*n.* 客戶
flight〔flaɪt〕*n.* 班機　　delay〔dɪ'le〕*v.* 延後

96. (**C**) 看圖表。哪項費用需要有紀錄？
(A) 機票票價。　　　　　　(B) 餐廳。
(C) 計程車。　　　　　　　(D) 飯店。

出差費用報表

姓名：鮑伯・柯爾文

部門：業務部

出差日期：10/12-10/13

日期	金額	描述
10/12	$124.00	來回經濟艙機票費（費城到波士頓）
10/12	$45.86	搭計程車從波士頓洛根國際機場到卡普公司
10/12	$77.29	和客戶在博斯克餐廳用餐
10/12	$15.50	核實簽屬合約的複本
10/13	$225.00	K 波士頓飯店
10/13	$55.93	搭計程車從 K 波士頓飯店到波士頓洛根國際機場

總計：$487.65

* document〔'dɑkjə,mɛnt〕*v.* 記錄
airfare〔'ɛr,fɛr〕*n.* 飛機票價　　date〔det〕*n.* 日期
amount〔ə'maʊnt〕*n.* 金額
description〔dɪ'skrɪpʃən〕*n.* 描述
round-trip *adj.* 往返的；來回的
economy〔ɪ'kɑnəmɪ〕*adj.* 經濟的；便宜的
economy class 經濟艙

Phila. (ˈfɪlə) *n.* 費城 (= *Philadelphia*)

Corp. (kɔrp) *n.* 公司 (= *Corporation*)

certify (ˈsɝtəˌfaɪ) *v.* 確認；核實

copy (ˈkɑpɪ) *n.* 一份；複本

BOS 波士頓洛根國際機場 (= *Boston Logan International Airport*)

97. (**A**) 說話者說她可以做什麼？

(A) 解釋流程。　　　　　　(B) 開支票。

(C) 開發票。　　　　　　　(D) 連絡主管。

* issue (ˈɪʃu) *v.* 發行　　check (tʃɛk) *n.* 支票

contact (ˈkɑntækt) *v.* 聯絡

supervisor (ˈsupɚˌvaɪzɚ) *n.* 主管

參考以下的談話和議程，回答第 98 至 100 題。

很高興來到這，利。而且也感謝各位，出席今天市議會的晚間會議。我們議程上主要的項目，是要處理在長青點橋附近交通延誤的問題。我們在六月執行一項研究，依循該成果，開始了暫時的交通管制計畫。我們派駐四位警察指揮晨間和晚間尖峰時刻上下橋的交通。測試期間很成功，而現在測試結束，我們必須做決定。我們想要長期執行交通管制計畫，但這需要額外的資金。所以我想要介紹我們的市政預算主任，英格理德・瑪蒂娜，她會說明如何支付此新的計畫而不用提高稅金。

* agenda (əˈdʒɛndə) *n.* 議程　　attend (əˈtɛnd) *v.* 出席

session (ˈsɛʃən) *n.* 一段時間；會議

council (ˈkaunsl̩) *n.* 委員會；參議會

main (men) *adj.* 主要的　　item (ˈaɪtəm) *n.* 物品；項目

address (əˈdrɛs) *v.* 處理　　issue (ˈɪʃu) *n.* 議題；問題

traffic (ˈtræfɪk) *adj.* 交通的　　delay (dɪˈle) *n.* 延誤

evergreen (ˈɛvɚˌgrin) *adj.* 常綠的

following (ˈfaloɪŋ) *prep.* 在…之後　　result (rɪˈzʌlt) *n.* 結果

study（'stʌdɪ）n. 研究　　conduct（kən'dʌkt）v. 進行；實施
temporary（'tɛmpə,rɛrɪ）adj. 暫時的；臨時的
traffic control 交通管制　　program（'progræm）n. 計畫；方案
initiate（ɪ'nɪʃɪ,et）v. 開始　　post（post）v. 派駐
police officer 警察　　direct（də'rɛkt）v. 指揮；引導
exit（'ɛkzɪt）v. 離開　　***rush hours*** 交通尖峰時間
trial（'traɪəl）adj. 試驗的　　period（'pɪrɪəd）n. 期間
success（sək'sɛs）n. 成功
permanent（'pɜmənənt）adj. 長期的；常設的
require（rɪ'kwaɪr）v. 需要　　additional（ə'dɪʃənl̩）adj. 額外的
funding（'fʌndɪŋ）n. 資金　　introduce（,ɪntrə'djus）v. 介紹
budget（'bʌdʒɪt）n. 預算　　director（də'rɛktə）n. 主管；主任
explain（ɪk'splen）v. 解釋　　***pay for*** 支付
raise（rez）v. 提高　　tax（tæks）n. 稅

98.（**B**）說話者正在處理什麼問題？

   (A) 時程延後。   (B) <u>道路交通阻塞。</u>

   (C) 削減預算。   (D) 減稅。

   * scheduling（'skɛdʒulɪŋ）adj. 時程安排的
   congestion（kən'dʒɛsʃən）n. 交通阻塞
   reduction（rɪ'dʌkʃən）n. 減少

99.（**A**）該市在六月做了什麼？

   (A) <u>做研究。</u>   (B) 更改停車規定。

   (C) 舉辦選舉。   (D) 開除四位警察。

   * parking（'parkɪŋ）adj. 停車的
   regulation（,rɛgjə'leʃən）n. 規定
   hold（hold）v. 舉辦　　election（ɪ'lɛkʃən）n. 選舉
   fire（faɪr）v. 開除

100.（**B**）看圖表。目前的講者是誰？

   (A) 利·布勞利。   (B) <u>蒂芬妮·奇佛。</u>

   (C) 英格理德·瑪蒂娜。 (D) 史考特·瑞普頓。

貝爾維尤市

市議會議程

八月二十三日晚間七點

7:00-7:10 迎賓介紹——主持人，利・布勞利

- 會議目標——貝爾維尤市長，蒂芬妮・奇佛
- 貝爾維尤市預算管理部——市預算主任，英格理德・瑪蒂娜
- 斯諾霍米什縣交通部——貝爾維尤市代理議員，史考特・瑞普登

7:30-8:30 公眾評論和公開討論——主持人，利・布勞利

---

* current〔ˈkɝənt〕*adj.* 目前的
moderator〔ˈmɑdə͵retɚ〕*n.* 主持人
purpose〔ˈpɝpəs〕*n.* 目標　　meeting〔ˈmitɪŋ〕*n.* 會議
mayor〔ˈmeɚ〕*n.* 市長
department〔dɪˈpɑrtmənt〕*n.* 部門
transportation〔͵trænspɚˈteʃən〕*n.* 運輸；交通
Snohomish〔ˈsnɑhəmɪʃ〕*n.* 斯諾霍米什縣【位於美國華盛頓州】
county〔ˈkaʊntɪ〕*n.* 縣；郡　　acting〔ˈæktɪŋ〕*adj.* 代理的
deputy〔ˈdɛpjətɪ〕*n.* 議員；代表
public〔ˈpʌblɪk〕*adj.* 公眾的；公開的
comment〔ˈkɑmənt〕*n.* 評論
discussion〔dɪˈskʌʃən〕*n.* 討論

PART 5 詳解

101. (**B**) 臨時新聞秘書傑夫‧達農，將會<u>代表</u>市長赫弗南出席記者會。

(A) likewise〔'laɪk,waɪz〕 *adv.* 同樣地

(B) *on behalf of* 代表

(C) provided that 如果 (= *if*)

* interim〔'ɪntərɪm〕 *adj.* 臨時的；暫時的
press secretrary 新聞秘書　　attend〔ə'tɛnd〕 *v.* 出席
news conference 記者會　　mayor〔'meɚ〕 *n.* 市長

102. (**A**) <u>如果</u>你在東部標準時間上午 11 點前下單，就能安排當天遞送。

依句意，選 (A) *if*。

* delivery〔dɪ'lɪvərɪ〕 *n.* 遞送　　schedule〔'skɛdʒul〕 *v.* 安排
place〔ples〕 *v.* 下 (訂單)　　order〔'ɔrdɚ〕 *n.* 訂購
standard〔'stændɚd〕 *adj.* 標準的　　*a.m.* 午前；上午
Eastern Standard Time (美國、加拿大的) 東部標準時間

103. (**B**) 紐約市交通局長說，該市所面臨<u>最重大的</u>挑戰就是公車過於擁擠。

依文法，應該選形容詞，故選 (B) *most significant*。

significant〔sɪg'nɪfəkənt〕 *adj.* 重大的

* director〔də'rɛktɚ〕 *n.* 主管；監督者
transportation〔,trænpɚ'teʃən〕 *n.* 運輸；交通
challenge〔'tʃælɪndʒ〕 *n.* 挑戰
overcrowding〔,ovɚ'kraʊdɪŋ〕 *n.* 過度擁擠
public〔'pʌblɪk〕 *adj.* 公共的

104. (**C**) 處於日益<u>競爭</u>的環境，餐廳和酒吧業主在菜單裡面加了創新的雞尾酒。

依文法，應該選名詞，故選 (C) *competition*〔,kɑmpə'tɪʃən〕 *n.* 競爭。

* amid〔ə'mɪd〕 *prep.* 在…之中；處於

increasing〔ɪn'krisɪŋ〕*adj.* 增加的
bar〔bɑr〕*n.* 酒吧　　owner〔'onɚ〕*n.* 所有者；業主
add〔æd〕*v.* 增加　　innovative〔'ɪnə,vetɪv〕*adj.* 創新的
cocktail〔'kɑk,tel〕*n.* 雞尾酒　　menu〔'mɛnju〕*n.* 菜單

105. (**B**) 所有的<u>表演</u>都會在阿爾卑斯山谷音樂劇場舉辦。

依句意，選 (B) *performance*〔pɚ'fɔrməns〕*n.* 表演。

* *take place* 發生；舉辦
alpine〔'æl,paɪn〕*adj.* 阿爾卑斯山的
valley〔'vælɪ〕*n.* 山谷　　theater〔'θiətɚ〕*n.* 劇場

106. (**B**) 生產過程中浪費<u>過多的</u>原料，造成杜蒙化學公司利潤減少。

(A) vivid〔'vɪvɪd〕*adj.* 生動的

(B) *excessive*〔ɪk'sɛsɪv〕*adj.* 過多的

(C) unsure〔ʌn'ʃur〕*adj.* 不確定的

(D) skilled〔skɪld〕*adj.* 熟練的

* waste〔west〕*n.* 浪費　　raw〔rɔ〕*adj.* 生的；未加工的
material〔mə'tɪrɪəl〕*n.* 物質
production〔prə'dʌkʃən〕*n.* 生產　　cause〔kɔz〕*v.* 造成
profit〔'prɑfɪt〕*n.* 利益；利潤　　decline〔dɪ'klaɪn〕*v.* 減少
chemical〔'kɛmɪkl̩〕*adj.* 化學的
company〔'kʌmpənɪ〕*n.* 公司

107. (**C**) 福斯特—布拉克頓產業企圖招募谷<u>多元的</u>員工，並致力於幫助他們發展職業生涯。

依文法，應填入形容詞，故選 (C) *diverse*〔daɪ'vɛs〕*adj.*
多元的；不同的。　　diversify〔daɪ'vɝsə,faɪ〕*v.* 使多樣化

* industry〔'ɪndəstrɪ〕*n.* 工業；產業
seek〔sik〕*v.* 尋找；企圖　　recruit〔rɪ'krut〕*v.* 招募
staff〔stæf〕*n.* 職員　　*be committed to V-ing* 致力於
employee〔,ɛmpɔɪ'i〕*n.* 員工
develop〔dɪ'vɛləp〕*v.* 發展
career〔kə'rɪr〕*n.* 職業；生涯

108. (**D**) 貨物的價值和內容<u>都沒有</u>準確地在發貨單上面註明。

依文法，***neither A nor B*** 「既不是 A 也不是 B」，故選
(D) ***nor***。

* value〔'vælju〕*n.* 價值　　contents〔'kantɛnts〕*n. pl.* 內容物
shipment〔'ʃɪpmənt〕*n.* 船貨；裝載的貨物
accurately〔'ækjərɪtlɪ〕*adv.* 正確地
reflect〔rɪ'flɛkt〕*v.* 反映；顯示
invoice〔'ɪnvɔɪs〕*n.* 發票；發貨單

109. (**C**) 艾倫小姐志願到前台幫忙，<u>即使</u>她沒有直接面對顧客的經驗。

依句意，選 (C) ***even though*** 「即使；雖然」。

* volunteer〔,valən'tɪr〕*v.* 志願；主動
assist〔ə'sɪst〕*v.* 幫助　　***front desk*** 前台；接待處
experience〔ɪk'spɪrɪəns〕*n.* 經驗
directly〔də'rɛktlɪ〕*adv.* 直接地
customer〔'kʌstəmə〕*n.* 顧客

110. (**B**) 雖然新的傑克森智慧型手機在店面<u>一支都</u>買<u>不到</u>，很多可以在
線上購得。

依句意，故選 (B) ***none*** 「沒有一個（人或物）」。

* ***smart phone*** 智慧型手機（= *smartphone*）
available〔ə'veləbḷ〕*adj.* 可獲得的；買得到的
purchase〔'pɝtʃəs〕*v.* 購買
online〔,ɑn'laɪn〕*adv.* 線上；在網路上

111. (**D**) 馬汀戴爾金控一直都<u>願意</u>考慮合適的專業人士，如果他們有興
趣加入我們的組織。

(A) necessary〔'nɛsə,sɛrɪ〕*adj.* 必需的
(B) possible〔'pazəbḷ〕*adj.* 可能的
(C) useful〔'jusfəl〕*adj.* 有用的
(D) ***willing***〔'wɪlɪŋ〕*adj.* 有意願的；願意的
* financial〔fə'nænʃəl〕*adj.* 金融的

consider〔kən'sɪdə〕*v.* 考慮
qualified〔'kwɑləˌfaɪd〕*adj.* 有資格的；合適的
professional〔prə'fɛʃənḷ〕*n.* 專業人士
join〔dʒɔɪn〕*v.* 加入
organization〔ˌɔrgənə'zeʃən〕*n.* 組織

112. (**C**) 桑切斯醫生想要改裝候診室，以讓病人感到更<u>舒適</u>。

(A) probable〔'prɑbəbḷ〕*adj.* 可能的
(B) capable〔'kepəbḷ〕*adj.* 能幹的
(C) *comfortable*〔'kʌmfətəbḷ〕*adj.* 有用的
(D) reachable〔'ritʃəbḷ〕*adj.* 可抵達的

* Dr.〔'dɑktə〕*n.* 醫生（ = *Doctor* ）
intend〔ɪn'tɛnd〕*v.* 意圖；想要
remodel〔ri'mɑdḷ〕*v.* 改裝；整修
waiting room 等候室；候診室　　patient〔'peʃənt〕*n.* 病人

113. (**D**) 因為總統的陳述沒有被<u>正確地</u>引用，所以該採訪在出版前一定要修訂。

依文法填入副詞，選 (D) *correctly*〔kə'rɛktlɪ〕
adv. 正確地。

* president〔'prɛzədənt〕*n.* 總統
statement〔'stetmənt〕*n.* 陳述；說明
quote〔kwot〕*v.* 引用　　interview〔'ɪntəˌvju〕*n.* 採訪
revise〔rɪ'vaɪz〕*v.* 修訂
publication〔ˌpʌblɪ'keʃən〕*n.* 出版

114. (**D**) 傑特森露臺設備系列的產品很受歡迎，因為好看而且定價<u>合理</u>。

依文法應選副詞，選 (D) *affordably*〔ə'fɔrdəblɪ〕*adv.*
付得起地；（價格）合理地。

* line〔laɪn〕*n.* （產品）線；系列
patio〔'pɑtɪˌo〕*n.* 天井；露臺
furniture〔'fɜnɪtʃə〕*n.* 家具；設備

popular﹝ˋpɑpjələ﹞adj. 受歡迎的
attractive﹝əˋtræktɪv﹞adj. 吸引人的
price﹝praɪs﹞v. 定價；標價

115. (**B**) 該藝術家透漏，他作品的主題<u>大多</u>汲取自他在佛羅里達州成長的經驗。

(A) ideally﹝aɪˋdɪəlɪ﹞adv. 理想地；完美地
(B) **largely**﹝ˋlɑrdʒlɪ﹞adv. 大多地；主要地 (= *mostly*)
(C) seemingly﹝ˋsimɪŋlɪ﹞adv. 似乎；表面上地
(D) probably﹝ˋprɑbəblɪ﹞adv. 可能地

* artist﹝ˋɑrtɪst﹞n. 藝術家　　reveal﹝rɪˋvil﹞v. 透漏
theme﹝θim﹞n. 主題　　draw﹝drɔ﹞v. 汲取；提取
experience﹝ɪkˋspɪrɪəns﹞n. 經驗　　**grow up** 長大；成長
Florida﹝ˋflɔrədə﹞n. 佛羅里達州

116. (**C**) 佛羅倫斯飯店對於登記入房的通融，<u>顯示</u>了該飯店致力於滿足顧客。

依文法填入名詞，選 (C) **indication**﹝͵ɪndəˋkeʃən﹞n. 指示；表示。

* Florence﹝ˋflɔrəns﹞n. 佛羅倫斯
flexibility﹝͵flɛksəˋbɪlətɪ﹞n. 彈性；通融性
regarding﹝rɪˋgɑrdɪŋ﹞prep. 關於
check-in﹝ˋtʃɛkɪn﹞n. 登記入房
commitment﹝kəˋmɪtmənt﹞n. 承諾；致力
customer﹝ˋkʌstəmɚ﹞n. 顧客
satisfaction﹝͵sætɪsˋfækʃən﹞n. 滿意；滿足

117. (**A**) 第三排還有一些空的座位可供想要更近距離<u>觀看</u>表演者的人。

(A) **view**﹝vju﹞n. 視野；觀看
(B) sight﹝saɪt﹞n. 視力；景象
(C) watch﹝wɑtʃ﹞n. 看守；注意
(D) show﹝ʃo﹞n. 表演；顯示

* seat〔sit〕*n.* 座位　　available〔ə'veləbḷ〕*adj.* 可獲得的
row〔ro〕*n.* 排　　performer〔pɚ'fɔrmɚ〕*n.* 表演者

118. (**A**) 我們應該現在縮小求職者名單，還是在耶格爾小姐聯絡應徵者
的推薦人之後再做？

依句意，選 (A) *once*「一…就；一經」。

* narrow〔'næro〕*v.* 縮小
candidate〔'kændə,det〕*n.* 候選人；求職者
list〔lɪst〕*n.* 列表；清單　　contact〔'kɑntækt〕*v.* 聯絡
applicant〔'æpləkənt〕*n.* 申請者；應徵者
reference〔'rɛfərəns〕*n.* 介紹人；推薦人

119. (**C**) 斯潘格勒先生於底特律的電腦展發表主題演講。

(A) pursue〔pɚ'su〕*v.* 追求
(B) imply〔ɪm'plaɪ〕*v.* 暗示
(C) *deliver*〔dɪ'lɪvɚ〕*v.* 遞送；發表
(D) achieve〔ə'tʃiv〕*v.* 完成；達成

* keynote〔'kinot〕*n.* 主旨；主題
keynote speech 主題演講
convention〔kən'vɛnʃən〕*n.* 會議
computer convention 電腦展
Detroit〔dɪ'trɔɪt〕*n.* 底特律【密西根州的最大城市】

120. (**C**) 維修部門將會於今天早上十點十五分進行大樓火警系統的測
試。

(A) install〔ɪn'stɔl〕*v.* 安裝
(B) repair〔rɪ'pɛr〕*v.* 維修
(C) *conduct*〔kən'dʌkt〕*v.* 進行
(D) acquaint〔ə'kwent〕*v.* 使認識

* maintenance〔'mentənəns〕*n.* 維修；保養
department〔dɪ'pɑrtmənt〕*n.* 部門
fire alarm 火警報警器　　system〔'sɪstəm〕*n.* 系統

121. (**C**) 建築承包商提供給賽爾比電器的合約條款，跟去年提供的一樣。

依文法，應選關係代名詞 ***that*** 代替先行詞 terms，選 (C)。

* contractor〔kən'træktɚ〕*n.* 承包商　　offer〔'ɔfɚ〕*v.* 提供
electrical〔ɪ'lɛktrɪkḷ〕*adj.* 有關電器的
contract〔'kɑntrækt〕*n.* 合約
terms〔tɝmz〕*n. pl.* 條件；條款

122. (**C**) 從釣竿到來步槍，以及露營用品，托比商店有你需要的任何戶外娛樂<u>活動</u>的商品。

依文法，應填入名詞，選 (C) ***activity***〔æk'tɪvətɪ〕*n.*
活動。　　activate〔'æktə,vet〕*v.* 啟動；觸發

* fishing〔'fɪʃɪŋ〕*adj.* 釣魚的　　rod〔rɑd〕*n.* 竿
rifle〔'raɪfḷ〕*n.* 來福槍；步槍
camping〔'kæmpɪŋ〕*adj.* 露營的　　gear〔gɪr〕*n.* 用具
merchandise〔'mɝtʃən,daɪs〕*n.* 商品
outdoor〔'aʊt,dor〕*adj.* 戶外的
recreational〔,rɛkrɪ'eʃənḷ〕*adj.* 娛樂的

123. (**B**) 伯茲運輸公司計畫再添加一打油電車到它的<u>出租</u>車隊裡。

依文法，應填入形容詞，選 (B) ***rental***〔'rɛntḷ〕*adj.*
出租的。

* transportation〔,trænspɚ'teʃən〕*n.* 運輸；交通
Co. 公司 (= *Company*)　　plan〔plæn〕*v.* 計畫
add〔æd〕*v.* 加　　dozen〔'dʌzn̩〕*n.* 一打
hybrid〔'haɪbrɪd〕*adj.* 混合的
electric〔ɪ'lɛktrɪk〕*adj.* 電的　　vehicle〔'viɪkḷ〕*n.* 車輛
hybrid-electric vehicle 油電混合動力車
fleet〔flit〕*n.* 艦隊；車隊

124. (**D**) 去年金融部門異常多的員工退休，導致六個<u>空缺</u>職位。

　　(A) invalid〔ɪn'vælɪd〕*adj.* 無效的
　　(B) blank〔blæŋk〕*adj.* 空白的

(C) hollow〔'hɑlo〕*adj.* 空的；空洞的

(D) ***vacant***〔'vekənt〕*adj.* 空缺的；缺額的

* unusually〔ʌn'juʒʊəlɪ〕*adv.* 不尋常地
a large number of 大量的
employee〔‚ɛmplɔɪ'i〕*n.* 員工
finance〔'faɪnæns〕*n.* 財務；金融
department〔dɪ'pɑrtmənt〕*n.* 部門
retire〔rɪ'taɪr〕*v.* 退休　　position〔pə'zɪʃən〕*n.* 職位

125. (**A**) 請求出差費補助時，一定要在署名的索償申請表<u>附</u>上發票。
依文法，應填入原形動詞，選 (A) ***include***〔ɪn'klud〕*v.*
包含。

* request〔rɪ'kwɛst〕*v.* 請求；索取
reimbursement〔‚riɪm'bɝsmənt〕*n.* 補償
expense〔ɪk'spɛns〕*n.* 費用
be sure to *V.* 一定～；確定～　　sign〔saɪn〕*v.* 簽名
claim〔klem〕*n.* 聲明；索賠　　form〔fɔrm〕*n.* 表單
receipt〔rɪ'sit〕*n.* 發票

126. (**A**) 政府對建材進口的限制暫時解除，<u>為了</u>要滿足需求量增加。

(A) ***in order to*** *V.* 為了～

(B) by means of 藉由

(C) for the moment 暫時；目前

(D) as a matter of fact 事實上 (= *in fact*)

* government〔'gʌvənmənt〕*n.* 政府
restriction〔rɪ'strɪkʃən〕*n.* 限制；規定
import〔'ɪmpɔrt〕*n.* 進口　　building〔'bɪldɪŋ〕*adj.* 建築的
material〔mə'tɪrɪəl〕*n.* 物質；材料
temporarily〔'tɛmpə‚rɛrəlɪ〕*adv.* 暫時地
lift〔lɪft〕*v.* 解除　　meet〔mit〕*v.* 符合；滿足
increased〔ɪn'krist〕*adj.* 增加的
demand〔dɪ'mænd〕*n.* 需求

127. (**B**) 清山服飾宣布明年將會發行許多新的<u>商品</u>。

依文法，many 後面應填入複數名詞，選

(B) ***item*** 〔'aɪtəm 〕*n.* 物品；商品。

itemize 〔'aɪtə,maɪz 〕*v.* 列舉

* apparel 〔 ə'pærəl 〕*n.* 衣服

   announce 〔 ə'naʊns 〕*v.* 宣布；發布

   release 〔 rɪ'lis 〕*v.* 發行；發布　　***coming year*** 來年；明年

128. (**C**) 活動委員會<u>明確</u>請求奧克維爾外燴為今年的節慶派對提供

飲食。

依文法，應填入副詞，選 (C) ***specifically*** 〔 spɪ'sɪfɪklɪ 〕*adv.*

明確地。　　specifics 〔 spɪ'sɪfɪks 〕*n. pl.* 細節

specify 〔'spɛsə,faɪ 〕*v.* 指定；明確說明

* event 〔 ɪ'vɛnt 〕*n.* 活動　　committee 〔 kə'mɪtɪ 〕*n.* 委員會

   request 〔 rɪ'kwɛst 〕*v.* 請求；要求

   Oakville 〔'okvɪl 〕*n.* 奧克維爾【加拿大的城市】

   caterer 〔'ketərə 〕*n.* 承辦酒席、宴會的人；外燴服務承辦人

   provide 〔 prə'vaɪd 〕*v.* 提供

   holiday 〔'hɑlə,de 〕*n.* 假日；節日

129. (**C**) <u>在</u>提交你增加信用額度申請<u>之前</u>，請更新你的帳戶資料。

依句意，選 (C) ***before*** 「在…之前」。

* update 〔 ʌp'det 〕*v.* 更新　　account 〔 ə'kaʊnt 〕*n.* 帳戶

   information 〔,ɪnfə'meʃən 〕*n.* 資訊；資料

   submit 〔 sʌb'mɪt 〕*v.* 提交　　credit 〔'krɛdɪt 〕*n.* 賒帳；信用

   increase 〔 ɪn'kris 〕*n.* 增加

   application 〔,æplə'keʃən 〕*n.* 申請

130. (**B**) 由於<u>她</u>所寫的關於最近選舉的文章，蘇西・理查森被選定為最

佳新興記者。

依文法，應填入第三人稱單數所有格修飾 writing，

選 (B) ***her***。

　　* name〔 nem 〕*v.* 指定；選定
　　emerging〔 ɪ'mɜdʒɪŋ 〕*adj.* 新興的
　　reporter〔 rɪ'pɔrtɚ 〕*n.* 記者　　recent〔'risn̩t 〕*adj.* 最近的
　　writing〔'raɪtɪŋ 〕*n.* 寫作；文章
　　election〔 ɪ'lɛkʃən 〕*n.* 選舉

PART　6　詳解

參考以下的告示，回答第 131 至 134 題。

賽伯斯坦閱覽室

1948 年建立

金柏莉・庫珀簽書會

獲獎的占星家兼作家金柏莉・庫珀將在賽伯斯坦閱覽室簽她最新的
書，《太陽星座的正確飲食》，時間是十月一日星期五，晚間 7:30 到
10:00，<u>只有一晚</u>。

該書一定要<u>在</u>簽名<u>前</u>購買。
　　　131

　　reading room 閱覽室　　establish〔 ə'stæblɪʃ 〕*v.* 設立；建立
　　sign〔 saɪn 〕*v. n.* 簽名　　*n.* 星座；宮
　　award-winning *adj.* 得獎的
　　astrologer〔 ə'straləzɚ 〕*n.* 占星家　　*p.m.* 午後
　　copy〔'kɑpɪ 〕*n.* 本　　latest〔'letɪst 〕*adj.* 最新的
　　sun sign 太陽星座【依照公曆生日所對應的星座】
　　purchase〔'pɜtʃəs 〕*v.* 購買

131.(**C**)　(A) regardless of　無論；不管
　　　　　　(B) except for　除了
　　　　　　(C) *prior to*　先於；在⋯之前（= *before* ）
　　　　　　(D) on behalf of　代表

在等待輪到您見到庫珀的同時，請保留好您的發票。

請注意我們這個活動限額 100 本庫珀小姐的書。因爲我們<u>預計書會</u>
132
很快售罄，請提早光臨。

> ***hold on to*** 抓住；保留　　receipt〔rɪˋsit〕*n.* 發票
> turn〔tɝn〕*n.* 輪流　　meet〔mit〕*v.* 和⋯見面
> note〔not〕*v.* 注意　　***be limited to*** 受限於
> event〔ɪˋvɛnt〕*n.* 活動

132. (**D**) 依時態，應該用「現在進行式」，表示「即將發生」，故
　　　選 (D) ***are expecting***。

也請留意將只會有一小段和<u>作者</u>聊天的時間，因爲庫珀小姐行程緊
133
湊。<u>要預購庫珀小姐的書，請來電 334-3321 聯絡傑瑞。</u>
134

密葉青樹有限公司　　　　　　　賽伯斯坦閱覽室

2349 羅斯福路，芝加哥市

伊利諾州 60633

電話：312-908-2323

電子郵件：saperstein@dsn.com

> aware〔əˋwɛr〕*adj.* 知道的；意識到的　　brief〔brif〕*adj.* 短暫的
> chat〔tʃæt〕*n.* 聊天　　tight〔taɪt〕*adj.* 密集的；緊湊的
> schedule〔ˋskɛdʒul〕*n.* 行程　　leafy〔ˋlifɪ〕*adj.* 多葉的
> greens〔grinz〕*n. pl.* 綠葉蔬菜　　***LTD*** 有限公司（＝*Limited*）
> ***IL*** 伊利諾州（＝*Illinois*）

133. (**A**) (A) ***author***〔ˋɔθɚ〕*n.* 作家
　　　　　　(B) publisher〔ˋpʌblɪʃɚ〕*n.* 出版者；出版商
　　　　　　(C) owner〔ˋonɚ〕*n.* 業主；老闆
　　　　　　(D) singer〔ˋsɪŋɚ〕*n.* 歌手

134. (**A**) (A) 要預購庫珀小姐的書，請來電 334-3321 聯絡傑瑞

order〔'ɔrdə〕v. 訂購

advance〔əd'væns〕adj. 預先的

contact〔'kɑntækt〕v. 聯絡

(B) 要預約演唱會的座位，請上我們的網站

www.saperstein.com

reserve〔rɪ'zɜv〕v. 保留；預定　　seat〔sit〕n. 座位

concert〔'kɑnsət〕n. 音樂會；演唱會

visit〔'vɪzɪt〕v. 探訪　　website〔'wɜb,saɪt〕n. 網站

(C) 要取消目前的預約，請在鍵盤上按按鍵 0

cancel〔'kænsḷ〕v. 取消

existing〔ɪg'zɪstɪŋ〕adj. 目前的

reservation〔,rɛzə'veʃən〕n. 保留；預定

tone〔ton〕n. 電話提示音　　*touch tone* adj. 按鍵式的

key〔ki〕n. 按鍵　　pad〔pæd〕n. 墊子；鍵盤

(D) 要和占星家預約，請寄電子郵件到

dave@saperstein.com

schedule〔'skɛdʒul〕v. 安排；計畫

appointment〔ə'pɔɪntmənt〕n. 預約

e-mail〔'i,mel〕v. 寄電子郵件給

參考以下的文章，回答第 135 至 138 題。

網路支援

「創造網路能見度是讓公司成長的方法，這經過時間的證明有效，」
奧莉維亞・麥克吉，幸福女士服飾店店主說。

support〔sə'port〕n. 支持；幫助　　Web〔wɛb〕n. 網際網路

time-tested adj. 經過時間考驗的　　method〔'mɛθəd〕n. 方法

grow〔gro〕v. 使成長；培育　　business〔'bɪznɪs〕n. 公司

create〔krɪ'et〕v. 創造　　presence〔'prɛzṇs〕n. 存在；能見度

owner〔'onə〕n. 業主；老闆

euphoria〔ju'forɪə〕n. 幸福；安樂　　clothing〔'kloðɪŋ〕n. 衣服
boutique〔bu'tik〕n. 服裝店；精品店

當麥克吉女士五年前創業時，她深信全部她所需要的就是有足夠的
存貨，以及位於大道上<u>迷人的</u>商店，就會成功。<u>然而</u>，自從那時候，
　　　　　　　　　　　　135　　　　　　　　136
她的想法改變了。「越來越多顧客在問我的店是否有網站，」麥克
吉女士說。

start business 創業　　convinced〔kən'vɪnst〕adj. 深信的
sufficient〔sə'fɪʃənt〕adj. 足夠的
inventory〔'ɪnvən,tɔrɪ〕n. 存貨　　shop〔ʃɑp〕n. 商店
thoroughfare〔'ðɝo,fɛr〕n. 大道；通路
success〔sək'sɛs〕n. 成功　　opinion〔ə'pɪnjən〕n. 意見；想法
shift〔ʃɪft〕v. 改變　　**Web site** 網站

135.(**D**)　依文法，應填入形容詞，故選 (D) **attractive**
　　　　　〔ə'træktɪv〕adj. 吸引人的；迷人的
　　　　　(A) attraction〔ə'trækʃən〕n. 吸引力；魅力
　　　　　attract〔ə'trækt〕v. 吸引

136.(**D**)　依句意和文法，前後語意轉折，填入副詞，故選 (D)
　　　　　However「然而」。
　　　　　(A) as a result　因此；而 (B) whereas　但是；然而，
　　　　　(C) even if　即使，都是連接詞，文法不合。

「最後，我開始了解到，網路上的能見度變得<u>必要</u>。」
　　　　　　　　　　　　　　　　　137

eventually〔ɪ'vɛntʃʊəlɪ〕adv. 最後　　realize〔'rɪə,laɪz〕v. 了解

137.(**C**)　(A) confident〔'kɑnfədənt〕adj. 有信心的
　　　　　(B) apparent〔ə'pɛrənt〕adj. 明顯的
　　　　　(C) **necessary**〔'nɛsə,sɛrɪ〕adj. 必要的
　　　　　(D) accustomed〔ə'kʌstəmd〕adj. 習慣的

現在麥特吉女士大多的生意都在幸福網站上進行，在網站上顧客可以觀看商品，得知特價活動，並<u>直接將他們購買的東西直送到家</u>。
138

> conduct〔kənˈdʌkt〕*v.* 進行　　business〔ˈbɪznɪs〕*n.* 生意
> view〔vju〕*v.* 觀看　　merchandise〔ˈmɝtʃənˌdaɪs〕*n.* 商品
> learn〔lɝn〕*v.* 得知　　***special sale*** 特價活動

138. (**B**)　(A)　但是沒有給顧客留下印象

> impression〔ɪmˈprɛʃən〕*n.* 印象

(B)　<u>並直接將他們購買的東西直送到家</u>

> purchase〔ˈpɝtʃəs〕*n.* 購買物
> ship〔ʃɪp〕*v.* 運送
> directly〔dəˈrɛktlɪ〕*adv.* 直接地

(C)　有所有你需要知道關於成功的東西

(D)　為了完成一筆國際交易

> complete〔kəmˈplit〕*v.* 完成
> international〔ˌɪntɚˈnæʃənḷ〕*adj.* 國際的
> transaction〔trænsˈækʃən〕*n.* 交易

參考以下的信件，回答第 139 至 142 題。

親愛的弗格森先生，

我們很感激你對波克郡業務訓練講習有興趣。我們的講習幫助公司增進銷售額，並提升它們整體營運的效率。講習會的<u>參與者</u>學習應
139
用現今使用中最有效的銷售和協商技巧。

> appreciate〔əˈpriʃɪˌet〕*v.* 感激　　interest〔ˈɪntərɪst〕*n.* 興趣
> Berkshire〔ˈbɑrkʃɪr〕*n.* 波克郡【位於英國南部】
> sales〔selz〕*n. pl.* 銷售額；業務　*adj.* 銷售的
> training〔ˈtrenɪŋ〕*adj.* 訓練的
> seminar〔ˈsɛməˌnɑr〕*n.* 研討會；講習會

session〔ˈsɛʃən〕*n.* 一段時間；講習
company〔ˈkʌmpənɪ〕*n.* 公司
improve〔ɪmˈpruv〕*v.* 增進；改善　　increase〔ɪnˈkris〕*v.* 增加
overall〔ˈovɚˌɔl〕*adj.* 全部的；整體的
efficiency〔ɪˈfɪʃənsɪ〕*n.* 效率
operation〔ˌɑpəˈreʃən〕*n.* 運作；營運
apply〔əˈplaɪ〕*v.* 應用　　effective〔ɪˈfɛktɪv〕*adj.* 有效的
negotiation〔nɪˌgoʃɪˈeʃən〕*n.* 談判；協商
technique〔tɛkˈnik〕*n.* 技術；技巧　　*in use* 使用中的

139. (**B**) 根據句意，應用名詞，故選 (B) *participant*
〔pɚˈtɪsəpənt〕*n.* 參與者。
participate〔parˈtɪsəˌpet〕*v.* 參加

我們的公司<u>將會教授</u>你業務團隊的成員所有必要的技能，以達成並
　　　　　　140
超越你對業績的期待。

member〔ˈmɛmbɚ〕*n.* 成員　　team〔tim〕*n.* 團隊
skill〔skɪl〕*n.* 技巧　　necessary〔ˈnɛsəˌsɛrɪ〕*adj.* 必要的
meet〔mit〕*v.* 達成；符合　　surpass〔sɚˈpæs〕*v.* 超越
performance〔pɚˈfɔrməns〕*n.* 表現；業績
expectation〔ˌɛkspɛkˈteʃən〕*n.* 期待

140. (**C**) 依句意，應選未來式，故選 (C) *will teach*。

<u>訓練講習會可以線上看</u>，或是面授，<u>地點由你選擇</u>。我隨函附上時
　　　　　　　141
間表，上面有即將探討的主題和日期，<u>供你閱讀</u>。
　　　　　　　　　142

如要收到更多的資訊，請寄電子郵件給我到：
s_paulson@berkshiresale.com。

希爾維亞 • 保羅森　　敬上
業務訓練協調人，波克郡顧問

enclose〔ɪn'kloz〕*v.* 隨函附寄　　schedule〔'skɛdʒul〕*n.* 行程表
upcoming〔'ʌp͵kʌmɪŋ〕*adj.* 即將到來的
topic〔'tɑpɪk〕*n.* 主題　　date〔det〕*n.* 日期
peruse〔pə'ruz〕*v.* 細讀；閱讀　　receive〔rɪ'siv〕*v.* 收到
information〔͵ɪnfə'meʃən〕*n.* 資訊；消息
email〔ɪ'mel〕*v.* 寄電子郵件給
sincerely〔sɪn'sɪrlɪ〕*adv.* 由衷地；【用於信件】敬上
coordinator〔ko'ɔrdn͵netə〕*n.* 協調人
consult〔kən'sʌlt〕*v.* 協商；擔任顧問

141. (**D**)　(A)　講習會在週六晚間五點半結束
　　　　　　　　conclude〔kən'klud〕*v.* 結束

　　　　　　(B)　直到僱用到合適的應徵者前，該職位會一直開放
　　　　　　　　position〔pə'zɪʃən〕*n.* 職位
　　　　　　　　remain〔rɪ'men〕*v.* 保持
　　　　　　　　open〔'opən〕*adj.* 開放的；空缺的；有效的
　　　　　　　　qualified〔'kwɑlə͵faɪd〕*adj.* 有資格的；合適的
　　　　　　　　applicant〔'æpləkənt〕*n.* 申請者；應徵者
　　　　　　　　hire〔haɪr〕*v.* 僱用

　　　　　　(C)　清倉大拍賣會延長到整個七月
　　　　　　　　clearance〔'klɪrəns〕*n.* 清除；淨空
　　　　　　　　clearance sale 清倉大拍賣
　　　　　　　　extend〔ɪk'stɛnd〕*v.* 延長
　　　　　　　　throughout〔θru'aʊt〕*prep.* 在…期間內

　　　　　　(D)　訓練講習會可以線上看，或是面授，地點由你選擇
　　　　　　　　available〔ə'veləbl̩〕*adj.* 可獲得的
　　　　　　　　online〔͵ɑn'laɪn〕*adv.* 在網路上；線上
　　　　　　　　in person 本人；親自
　　　　　　　　location〔lo'keʃən〕*n.* 地點
　　　　　　　　of one's choice 某人看中的；某人所選的

142. (**C**)　根據句意，選 (C) *for*「供…之需」。

參考以下的公告，回答第 143 至 146 題。

塔布拉拉沙
盛大重新開幕

塔布拉拉沙的新店主，梅根和查克・門羅邀請您參加他們餐廳的盛大重新開幕。門羅一家人對塔布拉拉沙餐廳做<u>了</u>重大的改良。

143

grand〔grænd〕*adj.* 盛大的
re-opening〔rɪ'opənɪŋ〕*n.* 重新開幕
owner〔'onɚ〕*n.* 業主；老闆   invite〔ɪn'vaɪt〕*v.* 邀請
join〔dʒɔɪn〕*v.* 加入   restaurant〔'rɛstərənt〕*n.* 餐廳
major〔'medʒɚ〕*adj.* 重大的
improvement〔ɪm'pruvmənt〕*n.* 改善；改良

143. (**C**) 依句意，應用「現在完成式」表示已經完成的事情，
故選 (C) *have made*。

新的菜單是由獲獎的主廚吉爾伯托・魯伊斯所製作，以地方性的特色菜爲賣點，<u>結合</u>創新的食品趨勢。吉爾伯托・魯伊斯也增添了甜

144

點的選擇，使用當地的食材製作。

menu〔'mɛnju〕*n.* 菜單   create〔krɪ'et〕*v.* 創造；製作
award-winning *adj.* 得獎的   chef〔ʃɛf〕*n.* 廚師；主廚
feature〔'fitʃɚ〕*v.* 以…爲特色
regional〔'ridʒənḷ〕*adj.* 區域的；地方的
specialty〔'spɛʃəltɪ〕*n.* 特產；名產
innovative〔'ɪnə,vetɪv〕*adj.* 創新的；新穎的
trend〔trɛnd〕*n.* 趨勢；潮流   add〔æd〕*v.* 增加；加入
expanded〔ɪk'spændɪd〕*adj.* 擴增的
selection〔sə'lɛkʃən〕*n.* 選擇   dessert〔dɪ'zɝt〕*n.* 甜點
locally〔'lokḷɪ〕*adv.* 在當地   source〔sɔrs〕*v.* 獲得
produce〔'prɑdjus〕*n.* 食品；農產品

144. (**B**) (A) exchange〔ɪks'tʃendʒ〕 *v.* 交換

(B) ***integrate***〔'ɪntə,gret〕 *v.* 合併；整合 < *with* >

(C) recuit〔rɪ'krut〕 *v.* 招募

(D) afford〔ə'fɔrd〕 *v.* 負擔得起

在塔布拉拉沙用餐的人會很高興發現，在這新穎又令人興奮的氣氛
下，有極好的食物配上頂級的服務。餐廳的重新裝潢，引進了現代
　　　　　　　　　　　　　　　　　145
又休閒的家具，以及迷人的間接光。不需要但建議提前預約。
　　　　　　　　　　　　　　146

diner〔'daɪnɚ〕 *n.* 用餐者　　delighted〔dɪ'laɪtɪd〕 *adj.* 高興的

excellent〔'ɛksḷənt〕 *adj.* 優秀的；極好的

combine〔kəm'baɪn〕 *v.* 結合

outstanding〔'aut'stændɪŋ〕 *adj.* 傑出的

service〔'sɝvɪs〕 *n.* 服務　　fresh〔frɛʃ〕 *adj.* 新鮮的；新的

exciting〔ɪk'saɪtɪŋ〕 *adj.* 令人興奮的

atmosphere〔'ætməs,fɪr〕 *n.* 氣氛；環境

redecoration〔rɪ,dɛkə're ʃən〕 *n.* 重新裝潢

dining room 餐廳　　introduce〔,ɪntrə'djus〕 *v.* 引進；推行

contemporary〔kən'tɛmpə,rɛrɪ〕 *adj.* 當代的；現代的

yet〔jɛt〕 *conj.* 不過；卻　　casual〔'kæʒuəl〕 *adj.* 輕鬆的；休閒的

furniture〔'fɝnɪtʃɚ〕 *n.* 家具

attractive〔ə'træktɪv〕 *adj.* 吸引人的

indirect〔,ɪndə'rɛkt〕 *adj.* 間接的

contemporary〔kən'tɛmpə,rɛrɪ〕 *adj.* 當代的；現代的

indirect light 間接光；間接照明【燈具不是直接把光線投向被照射物，
　　而是通過牆壁、鏡面或地板反射】

145. (**B**) 依句意，選 (B) ***of*** 「 …的 」。

146. (**C**) (A) 自從上個月開始，顧客不允許使用筆記型電腦

customer〔'kʌstəmɚ〕 *n.* 顧客

allow〔ə'lau〕 *v.* 允許　　use〔juz〕 *v.* 使用

laptop〔'læp,tɑp〕 *n.* 筆記型電腦；手提式個人電腦

(B) 農夫將會在場分發免費的樣品
farmer ('fɑrmɚ) n. 農夫
on hand 在場；在附近
pass out 分發　　free (fri) adj. 免費的
sample ('sæmpl) n. 樣品

(C) <u>不需要但建議提前預約</u>
reservation (ˌrɛzɚ'veʃən) n. 預約；保留
require (rɪ'kwaɪr) v. 需要；要求
recommend (ˌrɛkə'mɛnd) v. 推薦；建議

(D) 請稍等，代表會馬上跟您聯絡
hold (hold) v. 稍等；不要掛斷
representative (ˌrɛprɪ'zɛntətɪv) n. 代表
shortly ('ʃɔrtlɪ) adv. 馬上；立刻

PART 7 詳解

參考以下的電子郵件，回答第 147 至 148 題。

寄件人：	伊莉・克拉維茨 <eliekravitz@hoovergadgets.com>
收件人：	bobkelly@freelancer.com
主　旨：	指派工作
日　期：	10 月 4 日

親愛的凱利先生：

我們收到了你翻譯的操作指令手冊。我們很滿意你的作品，所以我們將要繼續僱用你的服務。

為了完成這項工作，我們需要你配合幾項事情。首先，當你完成每本手冊，請把我們給你的原文件歸還。

同時，你要求直接將費用存入你的帳戶。很不幸地，我似乎刪除了有你的帳戶號碼的電子郵件。請儘快再寄給我，如此我們才能支付你工作的費用。

非常感謝你，

伊莉‧克拉維茨

** assignment〔ə'saɪnmənt〕*n.* 指派工作
receive〔rɪ'siv〕*v.* 收到　　translation〔træns'leʃən〕*n.* 翻譯
instruction〔ɪn'strʌkʃən〕*n.* 指示　　manual〔'mænjʊəl〕*n.* 手冊
pleased〔plizd〕*adj.* 滿意的 <*with*>
work〔wɜk〕*n.* 工作；作品　　continue〔kən'tɪnju〕*v.* 繼續
employ〔ɪm'plɔɪ〕*v.* 雇用；使用　　service〔'sɜvɪs〕*n.* 服務
complete〔kəm'plit〕*v.* 完成
cooperation〔ko,apə'reʃən〕*n.* 合作　　*a couple of* 兩個；幾個
return〔rɪ'tɜn〕*v.* 歸還　　original〔ə'rɪdʒənḷ〕*adj.* 原本的
document〔'dakjəmənt〕*n.* 文件
meanwhile〔'min,hwaɪl〕*adv.* 同時　　fee〔fi〕*n.* 費用；報酬
deposit〔dɪ'pazɪt〕*v.* 存放；存（錢）
directly〔də'rɛktlɪ〕*adv.* 直接地　　account〔ə'kaʊnt〕*n.* 帳戶
unfortunately〔ʌn'fɔrtʃənɪtlɪ〕*adv.* 不幸地；遺憾地
delete〔dɪ'lit〕*v.* 刪除　　message〔'mɛsɪdʒ〕*n.* 消息；留言
as soon as possible 儘快

147. (**B**) 此電子郵件的目的是什麼？
　　(A) 提供協助。　　　　(B) 告知。
　　(C) 詢價。　　　　　　(D) 索取電話號碼。

　　* purpose〔'pɜpəs〕*n.* 目標　　offer〔'ɔfə〕*v.* 提供
　　assistance〔ə'sɪstəns〕*n.* 幫助
　　inform〔ɪn'fɔrm〕*v.* 告知　　inquire〔ɪn'kwaɪr〕*v.* 詢問
　　ask for 要求

148. (**A**) 凱利先生是誰？

      (A) <u>翻譯人員。</u>   (B) 老師。

      (C) 行銷專家。   (D) 銀行員工。

     * translator〔træns'letə〕n. 翻譯人員

      marketing〔'mɑrkɪtɪŋ〕adj. 行銷的

      specialist〔'spɛʃəlɪst〕n. 專家

      employee〔͵ɛmplɔɪ'i〕n. 員工

參考以下的電子郵件，回答第 149 至 150 題。

寄件人：	雷克斯・格羅斯曼 <g_rex@ymail.com>
收件人：	客服 <customerservice@wer.biz>
主 旨：	訂閱號碼 23238
日 期：	5 月 3 日

我在六月和七月將要出國，因此，我要求暫停訂閱《每週經濟報導》的雜誌。

從我往年的經驗，我的理解是我的訂閱會延長兩個月，這表示我的訂閱不是在十一月屆期，而是明年一月。

如果不是這樣，請寄電子郵件給我，說明你們目前的訂閱政策。

如以往，謝謝你高效率的服務。

雷克斯・格羅斯曼　敬上

  ** customer〔'kʌstəmə〕n. 顧客　　service〔'sɝvɪs〕n. 服務

    subscription〔səb'skrɪpʃən〕n. 訂閱　***out of*** 離開；不在

    country〔'kauntrɪ〕n. 國家　　thus〔ðʌs〕adv. 因此

    request〔rɪ'kwɛst〕v. 請求；要求

    suspension〔sə'spɛnʃən〕n. 暫停　　weekly〔'wiklɪ〕adj. 每週的

    economic〔͵ikə'nɑmɪk〕adj. 經濟的

    report〔rɪ'pɔrt〕n. 報告；報導

magazine〔͵mægə'zin〕*n.* 雜誌
experience〔ıks'pırıəns〕*n.* 經驗
previous〔'privıəs〕*adj.* 以前的
understanding〔͵ʌndə'stændıŋ〕*n.* 了解
extend〔ık'stɛnd〕*v.* 延長　　mean〔min〕*v.* 意思是；表示
expire〔ık'spaır〕*v.* 屆滿；終止
case〔kes〕*n.* 情況　　contact〔'kɑntækt〕*v.* 聯絡
clarify〔'klærə͵faı〕*v.* 澄清；說明　　current〔'kɜənt〕*adj.* 目前的
policy〔'pɑləsı〕*n.* 政策　　***as always*** 一如往常
efficient〔ı'fıʃənt〕*adj.* 有效率的
sincerely〔sın'sırlı〕*adv.* 誠摯地；敬上

149. (**B**)　這電子郵件的主要目的是什麼？

　　(A)　取消雜誌訂閱。

　　(B)　要求暫時停止遞送。

　　(C)　要求一本當期刊物。

　　(D)　報告有些刊物沒有遞送。

　　　＊ main〔men〕*adj.* 主要的　　cancel〔'kænsḷ〕*v.* 取消
　　　　 delivery〔dı'lıvərı〕*n.* 遞送
　　　　 temporarily〔'tɛmpə͵rɛrəlı〕*adv.* 暫時地
　　　　 copy〔'kɑpı〕*n.* 一本　　issue〔'ıʃu〕*n.* 一期；一刊
　　　　 deliver〔dı'lıvə〕*v.* 遞送

150. (**C**)　關於格羅斯曼先生，暗示了什麼？

　　(A)　他曾經是《每週經濟報導》的作家。

　　(B)　他不滿意客服。

　　(C)　他正計畫出國。

　　(D)　他決定取消暫停訂閱。

　　　＊ suggest〔səg'dʒɛst〕*v.* 暗示　　once〔wʌns〕*adv.* 曾經
　　　　 satisfied〔'sætıs͵faıd〕*adj.* 滿意的＜*with*＞
　　　　 plan〔plæn〕*v.* 計畫　　trip〔trıp〕*n.* 旅行；出行
　　　　 abroad〔ə'brɔd〕*adv.* 到國外　　decide〔dı'saıd〕*v.* 決定

參考以下的信件，回答第 151 至 152 題。

石英數位服務
498 第 33 大道 #3B
舊金山，加州 94121

5 月 30 日

帕蜜拉・布魯克斯小姐
234 好遠景露台
庫帕提諾，加州 94572

親愛的布魯克斯小姐：

感謝您 5 月 25 日的來信，詢問關於我們的服務。QDS 提供全方
位的編輯和印刷服務，幫助研擬廣告、信息宣傳海報，以及網
站。我隨函附寄了我們最新的小冊子，附有價目表。您會看見
我們的費率比我們的競爭者更合理。

我很期待再次收到您的來信。

QDS 業務經理
傑森・托藍斯　敬上

** quartz〔kwɔrts〕*n.* 石英　　digital〔'dɪdʒɪtl̩〕*adj.* 數位的
service〔'sɜvɪs〕*n.* 服務　　avenue〔'ævə,nju〕*n.* 大道
San Francisco〔,sænfrə'sɪsko〕*n.* 舊金山
CA 加州（= *California*）
Buena〔'bwenə〕*n.* 尤安娜【女子名，西班牙文意為「好」】
vista〔'vɪstə〕*n.* 遠景　　terrace〔'tɛrɪs〕*n.* 陽台；露臺
Cupertino〔,kupə'tino〕*n.* 庫帕提諾【位於加利福尼亞州的城市】
inquire〔ɪn'kwaɪr〕*v.* 詢問　　offer〔'ɔfə〕*v.* 提供

range〔 rendʒ 〕 *n.* 範圍　　***a full range of*** 全方位的
edit〔'ɛdɪt 〕 *v.* 編輯　　print〔 prɪnt 〕 *v.* 列印；印刷
development〔 dɪ'vɛləpmənt 〕 *n.* 開發；研擬
advertisement〔,ædvə'taɪzmənt 〕 *n.* 廣告
informational〔,ɪnfə'meʃən̩ 〕 *adj.* 提供資訊的
poster〔'postə 〕 *n.* 海報　　***Web site*** 網站
enclose〔 ɪn'kloz 〕 *v.* 隨函附寄　　latest〔'letɪst 〕 *adj.* 最新的
brochure〔 bro'ʃur 〕 *n.* 小冊子　　***price list*** 價目表
rate〔 ret 〕 *n.* 費率　　reasonable〔'riznəbl̩ 〕 *adj.* 合理的
competitor〔 kʌm'pɛtətə 〕 *n.* 競爭者　　***look forward to*** 期待
hear from *sb.* 收到某人的消息
sincerely〔 sɪn'sɪrlɪ 〕 *adv.* 誠摯地；敬上
sales〔 selz 〕 *adj.* 銷售的；業務的
manager〔'mænɪdʒə 〕 *n.* 經理

151. (**D**) 石英數位服務提供什麼服務？
   　　(A) 會計。　　　　　　　(B) 訓練。
   　　(C) 廣告。　　　　　　　(D) 印刷。
   　　* provide〔 prə'vaɪd 〕 *v.* 提供
   　　　accounting〔 ə'kauntɪŋ 〕 *n.* 會計
   　　　training〔'trenɪŋ 〕 *n.* 訓練
   　　　adverstising〔'ædvə,taɪzɪŋ 〕 *n.* 廣告

152. (**C**) 關於石英公司的價格，托藍斯先生說了什麼？
   　　(A) 大量訂單可以降價。
   　　(B) 它們列在該公司的網站上。
   　　(C) 它們低於其他公司。
   　　(D) 它們取決於顧客的地點。
   　　* indicate〔'ɪndə,ket 〕 *v.* 指出　　reduce〔 rɪ'djus 〕 *v.* 降低
   　　　order〔'ɔrdə 〕 *n.* 訂購；訂單　　list〔 lɪst 〕 *v.* 列出
   　　　low〔 lo 〕 *adj.* 低的　　business〔'bɪznɪs 〕 *n.* 公司
   　　　depend on 取決於　　customer〔'kʌstəmə 〕 *n.* 顧客
   　　　location〔 lo'keʃən 〕 *n.* 地點

參考以下的電子郵件，回答第 153 至 154 題。

寄件人：	所有員工 <staff@deerfield.com>
收件人：	路克・波拉德 <lpollard@deerfield.com>
主　旨：	艾弗里・孔利日間夏令營
日　期：	5 月 1 日

鹿野運動運品有限責任公司將會幫助艾弗里・孔利日間夏令營籌備這次的夏季活動：

這個非營利的露營依靠鹿野運動運品有限責任公司，以及其他的公司使登記費用得以負擔，以服務最多當地的孩童。該露營服務六歲到十二歲的孩童。我們之中有很多員工把他們的孩童送到艾弗里・孔利。我們的露營接送明天開始。大型容器會放在總部的大廳。藝術和工藝品、桌游、水池玩具、以及防曬乳尤其缺乏。運動運品，像是網球、棒球，以及棒球棒，也很歡迎。捐贈受理到五月三十一日。如果你想要捐贈金錢，請交給克洛伊・桑普森，人力資源部，34 室。

提前感謝你們幫助這美好的露營。

社區服務協調者，鹿野運動用品有限責任公司
路克・波拉德

** employ〔ˌɛmplɔɪˈi〕*n.* 員工；職員
　camp〔kæmp〕*n.* 宿營；露營
　outfitter〔ˈautˌfɪtɚ〕*n.* 旅行用品店；服裝店
　Inc.〔ɪŋk〕*adj.* 有限責任的（= *Incorporated*）
　day camp 日間夏令營　　prepare〔prɪˈpɛr〕*v.* 準備
　upcoming〔ˈʌpˌkʌmɪŋ〕*adj.* 即將到來的
　nonprofit〔ˌnɑnˈprɑfɪt〕*adj.* 非營利的　　***rely on*** 依靠
　company〔ˈkʌmpənɪ〕*n.* 公司

registration〔,rɛdʒɪ'streʃən〕*n.* 註冊；登記
rate〔ret〕*n.* 費率　　affordable〔ə'fɔrdəbl̩〕*adj.* 可負擔得起的
in order to V. 爲了～　　maximize〔'mæksə,maɪz〕*v.* 最大化
aged〔edʒd〕*adj.* 年紀爲…的
supply〔sə'plaɪ〕*n.* 提供　*pl.* 供應品　***supply drive*** 開車接送
container〔kən'tenə〕*n.* 容器　　place〔ples〕*v.* 放置
lobby〔'labɪ〕*n.* 大廳　　headquarters〔'hɛd'kwɔrtəz〕*n. pl.* 總部
art〔ɑrt〕*n.* 藝術品　　craft〔kræft〕*n.* 工藝品
board game 桌上遊戲　　pool〔pul〕*n.* 泳池；水池
toy〔tɔɪ〕*n.* 玩具　　sunscreen〔'sʌn,skrin〕*n.* 防曬乳
especially〔ə'spɛʃəlɪ〕*adv.* 特別地；尤其
sporting〔'spɔrtɪŋ〕*adj.* 運動用的
equipment〔ɪ'kwɪpmənt〕*n.* 設備　　tennis〔'tɛnɪs〕*n.* 網球運動
bat〔bæt〕*n.* 球棒　　appreciate〔ə'priʃɪ,et〕*v.* 感激；賞識
as well 也　　donation〔do'neʃən〕*n.* 捐贈；捐送
prefer〔prɪ'fɝ〕*v.* 偏好　　monetary〔'manə,tɛrɪ〕*adj.* 金錢的
human resources 人力資源
department〔dɪ'partmənt〕*n.* 部門

in advance 預先　　support〔sə'pɔrt〕*v.* 支持；幫助
wonderful〔'wʌndəfəl〕*adj.* 很棒的
community〔kə'mjunətɪ〕*n.* 社區
coordinator〔ko'ɔrdn̩,etə〕*n.* 協調者

153. (**D**) 這電子郵件的目的是什麼？

    (A) 安排交換禮物。

    (B) 提供折扣給日間夏令營。

    (C) 推薦夏季活動給孩童。

    (D) 替當地的組織徵求幫助。

    * purpose〔'pɝpəs〕*n.* 目標；目的
     organize〔'ɔrgə,naɪz〕*v.* 組織；安排
     exchange〔ɪks'tʃendʒ〕*n.* 交換　　offer〔'ɔfə〕*v.* 提供
     discount〔'dɪskaʊnt〕*n.* 折扣
     recommend〔,rɛkə'mɛnd〕*v.* 建議；推薦

summertime (ˈsʌməˌtaɪm) *adj.* 夏季的
activity (ækˈtɪvɪtɪ) *n.* 活動
solicit (səˈlɪsɪt) *v.* 徵求；尋求
organization (ˌɔrgənəˈzeʃən) *n.* 組織

154. (**D**) 什麼東西可能「不能」放在大型容器裡面？
    (A) 色鉛筆。   (B) 一組西洋棋具。
    (C) 海灘球。   (D) <u>罐頭食物。</u>

    * probably (ˈprɑbəblɪ) *adv.* 可能
    colored (ˈkʌləd) *adj.* 有顏色的；彩色的
    pencil (ˈpɛnsḷ) *n.* 鉛筆   chess (tʃɛs) *n.* 西洋棋
    set (sɛt) *n.* 一套；一組   can (kæn) *n.* 罐子

參考以下的公告，回答第 155 至 157 題。

地方輕軌服務

乘客請注意：

地方輕軌服務最近重新設計了網站，以提供更廣泛有用的資訊。該網站（ www.lightrail.com ）現在列出所有票價以及列車行程表，包含週末和假日的列車。您可以透過網站購買或是預定車票、找到關於當地陸上交通延遲的資訊，並獲得地方輕軌的地圖以安排您的旅程。

任何延遲或服務的中斷將會公布在網站上，並將持續更新。於單一或多條路線上發生少數重大服務中斷時，我們的網站會顯示服務修復的預計時間。

我們希望改良的網站將能使輕軌的旅程對您更加方便。我們一直尋找改善我們網站和服務的方法。有任何問題或建議，<u>請寄電子郵件到 info@lightrail.com</u>。

** regional〔ˋridʒən!〕*adj.* 區域的；地方的　　*light rail* 輕軌

service〔ˋsɝvɪs〕*n.* 服務　　attention〔əˋtɛnʃən〕*n.* 注意

passenger〔ˋpæsṇdʒɚ〕*n.* 乘客　　recently〔ˋrisṇtlɪ〕*adv.* 最近

redesign〔͵ridɪˋzaɪn〕*v.* 重新設計　　*Web site* 網站

offer〔ˋɔfɚ〕*v.* 提供　　wide〔waɪd〕*adj.* 廣泛的

array〔əˋre〕*n.* 陳列；一大批　　helpful〔ˋhɛlpfəl〕*adj.* 有幫助的

information〔͵ɪnfɚˋmeʃən〕*n.* 資訊　　site〔saɪt〕*n.* 地點；網站

list〔lɪst〕*v.* 列出　　fare〔fɛr〕*n.* 票價

schedule〔ˋskɛdʒul〕*n.* 行程表

including〔ɪnˋkludɪŋ〕*prep.* 包含

weekend〔ˋwikˋɛnd〕*n.* 週末　　holiday〔ˋhɑlə͵de〕*n.* 假日

purchase〔ˋpɝtʃəs〕*v.* 購買　　receive〔rɪˋsiv〕*v.* 收到

reserve〔rɪˋzɝv〕*v.* 預訂　　ticket〔ˋtɪkɪt〕*n.* 票

in advance 預先；提早　　traffic〔ˋtræfɪk〕*adj.* 交通的

delay〔dɪˋle〕*n.* 延遲　　local〔ˋlok!〕*adj.* 當地的

map〔mæp〕*n.* 地圖　　travel〔ˋtræv!〕*n.* 旅程；旅行

interruption〔͵ɪntəˋrʌpʃən〕*n.* 中斷

post〔post〕*v.* 張貼；公布

continually〔kənˋtɪnjʊəlɪ〕*adv.* 持續地

update〔ʌpˋdet〕*v.* 更新

in the event of 萬　；如果發生（= *in case of*）

rare〔rɛr〕*adj.* 罕見的　　major〔ˋmedʒɚ〕*adj.* 主要的；重大的

line〔laɪn〕*n.* 路線　　display〔dɪsˋple〕*v.* 顯示

estimate〔ˋɛstəmɪt〕*n.* 估計　　restore〔rɪˋstor〕*v.* 恢復；修復

enhanced〔ɪnˋhænst〕*adj.* 增進的；改良的

convenient〔kənˋvɪnjənt〕*adj.* 方便的　　*look for* 尋找

improve〔ɪmˋpruv〕*v.* 改善　　e-mail〔ˋi͵mel〕*v.* 寄電子郵件給

suggestion〔səgˋdʒɛstʃən〕*n.* 建議

155.（**B**）該公告的主要目的為何？

　　　(A) 通知大衆當地路況。

　　　(B) 公告網站最近的改變。

　　　(C) 通知旅客關於乘車服務即將到來的改變。

(D) 提供關於購票的資訊。

* **main**〔men〕*adj.* 主要的
  purpose〔'pɝpəs〕*n.* 目標；目的
  inform〔ɪn'fɔrm〕*v.* 通知　　*the public* 大眾；公眾
  condition〔kən'dɪʃən〕*n.* 情況
  publicize〔'pʌblɪ,saɪz〕*v.* 公布　　*make changes to* 改變
  notify〔'notə,faɪ〕*v.* 通知　　**traveler**〔'trævlɚ〕*n.* 旅客
  upcoming〔'ʌp,kʌmɪŋ〕*adj.* 即將到來的
  provide〔prə'vaɪd〕*v.* 提供

156. (**B**) 根據公告，網站上有什麼資訊？
　　　(A) 公車行程表。　　　　(B) 服務延遲。
　　　(C) 安全建議。　　　　　(D) 職缺。

* ***according to*** 根據　　available〔ə'veləbḷ〕*adj.* 可獲得的
  safety〔'seftɪ〕*n.* 安全　　advice〔əd'vaɪs〕*n.* 建議
  opening〔'opənɪŋ〕*n.* 空缺　　*job opening* 職缺

157. (**B**) 乘客如何聯絡地鐵運輸服務處？
　　　(A) 藉由打電話到辦公室。
　　　(B) 藉由寄電子郵件。　　　(C) 藉由探訪辦公室。
　　　(D) 藉由做網站上的調查。

* contact〔'kɑntækt〕*v.* 聯絡　　metro〔'mɛtro〕*n.* 地下鐵
  transit〔'trænzɪt〕*n.* 運輸　　rail〔rel〕*n.* 鐵路
  office〔'ɔfɪs〕*n.* 辦公室　　survey〔'sɝve〕*n.* 調查
  website〔'web,saɪt〕*n.* 網站

參考以下的電子郵件，回答第 158 至 160 題。

寄件人：	馬克・艾利森 <markellision@apexauto.com>
收件人：	傑夫・貝索斯 <jeffbezos@smail.com>
主　旨：	您的詢問
日　期：	8 月 23 日

親愛的貝索斯先生：

回應您之前的電子郵件，關於我們巔峰汽車零件，這裡有維修服務相關的資訊。

保固期內維修及替換

● 為履行本保固，任何供應的替換零件不向買方收費，這只有在原保固期屆期前有效。

● 巔峰自出貨後九十天保證每個標準產品沒有任何材料及做工上的瑕疵。在這段期間內，如顧客在巔峰的產品上遭遇困難，以及無法用巔峰的客戶支援解決問題，應通知巔峰總部。在一收到通知後，我們會以一般貨運寄出新的裝置給買方，運費由巔峰負擔。

● 在九十天後，標準產品不再符合免費維修和替換的條件。任何保固期外的服務或維修依照巔峰的費率計算。

● 定製產品於保固期內無法免費替換。

我希望這以上有釐清您的疑問。如果您有更進一步的問題，請隨時聯絡我。我會很樂意幫助您。

祝您一切安好，
巔峰汽車產品支援
馬克・艾利森

** inquiry〔ɪn'kwaɪrɪ〕*n.* 詢問
response〔rɪ'spɑns〕*n.* 回應；答覆
in response to 回應；答覆　　previous〔'privɪəs〕*adj.* 先前的
regarding〔rɪ'gɑrdɪŋ〕*prep.* 關於
apex〔'epɛks〕*n.* 最高點；巔峰
automobile〔ˌɔtə'mobil〕*n.* 汽車　　parts〔pɑrts〕*n. pl.* 零件
related〔rɪ'letɪd〕*adj.* 相關的
information〔ˌɪnfə'meʃən〕*n.* 資訊　　repair〔rɪ'pɛr〕*n.* 維修

service〔'sɜvɪs〕n. 服務　　replacement〔rɪ'plesmənt〕n. 替換

warranty〔'wɔrəntɪ〕n. 保固　　furnish〔'fɜnɪʃ〕v. 提供

at no cost 免費　　purchaser〔'pɜtʃəsə〕n. 買方

fulfillment〔fʊl'fɪlmənt〕n. 履行

guarantee〔,gærən'ti〕v. 保證

original〔ə'rɪdʒənḷ〕adj. 原本的

expire〔ɪk'spaɪr〕v. 過期；屆期　　period〔'pɪrɪəd〕n. 一段時間

date〔det〕n. 日期　　shipment〔'ʃɪpmənt〕n. 運送

standard〔'stændəd〕adj. 標準的　　product〔'prɑdʌkt〕n. 產品

free of 免於；沒有　　defect〔'difɛkt〕n. 缺陷；瑕疵

material〔mə'tɪrɪəl〕n. 物質；材料

workmanship〔'wɜkmən,ʃɪp〕n. 工藝；做工

customer〔'kʌstəmə〕n. 顧客

experience〔ɪks'pɪrɪəns〕v. 經歷

difficulty〔'dɪfə,kʌltɪ〕n. 困難；障礙　　*be unable to V.* 無法~

resolve〔rɪ'zɑlv〕v. 解決　　*customer support* 顧客支援

headquarters〔'hɛd'kwɔrtəz〕n. pl. 總部

notify〔'notə,faɪ〕v. 通知

upon〔ə'pɑn〕prep. 一…就；當…的時候

receipt〔rɪ'sit〕n. 收據　　notification〔,notəfə'keʃən〕n. 通知

ship〔ʃɪp〕v. 運送　　unit〔'junɪt〕n. 裝置；設備

flat〔flæt〕adj.（價格）統一的；固定的

freight〔fret〕n. 貨運　　*at one's cost* 由某人付費

no longer 不再　　eligible〔'ɛlɪdʒəbḷ〕adj. 符合條件的

beyond〔bɪ'jɑnd〕prep. 超過　　rate〔ret〕n. 費率；價格

custom-built〔'kʌstəm'bɪlt〕adj. 定製的

hope〔hop〕v. 希望　　*feel free* 請隨意

contact〔'kɑntækt〕v. 聯絡

more than happy 非常樂意　　assist〔ə'sɪst〕v. 幫助

regards〔rɪ'gɑrdz〕n. pl. 問候　　auto〔'ɔto〕n. 汽車

158. (**A**) 這封電子郵件的目的為何？

　　　　(A) 說明一項政策。　　　　(B) 確認購買。

(C) 請求產品維修。　　　(D) 介紹一項產品。

* purpose〔'pɝpəs〕*n.* 目標
clarify〔'klærə,faɪ〕*v.* 澄清；說明
policy〔'pɑləsɪ〕*n.* 政策
confirm〔kən'fɝm〕*v.* 確認
purchase〔'pɝtʃəs〕*n.* 購買
request〔rɪ'kwɛst〕*v.* 請求；要求
introduce〔,ɪntrə'djus〕*v.* 介紹

159.(**A**) 信件裡面「沒有」說什麼？

(A) 巔峰會補償顧客運費。
(B) 定製的產品不能免費替換。
(C) 只有標準商品在保險範圍內。
(D) 產品保證沒有材料上的瑕疵。

* state〔stet〕*v.* 陳述　　reimburse〔,riɪm'bɝs〕*v.* 補償
shipping〔'ʃɪpɪŋ〕*adj.* 運送的　　charge〔tʃɑrdʒ〕*n.* 收費
replace〔rɪ'ples〕*v.* 替換　　*free of charge* 免費
coverage〔'kʌvərɪdʒ〕*n.* 保險範圍
be guaranteed against 保證沒有

160.(**C**) 顧客被要求如何處理巔峰產品的問題？

(A) 藉由把商品退還到商店。
(B) 藉由打電話給總部。
(C) 藉由聯絡客戶支援。
(D) 藉由要求產品替換。

* address〔ə'drɛs〕*v.* 處理　　return〔rɪ'tɝn〕*v.* 退還

參考以下的網頁，回答第 161 至 163 題。

網址	http://www.aso.com./about		前往	連結
	首頁	關於我們	產品	服務

生意暨跑友蘇西・絲薇芙特以及朱蘿絲十年多前創立了第一間活躍
運動暢貨中心（ASO），位於金柏爾大道 7600 號。她們了解到大多
的運動用品零售商在當時正專注於極限運動的商品——舉例來說，攀
岩和皮艇設備——而林肯公園的居民對極限運動較不興趣，而沒有受
得到充分的服務。開了金柏爾商店之後兩年，ASO 在湖點佳麗商場
開了一家店。ASO 之後成功往林肯公園外擴張。現在，ASO 是最大
的購物地點，專門服務全國網球、騎自行車、以及跑步的愛好者。

今年 ASO 自豪地首次推出一系列的衣類商品，「積極服飾」，由國
際奧林匹克運動短跑選手傑斯・羅根所設計。在所有商店以及透過這
網站都可購得。點選產品便可觀看我們舒服又多樣的男女衣物和鞋
類。

請注意，特殊的服務在創始店才獨有。這些服務包含腳踏車和跑步機
的修理、網球拍更換穿繩，以及其他。點選服務來安排維修或是留言
詢問。

| 完成 | 網際網路 |

** product〔ˈprɑdʌkt〕n. 產品　service〔ˈsɝvɪs〕n. 服務
business〔ˈbɪznɪs〕n. 生意　running〔ˈrʌnɪŋ〕adj. 經營的
partner〔ˈpɑrtnɚ〕n. 伙伴　establish〔əˈstæblɪʃ〕v. 建立
active〔ˈæktɪv〕adj. 主動的；積極的
sports〔spɔrts〕adj. 運動的
outlet〔ˈaʊtˌlɛt〕n. 暢貨中心；零售特賣店
information〔ˌɪnfɚˈmeʃən〕n. 資訊
avenue〔ˈævənju〕n. 大道　decade〔ˈdɛked〕n. 十年
realize〔ˈrɪəˌlaɪz〕v. 了解　goods〔gʊdz〕n. pl. 商品
retailer〔ˈritelɚ〕n. 零售商　*at no cost*　免費
concentrate〔ˈkɑnsn̩ˌtret〕v. 專注於 < on >
adventure〔ədˈvɛntʃɚ〕n. 冒險

adventure sports 極限運動（= *extreme sports*）

merchandize〔ˋmɝtʃən͵daɪs〕*n.* 商品　　*for example* 舉例來說

rock climbing 攀岩　　kayak〔ˋkaɪæk〕*n.* 皮艇

gear〔gɪr〕*n.* 設備；服裝　　resident〔ˋrɛzədənt〕*n.* 居民

extreme〔ɪkˋstrim〕*adj.* 極限的　　interest〔ˋɪntərɪst〕*n.* 興趣

underserve〔͵ʌndɚˋsɝvd〕*adj.* 得不到充分服務的

shop〔ʃɑp〕*n.* 商店

galleria〔͵gæləˋrɪə〕*n.*（有屋頂的）拱廊商街

successfully〔səkˋsɛsfəlɪ〕*adv.* 成功地；順利地

expand〔ɪkˋspæd〕*v.* 擴大　　top〔tɑp〕*adj.* 最重要的；最著名的

destination〔͵dɛstəˋneʃən〕*n.* 目的地

exclusively〔ɪkˋsklusɪvlɪ〕*adv.* 獨有地；專門地

tennis〔ˋtɛnɪs〕*n.* 網球　　cycling〔ˋsaɪkḷɪŋ〕*n.* 騎自行車兜風

enthusiast〔ɪnˋθuzɪ͵æst〕*n.* 狂熱者；愛好者

across the country 遍及全國

proudly〔ˋpraʊdlɪ〕*adv.* 自豪地　　debut〔ˋdebju〕*v.* 首次公開

line〔laɪn〕*n.*（產品）線；系列　　clothing〔ˋkloðɪŋ〕*n.* 衣類

attire〔əˋtaɪr〕*n.* 服裝　　design〔dɪˋzaɪn〕*v.* 設計

Olympic〔oˋlɪmpɪk〕*adj.* 國際奧林匹克運動會的

exclusively〔ɪkˋsklusɪvlɪ〕*adv.* 獨有地；專門地

sprinter〔ˋsprɪntɚ〕*n.* 短跑運動員

available〔əˋveləbḷ〕*adj.* 可買得到的

location〔loˋkeʃən〕*n.* 地點　　click〔klɪk〕*v.* 用滑鼠點

view〔vju〕*v.* 觀看　　comfortable〔ˋkʌmfɚtəbḷ〕*adj.* 舒服的

colorful〔ˋkʌlɚfəl〕*adj.* 豐富的；多采多姿的

footwear〔ˋfʊtwɛr〕*n.* 鞋類　　note〔not〕*v.* 注意

special〔ˋspɛʃəl〕*adj.* 特別的

original〔əˋrɪdʒənḷ〕*adj.* 原初的；一開始的

include〔ɪnˋklud〕*v.* 包含　　treadmill〔ˋtrɛd͵mɪl〕*n.* 跑步機

reconditioning〔rikənˋdɪʃənɪŋ〕*n.* 修理

racket〔ˋrækɪt〕*n.* 球拍　　re-stringing〔rɪˋstrɪŋɪŋ〕*n.* 更換穿繩

schedule〔ˋskɛdʒul〕*v.* 安排　　inquiry〔ɪnˋkwaɪrɪ〕*n.* 詢問

161. (**B**) 關於 ASO 的老闆說了什麼？
    (A) 她們設計運動服。
    (B) <u>她們一起跑步。</u>
    (C) 她們是專業自行車騎士。
    (D) 她們有興趣賣掉 ASO 連鎖店。

    * indicate〔ˈɪndəˌket〕v. 指出
      owner〔ˈonɚ〕n. 業主；老闆
      sportswear〔ˈsportsˌwɛr〕n. 運動服
      professional〔prəˈfɛʃənḷ〕adj. 專業的
      cyclist〔ˈsaɪkḷɪst〕n. 自行車騎士
      be interested in 有興趣~   chain〔tʃen〕n. 連鎖店

162. (**B**) 第一段第一行的「創立」意思是最接近
    (A) 展現。   (B) <u>推出。</u>
    (C) 挑戰。   (D) 提供。

    * paragraph〔ˈpærəˌgræf〕n. 段落
      meaning〔ˈminɪŋ〕n. 意思
      demonstrate〔ˈdɛmənˌstret〕v. 顯示；證明
      introduce〔ˌɪntrəˈdjus〕v. 介紹；推出
      challenge〔ˈtʃælɪndʒ〕v. 挑戰
      furnish〔ˈfɜnɪʃ〕v. 提供

163. (**A**) 關於 ASO 暗示了什麼？
    (A) <u>它沒有販售極限運動裝備。</u>
    (B) 它在林肯公園外沒有商店。
    (C) 它不再網路上販售商品。
    (D) 它在湖點佳麗商場沒有商店經營。

    * suggest〔səgˈdʒɛst〕v. 暗示   own〔on〕v. 擁有
      no longer 不再   online〔ˌɑnˈlaɪn〕adv. 在網路上；線上
      operate〔ˈɑpəˌret〕v. 經營

參考以下的文章，回答第 164 至 167 題。

麥迪遜，二月二十日——二月十八日麥迪遜市議會通過了關於路邊攤販的規定。隨著近幾年旅客數量的增加，路邊攤販也變更多，賣的東西從墨西哥玉米薄餅捲到珠寶都有。這些新的規定將會限制允許在每個商業區經營的攤販數量，並規定攤販可以放置推車的地方。

路邊攤販將被要求購買六個月的許可證，能允許他們在該市裡的某些區域販賣商品。該市在每個區域將只會提供限量的許可證。許可證價格是一百元美金，而且一定要清楚展示在每台手推車上。攤販許可證一定要本人申請，地點在大學大道的市安全辦公處，時間為三月一日到五月三十日。這些規定將會要求路邊攤販彼此距離至少五十呎。這些新的規定會在今年三月十五日生效。

** Madison〔'mædəsn̩〕n. 麥迪遜【美國威斯康辛州的首府】
council〔'kaʊnsl̩〕n. 會議；地方議會
approve〔ə'pruv〕v. 批准；通過
regulation〔ˌrɛgjə'leʃən〕n. 規定　　*relating to* 關於
vendor〔'vɛndɚ〕n. 小販　　tourist〔'tʊrɪst〕n. 遊客
increase〔ɪn'kris〕v. 增加　　recent〔'risn̩t〕adj. 最近的
taco〔'tɑko〕n. 墨西哥玉米薄餅捲　　hand-made adj. 手工的
jewelry〔'dʒuəlrɪ〕n. 珠寶　　numerous〔'njumərəs〕adj. 許多的
limit〔'lɪmɪt〕v. 限制　　permit〔pə'mɪt〕v. 允許
business〔'bɪznɪs〕n. 商業　　district〔'dɪstrɪkt〕n. 地區
establish〔ə'stæblɪʃ〕v. 建立；設立　　rule〔rul〕n. 規則
locate〔lo'ket〕v. 放置；設立　　cart〔kɑrt〕n. 手推車；貨車

require〔rɪ'kwaɪr〕v. 要求　　purchase〔'pɝtʃəs〕v. 買
permit〔'pɝmɪt〕n. 許可證　　allow〔ə'laʊ〕v. 允許
goods〔gʊdz〕n. pl. 商品　　certain〔'sɝtn̩〕adj. 某些；特定的

area〔'ɛrɪə〕*n.* 地方；區域　　provide〔prə'vaɪd〕*v.* 提供
limited〔'lɪmɪtɪd〕*adj.* 有限的　　cost〔kɔst〕*v.* 花費
clearly〔'klɪrlɪ〕*adv.* 清楚地　　display〔dɪ'sple〕*v.* 展示
application〔,æplə'keʃən〕*n.* 申請　　***in person*** 親自；本人
safety〔'seftɪ〕*n.* 安全　　office〔'ɔfɪs〕*n.* 辦公室
minimum〔'mɪnəməm〕*adj.* 最小的
distance〔'dɪstəns〕*n.* 距離　　feet〔fit〕*n. pl.* 呎；英尺
each other 彼此　　***take effect*** 生效

164.(**D**) 第二段第二行的「某些」意思上最接近
　　　　(A) 正面的。　　　　　　(B) 賺錢的。
　　　　(C) 可靠的。　　　　　　(D) <u>特定的。</u>

　　　* paragraph〔'pærə,græf〕*n.* 段落
　　　　meaning〔'minɪŋ〕*n.* 意思
　　　　positive〔'pazətɪv〕*adj.* 正面的
　　　　profitable〔'prafɪtəbl̩〕*adj.* 有利潤的；賺錢的
　　　　dependable〔dɪ'pɛndəbl̩〕*adj.* 可靠的
　　　　specific〔spɪ'sɪfɪk〕*adj.* 特定的

165.(**C**) 關於新的許可證什麼「沒有」說？
　　　　(A) 它們要價一百美金。
　　　　(B) 它們要讓人看得到。
　　　　(C) <u>它們可以馬上取得。</u>
　　　　(D) 它們的有效期限是六個月。

　　　* state〔stet〕*v.* 陳述；說
　　　　visible〔'vɪzəbl̩〕*adj.* 看得到的；顯眼的
　　　　immediately〔ɪ'midɪɪtlɪ〕*adv.* 立即；馬上
　　　　valid〔'vælɪd〕*adj.* 有效的

166.(**C**) 攤販手推車彼此的距離最少是多少？
　　　　(A) 五呎。　　　　　　　(B) 十呎。
　　　　(C) <u>五十呎。</u>　　　　　　(D) 一百呎。

167. (**C**) 本文暗示了什麼？

    (A) 路邊攤販目前不允許賣食物。

    (B) 市議會預期很少有攤販會申請許可證。

    (C) 以前沒有限制路邊攤販的數量。

    (D) 許可證要透過郵寄方式提交申請。

    * imply〔ɪmˈplaɪ〕v. 暗示　　article〔ˈɑrtɪkḷ〕n. 文章
    currently〔ˈkɝəntlɪ〕adv. 目前
    anticipate〔ænˈtɪsəˌpet〕v. 預期　　***apply for*** 申請
    previously〔ˈprivɪəslɪ〕adv. 以前
    submit〔səbˈmɪt〕v. 提交

參考以下的信件，回答第 168 至 171 題。

艾爾帕索市
稅務部
專員安德里亞・華雷斯
商業廣場 1 號
艾爾帕索，德州 79901

親愛的迪亞斯先生：

恭喜你！你所申請的建築許可證已經通過，而且隨附在本信函裡。請注意該許可證得陳列在作業地點中顯著的位置，並能清楚讓檢查員看到。

現在你已經收到了建築許可證，請上我們的網站（http://www.elpaso.gov/index）來完成並提交相應的電子納稅申報表。經批准後（該過程通常不到十分鐘），你便有收稅的權利。請注意如果你沒有在收到許可證的十五天內，提出申請營業納稅申報表，你將會受令支付每天五百美元的罰款，而你的執照可能會被吊銷高達十個工作日，或是直到納稅申報表申請完成。

感謝你在艾爾帕索市做生意。如果你還需要任何幫助，或是有任何問題，請隨時打電話 915-234-1880 給我們。

稅務專員

安德里亞・華雷斯

敬上

** El Paso〔ɛl'paso〕*n.* 艾爾帕索【位於美國德克薩斯州】

department〔dɪ'partmənt〕*n.* 部　　revenue〔'rɛvə,nju〕*n.* 歲入

Department of Revenue 稅務部

commissioner〔kə'mɪʃənɚ〕*n.* 委員；專員

commerce〔'kɑmɚs〕*n.* 商業；貿易

plaza〔'plæzə〕*n.* 廣場；購物中心　　***TX*** 德州 (= *Texas*)

congratulations〔kən,grætʃə'leʃənz〕*n. pl.* 恭喜

application〔,æplə'keʃən〕*n.* 申請　　permit〔'pɚmɪt〕*n.* 許可證

building permit 建築許可證　　approve〔ə'pruv〕*v.* 批准；通過

enclose〔ɪn'kloz〕*v.* 隨函附寄　　remind〔rɪ'maɪnd〕*v.* 提醒

display〔dɪ'sple〕*v.* 顯示；陳列

prominent〔'prɑmənənt〕*adj.* 明顯的

location〔lo'keʃən〕*n.* 地點　　***take place*** 發生

clearly〔'klɪrlɪ〕*adv.* 清楚地　　visible〔'vɪzəbḷ〕*adj.* 看得到的

inspector〔ɪn'spɛktɚ〕*n.* 檢查員

receive〔rɪ'siv〕*v.* 收到　　***Web site*** 網站

complete〔kəm'plit〕*v.* 完成　　submit〔sʌb'mɪt〕*v.* 提交

appropriate〔ə'proprɪet〕*adj.* 合適的；相應的

tax form 納稅申報表

electronically〔ɪ,lɛk'trɑnɪkḷɪ〕*adv.* 使用電子裝置地；用電腦

once〔wʌnz〕*conj.* 一旦；一經　　process〔'prɑsɛs〕*n.* 過程

authorize〔'ɔθə,raɪz〕*v.* 授權；批准　　collect〔kə'lɛkt〕*v.* 收集

aware〔ə'wɛr〕*adj.* 知道的　　file〔faɪl〕*v.* 提出申請

business〔'bɪznɪs〕*n.* 生意；營業　　order〔'ɔrdɚ〕*v.* 命令

pay〔pe〕*v.* 支付　　fine〔faɪn〕*n.* 罰款

per〔pɚ〕*prep.* 每…　　license〔'laɪsn̩s〕*n.* 執照；許可證
suspend〔sə'spɛnd〕*v.* 暫停；吊銷　　*up to* 高達
feel free 請隨意　　*give sb. a call* 打電話給某人
sincerely〔sɪn'sɪrlɪ〕*adv.* 誠摯地；敬上

168. (**A**) 信裡面提到了什麼資訊？

    (A) 執照已經發送。　　　(B) 罰金誤罰。

    (C) 辦公室已經搬走。　　(D) 新稅法已經通過。

    * information〔ˌɪnfɚ'meʃən〕*n.* 資訊
      announce〔ə'naʊns〕*v.* 宣布；述說
      issue〔'ɪʃu〕*v.* 發行　　impose〔ɪm'poz〕*v.* 強加；課（稅）
      in error 錯誤地　　law〔lɔ〕*v.* 通過

169. (**D**) 華雷斯小姐要求迪亞斯先生做什麼？

    (A) 支付手續費。　　　(B) 聯絡當地的辦公室。

    (C) 批准請求。　　　　(D) 提交表格。

    * fee〔fi〕*n.* 費用　　*processing fee* 手續費
      contact〔'kɑntækt〕*v.* 聯絡　　local〔'lokl̩〕*adj.* 當地的
      request〔rɪ'kwɛst〕*n.* 請求

170. (**D**) 在第二段第三行的「被授權」意思上最接近

    (A) 未決定的。　　　　(B) 安排好的。

    (C) 購買的。　　　　　(D) 經授權的。

    * paragraph〔'pærəˌgræf〕*n.* 段落
      meaning〔'minɪŋ〕*n.* 意思
      undecided〔ˌʌndɪ'saɪdɪd〕*adj.* 未決定的
      organized〔'ɔrgəˌnaɪzd〕*adj.* 安排好的
      purchase〔'pɝtʃəs〕*v.* 購買
      empower〔ɪn'paʊɚ〕*v.* 授權

171. (**C**) 下列何者「沒有」在信中提到？

    (A) 陳列執照的指示。

    (B) 未提交表格可能有的罰款。

(C) 迪亞斯所持的行業類型。
(D) 華雷斯小姐的官方頭銜。
* mention〔ˋmɛnʃən〕v. 提到
instructions〔ɪnˋstrʌkʃənz〕n. pl. 指示
penalty〔ˋpɛnḷtɪ〕n. 罰金；罰款
failure〔ˋfeljɚ〕n. 失敗；未能　　type〔taɪp〕n. 類型
own〔on〕v. 擁有　　official〔əˋfɪʃəl〕adj. 官方的；正式的
title〔ˋtaɪtḷ〕n. 頭銜；稱謂

參考以下的求職表，回答第 172 至 175 題。

職位內容		獨石金融有限公司 工作申請書	
希望職位		公司會計部門資深會計師	
偏好職位 （請註明偏好）：		長期：X　全職：X 兼職：X　短期：___	
求職者資料		注意： (A) 求職者一定要在面試時提供三位專業推 　　薦人的連絡資訊。 (B) 兼職工作者無法享有員工福利（健康及 　　人壽保險；帶薪病假；退休；獎金）。	
姓：	庫柏	地址：	
名：	亨利	威廉路 7960 號，	
中間名 首字母：	T.	克萊登山，伊利諾州 60514	
		電話：	住家：(708) 323-6055 工作：(312) 910-0032

資歷及學歷	
學校或就讀大學，獲得的學位：	馬卡姆經濟學院 伊利諾大學——金融學士 芝加哥大學——會計碩士 美國註冊會計師協會——註冊會計師
工作經驗	
目前雇主：	倫納德・史坦會計事務所，芝加哥市，伊利諾州
職稱及時間：	會計師，三年
主管姓名及職稱：	拉里・芬，公司會計部門經理 杰拉丁・馬可維茲，人力資源部主任
你的職責 （請明確註明）：	我分析並持續幫助維持會計系統。我審查稅單並建議報稅方式。今年，我也一直在人力資源部門擔任訓練顧問。

** position〔pəˋzɪʃən〕 *n.* 職位
information〔͵ɪnfɚˋmeʃən〕 *n.* 資訊
monolith〔ˋmɑnə͵lɪθ〕 *n.* 獨石
financial〔fəˋnænʃəl〕 *adj.* 財務的；金融的
corp.〔kɔrp〕 *n.* 有限公司（= *corporation*）
employment〔ɪmˋplɔɪmənt〕 *n.* 雇用；工作
application〔͵æpləˋkeʃən〕 *n.* 申請
desire〔dɪˋzaɪr〕 *v.* 希望；渴望
senior〔ˋsinjɚ〕 *adj.* 年老的；資深的
accountant〔əˋkauntənt〕 *n.* 會計師
corporate〔ˋkɔrpərɪt〕 *adj.* 公司的

account〔ə'kaʊnt〕*n.* 帳戶;帳目

department〔dɪ'partmənt〕*n.* 部門　　prefer〔prɪ'fɝ〕*v.* 偏好

mark〔mark〕*v.* 標示　　preference〔'prɛfərəns〕*n.* 偏好

permanent〔'pɝmənənt〕*adj.* 長久的;固定的

full-time〔'fʊl'taɪm〕*adj.* 全職的

part-time〔'part,taɪm〕*adj.* 兼職的

temporary〔'tɛmpə,rɛrɪ〕*adj.* 暫時的;臨時的

note〔not〕*v.* 注意　　applicant〔'æpləkənt〕*n.* 申請者;求職者

supply〔sə'plaɪ〕*v.* 提供　　contact〔'kantækt〕*n.* 聯絡

professional〔prə'fɛʃənḷ〕*adj.* 專業的;職業的

reference〔'rɛfərəns〕*n.* 介紹人;推薦人

interview〔'ɪntə,vju〕*n.* 面試;面談　　seek〔sik〕*v.* 尋找

entitle〔ɪn'taɪtḷ〕*v.* 使有資格　　*be entitled to* 有資格~

benefit〔'bɛnəfɪt〕*n.* 好處;福利

package〔'pækɪdʒ〕*n.* 一整套;待遇包

benefits package 員工福利　　health〔hɛlθ〕*n.* 健康;保健

insurance〔ɪn'ʃʊrəns〕*n.* 保險　　*life insurance* 人壽保險

paid〔ped〕*adj.* 支薪的　　leave〔liv〕*n.* 休假

illness〔'ɪlnɪs〕*n.* 生病　　retirement〔rɪ'taɪrmənt〕*n.* 退休

bonus〔'bonəs〕*n.* 獎金;紅利　　*last name* 姓

address〔'ædrɛs〕*n.* 地址　　*first name* 名

initial〔ɪ'nɪʃəl〕*n.* 首字母　　drive〔draɪv〕*n.* 車道

hill〔hɪl〕*n.* 山丘　　*IL* 伊利諾州(= *Illinois*)

qualifications〔,kwaləfə'keʃənz〕*n. pl.* 條件;資歷

attend〔ə'tɛnd〕*v.* 上(學)　　degree〔dɪ'gri〕*n.* 學位

obtain〔əb'ten〕*v.* 獲得　　institute〔'ɪnstə,tjut〕*n.* 學院

economics〔,ikə'namɪks〕*n.* 經濟學

finance〔'faɪnæns〕*n.* 金融　　*BA* 文學士(= *Bachelor of Arts*)

MS 理學碩士(= *Master of Science*)

certified〔'sɝtə,faɪd〕*adj.* 合格認證的;有執照的

public〔'pʌblɪk〕*adj.* 公眾的

CPA 註冊會計師【一般是在各國相關管理機構或協會取得認證註冊,接受
委託從事審計、會計諮詢、會計服務的專業人士】

history〔'hɪstrɪ〕*n.* 歷史　　employer〔ɪm'plɔɪɚ〕*n.* 雇主
associate〔ə'soʃɪɪt〕*n.* 同事；伙伴
Chicago〔ʃɪ'kɑgo〕*n.* 芝加哥　　title〔'taɪtḷ〕*n.* 頭銜；職稱
length〔lɛŋθ〕*n.* 長度　　supervisor〔'supɚˌvaɪzɚ〕*n.* 主管
manager〔'mænɪdʒɚ〕*n.* 經理　　division〔də'vɪʒən〕*n.* 部門
director〔də'rɛktɚ〕*n.* 主管；負責人
human resources 人力資源　　duty〔'djutɪ〕*n.* 工作；職責
specific〔spɪ'sɪfɪk〕*adj.* 明確的　　analyze〔'ænḷˌaɪz〕*v.* 分析
assist〔ə'sɪst〕*v.* 幫助　　maintenance〔'mentənəns〕*n.* 維持
system〔'sɪstəm〕*n.* 系統　　review〔rɪ'vju〕*v.* 審視；詳查
statement〔'stetmənt〕*n.* 財務報表；結帳單
advise〔əd'vaɪz〕*v.* 建議
preparation〔ˌprɛpə'reʃən〕*n.* 準備；安排
tax preparation 報稅　　consultant〔kən'sʌltənt〕*n.* 顧問
with〔wɪθ〕*prep.* 受雇於

172. (**C**) 求職者希望的職位是什麼？
　　　(A) 經理。　　　　　　　(B) 顧問。
　　　(C) 會計師。　　　　　　(D) 律師。
　　　* counselor〔'kaʊnslɚ〕*n.* 顧問；律師

173. (**A**) 誰提交了申請表？
　　　(A) 亨利・庫柏。　　　　(B) 倫納德・史坦。
　　　(C) 拉里・芬。　　　　　(D) 杰拉丁・馬可維茲。
　　　* submit〔sʌb'mɪt〕*v.* 提交　　form〔fɔrm〕*n.* 表格

174. (**D**) 哪類型的工作求職者可能「不會」接受？
　　　(A) 全職。　　　　　　　(B) 兼職。
　　　(C) 長期。　　　　　　　(D) 短期。

175. (**D**) 根據申請表，求職者什麼時候需要提供額外的資訊？
　　　(A) 當報到上班的時候。

(B) 當提供財務諮詢的時候。

(C) 當接受職位的時候。

(D) <u>當和雇主見面的時候。</u>

* additional〔ə'dɪʃənl〕*adj.* 額外的

report〔rɪ'port〕*v.* 報告；報到

report for work 上工；報到上班

參考以下行程表和電子郵件，回答第 176 至 180 題。

奧麗薇亞・瓦格斯──行程──10 月 21-26 日	
	斯特普爾頓集團
	星期一 上午 9 點 行銷團隊會議 下午 1 點 15 分 和巴特・狄諾佐吃午餐 下午 4 點 星期二 上午 9 點 行政人員月會 上午 10 點 45 分 與部門經理審核預算 下午 2 點 40 分 搭火車前往巴爾的摩，下午 4 點 45 分到達 星期三 上午 9 點 15 分 與羅斯代爾分部團隊會面計畫即將推出的 廣告活動 下午 1 點 00 分 回費城，下午 2 點 05 分到達

	下午 5 點 30 分 準備季度董事會議 星期四 上午 8 點 30 分 和萊斯利・平德早餐會議（法務團隊） 下午 1 點 45 分 與艾德利安・麥克萊恩及她的活動主任見面 下午 4 點 30 分 季度董事會議
利潤國際有限責任公司 總部 斯特普爾頓大樓 100 號，第 5 大道 紐約市，紐約 10019 電話：(212) 440-2299 www.stapletongroup.com	星期五 上午 8 點 00 分 紐約電話會議 上午 10 點 00 分 和資訊團隊討論網站修改 下午 2 點 00 分 開會討論活動影片 下午 5 點 30 分 倫敦電話會議

** itinerary〔aɪˋtɪnəˏrɛrɪ〕n. 路線；行程

　　marketing〔ˋmɑrkɪtɪŋ〕adj. 行銷的　　team〔tim〕n. 隊伍；團隊

　　meeting〔ˋmitɪŋ〕n. 開會；會議

　　executive〔ɪgˋzɛkjətɪv〕adj. 執行的；管理的

　　staff〔stæf〕n. 職員　　review〔rɪˋvju〕v. 細看；審查

　　budget〔ˋbʌdʒɪt〕n. 預算　　department〔dɪˋpɑrtmənt〕n. 部門

　　manager〔ˋmænɪdʒɚ〕n. 經理

　　depart〔dɪˋpɑrt〕v. 離開；前往 <for>

　　Baltimore〔ˋbɔltəˏmor〕n. 巴爾的摩【位於馬里蘭州的城市】

　　arrival〔əˋraɪvḷ〕n. 到達　　office〔ˋɔfɪs〕n. 辦公室；處

　　plan〔plæn〕v. 計畫　　upcoming〔ˋʌpˏkʌmɪŋ〕adj. 即將到來的

advertising〔'ædvɚ͵taɪzɪŋ〕 *adj.* 廣告的
campaign〔kæm'pen〕 *n.* 宣傳活動
Philadelphia〔͵fɪlə'dɛlfjə〕 *n.* 費城
quarterly〔'kwɔrtɚlɪ〕 *adj.* 季度的　　***board meeting*** 董事會
legal〔'ligl̩〕 *adj.* 法律的　　director〔də'rɛktɚ〕 *n.* 主管；主任
conference〔'kɑnfərəns〕 *n.* 會議
go over 仔細檢查；認真討論　　***Web site*** 網站
revision〔rɪ'vɪʒən〕 *n.* 修改　　review〔rɪ'vju〕 *v.* 檢查；討論
video〔'vɪdɪ͵o〕 *adj.* 影像的　　profit〔'prɑfɪt〕 *n.* 利潤
international〔͵ɪntɚ'næʃənl̩〕 *n.* 國際組織
LLC 有限責任公司（ = *Limited Liability Company*）
HQ 總部（ = *Headquarters*）
avenue〔'ævənju〕 *n.* 大道

寄件人：	肯・卡許 <k_kash@stapletongroup.com>
收件人：	奧麗薇亞・瓦格斯 <o_vargas@stapletongroup.com>
主　　題：	每日更新
日　　期：	10 月 20 日

皇宮花園確認電子郵件 18k

親愛的瓦格斯小姐：

關於妳本週的行程，以下是快速給妳更新幾點。

首先，法務團隊的主管週四早上行程撞期，要求要延後該會議到下週初。我可以用泰瑞・格里爾填補那個早晨時段，這位平面設計師的履歷是妳喜歡的。妳想要和他面談關於未來紅色噴射機活動的工作。請讓我知道我是否應該打電話給他做這安排。

此外，執行長辦公室的戴斯蒙・拜耶爾斯已經確認他會出席週五的會議，以討論宣傳影片。我已經如妳要求預約了多媒體室以備開會。

最後，因爲妳今天將要去旅遊，我寄了一份來自皇宮花園飯店的
電子郵件的附檔，確認妳的預定。我想妳已經有火車票和詳細的
旅行路線。如果妳沒有收到，請告訴我，我可以寄給妳電子檔。

肯・凱許

** daily〔'delɪ〕*adj.* 每天的　　update〔'ʌpˌdet〕*n.* 更新
palace〔'pælɪs〕*n.* 皇宮；豪宅　　garden〔'gɑrdn̩〕*n.* 花園
confirmation〔ˌkɑnfɚ'meʃən〕*n.* 確認
regarding〔rɪ'gɑrdɪŋ〕*prep.* 關於
schedule〔'skɛdʒul〕*n.* 行程
supervisor〔'supɚˌvaɪzɚ〕*n.* 主管
conflict〔'kɑnflɪkt〕*n.* 衝突；牴觸
postpone〔post'pon〕*v.* 延後
instead〔ɪn'stɛd〕*adv.* 代替；改爲　　fill〔fɪl〕*v.* 填入；填補
slot〔slɑt〕*n.* 位置；時段　　graphic〔'græfɪk〕*adj.* 繪圖的
designer〔dɪ'zaɪnɚ〕*n.* 設計師　　resume〔'rɛzuˌme〕*n.* 履歷
interview〔'ɪntɚˌvju〕*v.* 面試
potential〔pə'tɛnʃəl〕*adj.* 可能的；未來的
arrangement〔ə'rendʒmənt〕*n.* 安排
also〔'ɔlso〕*adv.* 而且；此外
CEO　*n.* 執行長（= *Chief Executive Officer*）
confirm〔kən'fɝm〕*v.* 確認　　join〔dʒɔɪn〕*v.* 加入；參與
book〔bʊk〕*v.* 預定　　multimedia〔ˌmʌltɪ'mɪdɪə〕*n.* 多媒體
request〔rɪ'kwɛst〕*v.* 要求；請求
attachment〔ə'tætʃmənt〕*n.* 附件　　copy〔'kɑpɪ〕*n.* 一份
reservation〔ˌrɛzɚ'veʃən〕*n.* 預定；預約
detailed〔'diteld〕*adj.* 詳細的
itinerary〔aɪ'tɪnəˌrɛrɪ〕*n.* 旅行日程
request〔rɪ'kwɛst〕*v.* 要求
electronically〔ɪˌlɛk'trɑnɪklɪ〕*adv.* 使用電子裝置地；用電腦

176.(**A**) 電子郵件附有什麼電子檔？

    (A) <u>飯店確認。</u>   (B) 董事會行程。

    (C) 火車票。   (D) 數位相片。

    * electronic〔ɪͺlɛk'trɑnɪk〕*adj.* 電子的

       file〔faɪl〕*n.* 檔案   digital〔'dɪdʒɪtl̩〕*adj.* 數位的

       photograph〔'fotəͺgræf〕*n.* 照片

177.(**B**) 凱許先生詢問什麼行動？

    (A) 審查法律文件。

    (B) <u>連絡設計師。</u>

    (C) 批准一項行銷活動。

    (D) 寄一份更新過的履歷。

    * action〔'ækʃən〕*n.* 行動

       document〔'dɑkjəmənt〕*n.* 文件

       contact〔'kɑntækt〕*v.* 聯絡   approve〔ə'pruv〕*v.* 批准

178.(**A**) 誰要求更改會議時間？

    (A) <u>平德先生。</u>   (B) 安德斯先生。

    (C) 狄諾佐先生。   (D) 麥克萊恩小姐。

179.(**C**) 瓦格斯和拜耶爾斯小姐幾點會出席週五的會議？

    (A) 早上 8 點。   (B) 早上 10 點。

    (C) <u>下午 2 點。</u>   (D) 下午 5 點 30 分。

180.(**D**) 關於斯特普爾頓集團暗示了什麼？

    (A) 它有超過 50 位職員。

    (B) 它是澳洲最大的行銷活動。

    (C) 它去年開幕。

    (D) <u>它在好幾個城市都有辦公室。</u>

    * suggest〔səg'dʒɛst〕*v.* 暗示

參考以下的電子郵件，回答第 181 至 185 題。

寄件人：	艾琳・伍利 <I_Wooley@LeobandBunson.com>
收件人：	莎賓娜・塔里克 <Tarik1503@zifmall.com>
主　旨：	客戶經理職位
日　　期：	4 月 6 日，星期四，下午 12 點 5 分

親愛的塔里克小姐：

我的同事和我昨天很高興在我們的辦公室跟妳見面。我很對於妳關於多媒體廣告的上台報告印象很深刻，而我們想要更進一步繼續對談。我們邀請了所有客戶經理職位的候選人再次來辦公室，進行第二輪的面試。

就如我之前告訴妳的，新的客戶經理的職位將會是家電部門的一部分，由羅伯森先生負責。他想要聽聽妳關於廣告的想法，並讓妳知道該部門的文化，以及我們在勒布本生做生意的方式。如果妳有空，下週五 4 月 14 日，我們想要再見妳一次，地點在我們伯靈頓的辦公室。或者，我們可以再隔一週的週一（4 月 17 日）在這裡見面。

請連絡我或是我的助理，傑佛森小姐，儘早在妳方便的時候做安排。我們期待再次見到妳。

勒布本生人事主管
艾琳・伍利　敬上

** account〔ə'kaʊnt〕n. 客戶　　manager〔'mænɪdʒɚ〕n. 經理
position〔pə'zɪʃən〕n. 職位　　colleague〔'kɑlig〕n. 同事
enjoy〔ɪn'dʒɔɪ〕v. 喜愛；享受
impressed〔ɪm'prɛst〕adj. 感到印象深刻的
presentation〔ˌprɛzn̩'teʃən〕n. 呈現；上台報告

multimedia〔ˌmʌltɪˈmɪdɪə〕n. 多媒體

advertising〔ˈædvɚˌtaɪzɪŋ〕n. 廣告

continue〔kənˈtɪnju〕v. 繼續

conversation〔ˌkɑnvɚˈseʃən〕n. 對話；談話

further〔ˈfɝðɚ〕adv. 更進一步　　invite〔ɪnˈvaɪt〕v. 邀請

finalist〔ˈfaɪṇ̩lɪst〕n. 決賽選手　　round〔raʊnd〕n. 輪；回合

interview〔ˈɪntɚˌvju〕n. 面試

appliance〔əˈplaɪəns〕n. 家用電器

division〔dɪˈvɪʒən〕n. 部門　　head〔hɛd〕v. 掌管；負責

as well as 以及；和　　sense〔sɛns〕n. 意識；感覺

culture〔ˈkʌltʃɚ〕n. 文化　　business〔ˈbɪznɪs〕n. 生意

available〔əˈveləb̩l〕adj. 有空的

alternatively〔ɔlˈtɝnətɪvlɪ〕adv. 或者

following〔ˈfɑloɪŋ〕adj. 下一個的　　contact〔ˈkɑntækt〕v. 聯絡

assistant〔əˈsɪstənt〕n. 助理

arrangement〔əˈrendʒmənt〕n. 安排

convenience〔kənˈvinjəns〕n. 方便

at one's **convenience** 在某人方便的時候

look forward to V-ing 期待～

sincerely〔sɪnˈsɪrlɪ〕adv. 誠摯地；敬上

personnel〔ˌpɝsṇˈɛl〕n. 全體職員

director〔dəˈrɛktɚ〕n. 主管；監督者

寄件人：	莎賓娜・塔里克 <Tarik1503@zifmall.com>
收件人：	艾琳・伍利 <I_Wooley@LeobandBunson.com>
主　旨：	客戶經理職位
日　期：	4 月 7 日，星期五，上午 9 點 13 分

親愛的伍利小姐：

我很高興收到妳的來信關於客戶經理一職。我依然對於妳們廣告
公司這個職位很感興趣，而我也很樂意跟妳，以及同事們更進一

步談談我在超音速廣告的想法和經驗。很遺憾地，我已經計畫要在康科德的一場會議上做口頭報告，日期和妳所提出的是同一天，但我確定可以在 4 月 17 日到妳的辦公室。

此外，本週面試後的後續事項，我已經要求德瑞克‧史莫斯先生，也就是我目前職位的主管，代表我寄一封推薦信過去。如果妳想要在我探訪前或是當下看更多我之前工作的樣本，請告知我。我期待見到妳。

莎賓娜‧塔里克　敬上

** pleased〔plizd〕*adj.* 高興的　　***hear from sb.*** 收到某人的來信
interested〔'ɪntrɪstɪd〕*adj.* 感興趣的　　firm〔fɝm〕*n.* 公司
ultrasonic〔ˌʌltrə'sɑnɪk〕*adj.* 超音速的
unfortunately〔ʌn'fɔrtʃənɪtlɪ〕*adv.* 不幸地；遺憾地
represent〔ˌrɛprɪ'zɛnt〕*v.* 代表　　member〔'mɛmbɚ〕*n.* 成員
plan〔plæn〕*n.* 計畫　　conference〔'kɑnfərəns〕*n.* 會議
Concord〔'kɑŋkɔrd〕*n.* 康科德【美國一城市】
propose〔prə'poz〕*v.* 提議
certainly〔'sɝtṇlɪ〕*adv.* 當然；肯定地　　also〔'ɔlso〕*adv.* 此外
follow-up〔'falo,ʌp〕*n.* 後續事物
supervisor〔'supɚˌvaɪzɚ〕*n.* 主管　　current〔'kɝənt〕*adj.* 目前的
reference〔'rɛfərəns〕*n.* 參考；證明書
a letter of reference 推薦信　　***on one's behalf*** 代表某人
sample〔'sæmpl̩〕*n.* 樣本

181.(**C**) 第一封電子郵件的目的是什麼？
　　(A) 宣傳一個新產品。　　(B) 分配一項計畫。
　　(C) 安排一個面試。　　(D) 提出工作邀請。
　　* purpose〔'pɝpəs〕*n.* 目標
　　　advertise〔'ædvɚˌtaɪz〕*v.* 廣告；宣傳
　　　product〔'prɑdʌkt〕*n.* 產品

assign〔ə'saɪn〕v. 分配　　project〔'pradʒɪkt〕n. 計畫
schedule〔'skɛdʒul〕v. 安排　　offer〔'ɔfə〕n. 提供
job offer 工作機會；工作邀請

182.（**C**）勒布本生是哪種類型的公司？

　　(A) 出版社。　　　　　　　(B) 會計事務所。

　　(C) 廣告公司。　　　　　　(D) 電器公司。

　　* type〔taɪp〕n. 類型　　publishing〔'pʌblɪʃɪŋ〕adj. 出版的
　　company〔'kʌmpənɪ〕n. 公司
　　accounting〔ə'kauntɪŋ〕adj. 會計的

183.（**C**）塔里克小姐計畫何時要去會議？

　　(A) 4 月 6 日。　　　　　　(B) 4 月 7 日。

　　(C) 4 月 14 日。　　　　　　(D) 4 月 17 日。

184.（**B**）根據第一封電子郵件，爲何羅伯森先生想要見塔里克小姐？

　　(A) 要介紹她給一些他團隊的成員認識。

　　(B) 要讓她認識該公司的風格和期待。

　　(C) 要討論她即將到來的上台報告。

　　(D) 要提供她旅遊資訊。

　　* introduce〔ˌɪntrə'djus〕v. 介紹
　　acquaint〔ə'kwent〕v. 使認識
　　acquaint sb. with 使某人認識　　style〔staɪl〕n. 風格
　　expectation〔ˌɛkspɛk'teʃən〕n. 期待
　　discuss〔dɪ'skʌs〕v. 討論　　provide〔prə'vaɪd〕v. 提供
　　travel〔'trævl̩〕n. 旅遊
　　information〔ˌɪnfə'meʃən〕n. 資訊

185.（**B**）誰「不是」勒布本生的員工？

　　(A) 伍利小姐。　　　　　　(B) 史莫斯先生。

　　(C) 羅伯森先生。　　　　　(D) 傑佛森小姐。

　　* employee〔ˌɛmplɔɪ'i〕n. 員工

參考以下的網頁以及電子郵件，回答第 186 至 190 題。

網址	http://www.spring-step.com	前往	連結

首頁	常見問題	銷售	聯絡我們

春步製造什麼類型的產品？

春步生產男士、女士，以及孩童鞋的鞋底。我們生產超過五十種鞋底，用十種不同的材質。我們最受歡迎的產品有些是用橡膠鞋底做放水的靴子、拖鞋，以及舞鞋，而且我們最新的運動鞋底是用回收材質製作的。我們可以製造任何鞋的鞋底。瀏覽我們線上型錄看看所有我們的產品。

誰使用春步的產品？

我們出口的公司主要在南北美洲，但是我們也服務歐洲和亞洲的客戶。這些公司使用我們高品質的鞋底製造鞋子，在世界一些最受歡的鞋店販售，包含阿康鞋店及釜山靴子店。

我要如何提出請求讓春步成為我公司的供應商？

請寄電子郵件給我們區域辦公室的代表，安排諮詢。代表們可以提供你免費的產品樣本以及契約樣本。

亞洲　王彼得　│ p_wang@Spring-Step.com.jp

歐洲　羅爾夫・克圖瀝　│ rolf@Spring-Step.com.de

北美洲　香農・布雷肯里奇　│ breckenridge@Spring-Step.com.

南美洲　佐治・莫拉萊斯　│ morales@Spring-Step.com.ve

完成		網際網路

** *FAQ* 常見問題解答（ = *Frequently Asked Questions* ）
sales〔 selz 〕*n.* 銷售部　　　contact〔ˈkɑntækt 〕*n.* 聯絡
type〔 taɪp 〕*n.* 類型　　　product〔ˈprɑdʌkt 〕*n.* 產品

produce〔prə'djus〕v. 製造;生產
manufacture〔‚mænjə'fæktʃə〕v. 製造;生產
sole〔sol〕n. 鞋底　　over〔'ovə〕prep. 超過
material〔mə'tɪrɪəl〕n. 材料;物質
popular〔'pɑpjələ〕adj. 熱門的;受歡迎的
include〔ɪn'klud〕v. 包含　　rubber〔'rʌbə〕n. 橡膠
waterproof〔'wɔtə‚pruf〕adj. 防水的;不透水的
boots〔buts〕n. pl. 靴子　　slippers〔'slɪpəz〕n. pl. 拖鞋
athletic〔æθ'lɛtɪk〕adj. 運動的　　*out of* 用…(材料)
recycled〔rɪ'saɪkḷd〕adj. 回收的　　browse〔braʊz〕v. 瀏覽
online〔‚ɑn'laɪn〕adv. 線上;在網路上
catalog〔'kætḷ‚ɔg〕n. 目錄;型錄

export〔ɪks'pɔrt〕v. 出口;輸出
company〔'kʌmpənɪ〕n. 公司
primarily〔'praɪmərəlɪ〕adv. 主要地
North America 北美洲　　***South America*** 南美洲
serve〔sɝv〕v. 服務　　client〔'klaɪənt〕n. 客戶
Europe〔'jʊrəp〕n. 歐洲　　Asia〔'eʒə〕n. 亞洲
high-quality〔'haɪkw'ɑlətɪ〕adj. 高品質的
including〔ɪn'kludɪŋ〕prep. 包含

request〔rɪ'kwɛst〕v. 要求;請求
supplier〔sə'plaɪə〕n. 供應商
e-mail〔'i‚mel〕v. 寄電子郵件給
representative〔‚rɛprɪ'zɛntətɪv〕n. 代表
regional〔'ridʒənḷ〕adj. 區域的;地方的
schedule〔'skɛdʒul〕v. 安排
consultation〔‚kɑnsḷ'teʃən〕n. 商量;諮詢
free〔fri〕adj. 免費的
sample〔'sæmpḷ〕n. 樣本;樣品　　adj. 作爲代表的;範例的
contract〔'kɑntrækt〕n. 合約

寄件人：	丹尼爾・塔爾伯特 <director@lambada.com.br>
收件人：	香農・布雷肯里奇 <breckenridge@spring-step.com>
主　題：	諮詢問題
日　期：	9 月 8 日

親愛的布雷肯里奇小姐：

我是南美黏巴達的品牌總監，總部位於巴西的舞鞋公司。我上個月參加了邁阿密運動服貿易展，並注意到其中有一雙鮑德溫舞的鞋子，上面有春步的商標。我印象非常深刻，看到該鞋幫助森巴舞者在該公司的展示會上穿過舞池。它們看起來跟我們目前使用的合成鞋非常相似。

我想要和春步的代表談談關於試用妳們的產品，也可能成爲在巴西的賣家。

請告訴我接下來該怎麼做。我試著連絡南美洲的區域代表，但是我寄到公司網站上面電子郵件的信被退回，顯示爲無法遞送。

丹尼爾・塔爾伯特　謹啓

** query〔ˋkwɪrɪ〕*n.* 詢問　　brand〔brænd〕*n.* 品牌
director〔dəˋrɛktə〕*n.* 主管；總監
Lambada〔ləmˋbɑdɑ〕*n.* 黏巴達【一種源自巴西的舞蹈】
S.A *n.* 南美洲（= *South America*）
footwear〔ˋfʊt͵wɛr〕*n.* 鞋類　　based〔best〕*adj.* 總部設在…的
Brazil〔brəˋzɪl〕*n.* 巴西　　attend〔əˋtɛnd〕*v.* 出席
Miami〔maɪˋæmɪ〕*n.* 邁阿密
sportswear〔ˋspɔrts͵wɛr〕*n.* 運動服裝　　trade〔tred〕*n.* 貿易
show〔ʃo〕*n.* 展覽　　logo〔ˋlɔgo〕*n.* 商標
impress〔ɪmˋprɛs〕*v.* 使印象深刻
samba〔ˋsæmbə〕*n.* 森巴舞【一種源自非洲的巴西舞蹈】
floor〔flor〕*n.* 地面；地板　　***dance floor*** 舞池；舞場
demonstration〔͵dɛmənˋstreʃən〕*n.* 示範；演示

appear〔ə'pɪr〕v. 看似　　similar〔'sɪmələ〕adj. 相似 < to >
synthetic〔sɪn'θεtɪk〕adj. 合成的；人造的
currently〔'kɜəntlɪ〕adv. 目前　　use〔juz〕v. 使用
would like to V. 想要～　　sample〔'sæmpḷ〕v. 體驗；嘗試
vendor〔'vεndə〕n. 賣主　　step〔stεp〕n. 步驟；作法
address〔'ædrεs〕n. 地址　　list〔lɪst〕v. 列出
web site 網址　　return〔rɪ't3n〕v. 退還
undeliverable〔ˌʌndɪ'lɪvərəbḷ〕adj. 無法遞送的；無法送達的
regards〔rɪ'gɑrdz〕n. pl. 問候；謹啓

寄件人：	喬安娜‧奴涅茲 <nunez@spring-step.com.ar>
收件人：	丹尼爾‧塔爾伯特 <director@lambada.com.br>
主　題：	轉寄：諮詢問題
日　期：	9 月 9 日

親愛的塔爾伯特先生：

我是喬安娜‧奴涅茲，新任南美洲區域代表。你的訊息是布雷肯里奇小姐轉寄給我的。

代表春步，我想要謝謝你對我們的產品有興趣。我很抱歉你在聯絡代表上遇到困難。

我們目前正對公司做適度的重整，恐怕佐治‧莫拉萊斯不在我們公司了。從現在開始，我會處理所有賣家的諮詢。

這裡回覆你的問題，在仔細查看你的網站後，看似我們合成的鞋底和你目前使用的很相似。第二，我很樂意提供各種樣品，並討論你賣家的選擇。請回覆給我一張詳細的一覽表，列出你想要試用的鞋底類型，並附上送貨地址。同時，如果你想要直接和我談，請打 +35 382 83488 聯絡我。

我很期待收到你的回應。

謹啓，

** FWD〔'fɔrwəd〕*v.* 轉寄（= *forward*）

message〔'mɛsɪdʒ〕*n.* 訊息；信息　　***on behalf of*** 代表

express〔ɪk'sprɛs〕*v.* 表達　　***have difficulty V-ing*** 做…有困難

reach〔ritʃ〕*v.* 聯絡　　***in the midst of*** 在…之中

modest〔'madɪst〕*adj.* 適度的；不大的

corporate〔'kɔrpərɪt〕*adj.* 公司的

restructuring〔,ri'strʌktʃərɪŋ〕*n.* 重整　　***no longer*** 不再

forward〔'fɔrwəd〕*adv.* 向前地

from this point forward 從這時候開始

handle〔'hændḷ〕*v.* 處理　　response〔rɪ'spɑns〕*n.* 回應；答覆

in response to 回覆；回應　　review〔rɪ'vju〕*v.* 細看；仔細檢查

a wide range of 各種的　　***as well as*** 以及；和

discuss〔dɪ'skʌs〕*v.* 討論　　option〔'ɑpʃən〕*n.* 選擇

respond〔rɪ'spɑnd〕*v.* 回覆　　detailed〔'ditɛld〕*adj.* 詳細的

shipping〔'ʃɪpɪŋ〕*adj.* 運送的

meanwhile〔'min,hwaɪl〕*adv.* 同時

directly〔də'rɛktlɪ〕*adv.* 直接地

hear from sb. 收到某人的來信或電話

186. (**C**) 關於春步說了什麼？

　　　(A) 它製造運動鞋。

　　　(B) 它製造的產品主要是針對孩童。

　　　(C) <u>它把商品運送到多個國家。</u>

　　　(D) 它每個月寄給客戶型錄。

　　　* indicate〔'ɪndə,ket〕*v.* 指出

　　　　intended〔ɪn'tɛndɪd〕*adj.* 預期的；目的是…的

　　　　ship〔ʃɪp〕*v.* 運送　　multiple〔'mʌltəpḷ〕*adj.* 多個的

　　　　monthly〔'mʌnθlɪ〕*adj.* 每月的

187. (**B**) 關於布雷肯里奇小姐，何者可能為真？

　　　(A) 她替南美黏巴達工作。

　　　(B) <u>她可以寄免費樣品給潛在客戶。</u>

　　　(C) 她去巴西旅行過。

(D) 她和塔爾伯特先生在邁阿密見過。

* likely〔ˋlaɪklɪ〕*adv.* 可能地
potential〔pəˋtɛnʃəl〕*adj.* 可能的；潛在的

188. (**B**) 塔爾伯特先生最可能想要用哪種材料在他們公司的產品上？

(A) 回收的。　　　　　(B) <u>合成的。</u>
(C) 橡膠。　　　　　　(D) 有機的。

* organic〔ɔrˋgænɪk〕*adj.* 有機的

189. (**D**) 塔爾伯特先生一開始嘗試要聯絡誰？

(A) 王先生。　　　　　(B) 奴涅茲小姐。
(C) 布雷肯里奇小姐。　(D) <u>莫拉萊斯小姐。</u>

* attempt〔əˋtɛmpt〕*v.* 嘗試

190. (**C**) 布雷肯里奇小姐怎麼回應塔爾伯特先生的電子郵件？

(A) 她刪除了信。　　　(B) 她直接回覆。
(C) <u>她轉寄給同事。</u>
(D) 她給公司每個人寄了一份。

* delete〔dɪˋlit〕*v.* 刪除　　reply〔rɪˋplaɪ〕*v.* 回應
associate〔əˋsoʃɪɪt〕*n.* 伙伴；同事
copy〔ˋkɑpɪ〕*n.* 一份

參考以下的新聞稿和使用者評論，回答第 191 至 195 題。

快樂弦樂四重奏

聯絡人：約翰·哈特曼　　　　　　　　　　　及時發布

電話：510-532-0339

電子郵件：john@joyfulstrings.org

網站：

http://www.joyfulstring.org

【巡迴日期公布】
快樂弦樂四重奏東南夏日巡迴

查爾斯頓，南卡羅來納，3 月 21 日

快樂弦樂四重奏，當地歷史最悠久的的弦樂四重奏，已經宣布了夏日巡迴的日期。爲期六日的巡迴將包含一場表演，在亞特蘭大的歷史烽火劇院，這裡是快樂弦樂四重奏 20 年前首次演出音樂會的地方。

排定的演出如下。

日期	城市——地點
6 月 10 日	查爾斯頓，南卡羅來納州——馬里恩歌劇院
6 月 13 日	北查爾斯頓，南卡羅來納州——北查爾斯頓表演藝術中心
6 月 16 日	希爾頓首島，南卡羅來納州——海松館
6 月 18 日	薩凡納，南卡羅來納州——格倫・莫里斯舞廳
6 月 22 日	奧古斯塔，喬治亞州——帝國圓形劇場
6 月 25 日	亞特蘭大，喬治亞州——烽火劇院

所有巡迴日期入場券的價格從美金 15 元的樓廳座位到 40 美元的中心區座位，和弦樂隊一樣高度，現在可於場地售票處以及線上票務零售商購得。最近成立的快樂弦樂四重奏後援會的會員，用會員身分識別號購票 85 折，需透過專用會員連結 www.joyfulstring.org。

完整的粉絲權益及會員年費說明可見於網站 www.joyfulstrings.org/fanclub_membership.

** press〔prɛs〕*n.* 報紙；報刊　　release〔rɪˋlis〕*n.* 發布；發行
press release 新聞稿　　joyful〔ˋdʒɔɪfəl〕*adj.* 快樂的

string〔 strɪŋɪ 〕*n.* 弦　　quartet〔 kwɔr'tɛt 〕*n.* 四重唱；四重奏

contact〔'kɑntækt 〕*n.* 聯絡人

immediate〔 ɪ'midɪɪt 〕*adj.* 立即的　　website〔'wɛb,saɪt 〕*n.* 網站

tour〔 tʊr 〕*n.* 巡迴演出　　date〔 det 〕*n.* 日期

announce〔 ə'naʊns 〕*v.* 公布

Charleston〔'tʃɑrlztən 〕*n.* 查爾斯頓【位於南卡羅來納州的城市】

Carolina〔,kærə'laɪnə 〕*n.* 卡羅來納

region〔'ridʒən 〕*n.* 區域；地方　　include〔 ɪn'klud 〕*v.* 包含

performance〔 pə'fɔrməns 〕*n.* 表演

historic〔 hɪ'stɔrɪk 〕*adj.* 歷史的

beacon〔'bikən 〕*n.* 烽火；燈塔　　theater〔'θiətə 〕*n.* 劇院

Atlanta〔 æt'læntə 〕*n.* 亞特蘭大【美國喬治亞州首府】

appear〔 ə'pɪr 〕*v.* 出現；演出　　concert〔'kɑnsət 〕*n.* 音樂會

scheduled〔'skɛdʒəld 〕*adj.* 排定的　　***as follows*** 如下

location〔 lo'keʃən 〕*n.* 地點

SC 南卡羅來納州（ – *South Carolina* ）

opera〔'ɑpərə 〕*n.* 歌劇　　***opera house*** 歌劇院

performing arts 表演藝術　　island〔'aɪlənd 〕*n.* 島

pine〔 paɪn 〕*n.* 松樹　　pavilion〔 pə'vɪljən 〕*n.* 休息處；分館

Savannah〔 sə'vænə 〕*n.* 薩凡納【南卡羅來納州的一個鎮，小寫意為

　「大草原」】　　ballroom〔'bɔl,rum 〕*n.* 舞廳

Augusta〔 ɔ'gʌstə 〕*n.* 奧古斯塔【美國喬治亞州的城市】

GA 喬治亞州（ = *Georgia* ）　　imperial〔 ɪm'pɪrɪəl 〕*adj.* 帝國的

amphitheater〔,æmfɪ'θiətə 〕*n.* 圓形劇場

ticket〔'tɪkɪt 〕*n.* 票　　***range from*** A ***to*** B 範圍從 A 到 B

balcony〔'bælkənɪ 〕*n.* 樓座；樓廳　　seat〔 sit 〕*n.* 座位

center〔'sɛntə 〕*n.* 中心；中間　　section〔'sɛkʃən 〕*n.* 部分

orchestra〔'ɔrkɪstrə 〕*n.* 管弦樂團　　level〔'lɛvḷ 〕*n.* 平面；高度

available〔 ə'veləbḷ 〕*adj.* 可獲得的　　venue〔'vɛnju 〕*n.* 場地

box office 售票處　　online〔,ɑn'laɪn 〕*adj.* 線上的；網路上的

retailer〔'ritelə 〕*n.* 零售商　　member〔'mɛmbə 〕*n.* 成員；會員

recently〔'risṇtlɪ 〕*adv.* 最近地

establish〔 ə'stæblɪʃ 〕*v.* 建立；創立

fan club 粉絲俱樂部；後援會　　discount〔'dɪskaʊnt〕*n.* 折扣
ID number 身份識別號　　exclusive〔ɪk'sklusɪv〕*adj.* 專用的
link〔lɪŋk〕*n.* 連結　　privilege〔'prɪvlɪdʒ〕*n.* 特權；權益
explanation〔͵ɛksplə'neʃən〕*n.* 解釋；說明
annual〔'ænjʊəl〕*adj.* 每年的　　dues〔djus〕*n. pl.* 會員費

海松館
希爾頓首島，南卡羅來納州　　　　　　　　　　頂級 Q

　　　　　　　　　　　　　立即發布
　　　　　　　　　　　　　5 月 25 日
　　　　　　　　　　　　　新聞處：812-909-3330
　　　新聞稿　　　　　　　聯絡人：艾倫・佛斯特
　　　　　　　　　　　　　http://www.seapines.com

取消以及延後的表演

希爾頓首島，南卡羅來納州——立即生效，由於該館貝形露天舞臺
的緊急修繕工程，大部分排定於 6 月的現場表演已經延後。

持票者建議保留票券，除了快樂弦樂四重奏的音樂會；大多的表
演會重新排定到之後的日期，而 6 月演出的票將會有效兌現。最
新關於重新排定的表演，請上海松館的網站：www.seapines.com

若要求快樂弦樂四重奏音樂會的退款，請聯絡艾倫・佛斯特，打
電話 812-909-3330 或寄信到 frost@seapines.com

海松館　　　　　　　　　　電話：812-海-松
海田路 1 號　　　　　　　　傳真：812-384-0007
希爾頓首島，南卡羅來納州 43372　　http://seapines.com

** prime〔praɪm〕*adj.* 最好的；頂級的
press office 新聞室；新聞處　　cancel〔ˈkænsḷ〕*v.* 取消
postpone〔postˈpon〕*v.* 延後　　effective〔ɪˈfɛktɪv〕*adj.* 有效的
immediately〔ɪˈmidɪɪtlɪ〕*adv.* 立即地
emergency〔ɪˈmɝdʒənsɪ〕*n.* 緊急　　repair〔rɪˈpɛr〕*n.* 修理
band shell 貝形露天舞臺　　holder〔ˈholdɚ〕*n.* 持有者
encourage〔ɪnˈkɝɪdʒ〕*v.* 鼓勵　　retain〔rɪˈten〕*v.* 保留
exception〔ɪkˈsɛpʃən〕*n.* 例外
with the exception of 除了（= *except*）
honor〔ˈɑnɚ〕*v.* 兌現；執行
current〔ˈkɝənt〕*adj.* 目前的；最新的
request〔rɪˈkwɛst〕*v.* 請求；要求　　refund〔ˈriˌfʌnd〕*n.* 退款
fax〔fæks〕*n.* 傳眞　　plantation〔plænˈteʃən〕*n.* 農場；種植

網址	http://www.squawk.us.com/userreviews/seapines	前往	連結

嘎嘎叫！ 讓世界聽到你的聲音　　　　　　海松館

⭐⭐⭐⭐ 437 名使用者評論

⭐⭐⭐⭐⭐ 6 天以前的評論

（5 顆星獲得 1 顆）

「這是我妻子的 70 歲生日，而我選擇這個活動，因
爲這舞廳從新街鐵路車站進入很方便。」

拉爾夫 W
希爾頓首島
南卡羅來納
男性，72 歲
已退休
65 個評論
3 個朋友

首先，該建築物老舊又美麗，但是我不會推薦一樓的
座位，因爲燈光太亮又惱人。快樂弦樂四重奏非常
棒，但是整個音樂會被 10 到 12 個喝醉的人給毀了，
他們完全不理會引導員的要求，不守規矩。我們和其
他人都表示不滿，但是被告知他們不能讓警方介入，
因爲會造成麻煩。安全措施不足，而他們也承認無法
處理該事件。這完全搞砸了我妻子的驚喜。我絕對不
會推薦這個場地給未來古典樂的活動。

完成	網際網路

** squawk〔skwɔk〕*n.* 嘎嘎叫；大聲抱怨　　male〔mel〕*n.* 男性

retired〔rɪ'taɪrd〕*adj.* 退休的　　access〔'æksɛs〕*v.* 接近；進入

railway〔'rel,we〕*n.* 鐵路　　station〔'steʃən〕*n.* 車站

recommend〔,rɛkə'mɛnd〕*v.* 推薦；建議

main〔men〕*adj.* 主要的　　***main floor*** 主樓層；一樓

lighting〔'laɪtɪŋ〕*n.* 照明；舞台燈光

effect〔ɪ'fɛkt〕*n.* 效果　　bright〔braɪt〕*adj.* 亮的

annoying〔ə'nɔɪɪŋ〕*adj.* 討厭的；惱人的

excellent〔'ɛksḷənt〕*adj.* 優秀的；極好的　　ruin〔'ruɪn〕*v.* 破壞

intoxicated〔ɪn'tɑksə,ketɪd〕*adj.* 喝醉的；極興奮的

simply〔'sɪmplɪ〕*adv.* 簡直；根本

ignore〔ɪg'nɔr〕*v.* 忽略；不顧

usher〔'ʌʃɚ〕*n.* 招待員；引導員　　behave〔bɪ'hev〕*v.* 守規矩

protest〔pro'tɛst〕*v.* 抗議；反對　　***along with*** 以及；和

involve〔ɪn'vɑlv〕*v.* 牽涉；使介入　　***the police*** 警方

trouble〔'trʌbḷ〕*n.* 困擾；麻煩

security〔sɪ'kjurətɪ〕*n.* 保護；安全措施

sufficient〔sə'fɪʃənt〕*adj.* 足夠的；充分的

admit〔əd'mɪt〕*v.* 承認　　unable〔ʌn'ebḷ〕*adj.* 無法…的

deal with 處理　　incident〔'ɪnsədənt〕*n.* 事件；糾紛

completely〔kəm'plitlɪ〕*adv.* 完全地

spoil〔spɔɪl〕*v.* 搞砸；損害

surprise〔sə'praɪz〕*n.* 意外；驚喜

definitely〔'dɛfənɪtlɪ〕*adv.* 一定；絕對

classical〔'klæsɪkḷ〕*adj.* 古典的　　event〔ɪ'vɛnt〕*n.* 大型活動

191. (**B**) 關於快樂弦樂四重奏的後援會暗示了什麼？

(A) 它的會員能收到薔薇音樂商店的折扣。

(B) 它的會員被要求要付年費。

(C) 它創立超過 20 年。

(D) 它每年六月會相聚。

　* suggest〔səg'dʒɛst〕*v.* 暗示
　　gallica〔'gælɪkə〕*n.* 法國薔薇

192. (**D**) 關於快樂弦樂四重奏音樂會的票提到了什麼？

    (A) 學生出示學校的身分證明可以有折扣。

    (B) 它們只能透過線上售票員購得。

    (C) 它們比去年巡迴的票還要貴一點。

    (D) <u>在每個音樂會的場地，樓廳座位的價格都一樣。</u>

    * mention（'mɛnʃən）v. 提到
       discounted（'dɪskaʊntɪd）adj. 打折的
       identification（aɪ,dɛntəfə'keʃən）n. 身份證明
       exclusively（ɪk'sklusɪvlɪ）adv. 排它地；獨有地
       ticketing（'tɪkɪtɪŋ）n. 售票；出票
       agent（'edʒənt）n. 代理人；仲介
       slightly（'slaɪtlɪ）adv. 稍微；一點

193. (**B**) 快樂弦樂四重奏 20 年前第一場音樂會在哪裡演出？

    (A) 在查爾斯頓。   (B) <u>在亞特蘭大。</u>

    (C) 在薩凡納。   (D) 在奧古斯塔。

194. (**C**) 快樂弦樂四重奏預計「不」會在何時表演排定的音樂會？

    (A) 在 3 月 1 日。   (B) 在 5 月 25 日。

    (C) <u>在 6 月 16 日。</u>   (D) 在 6 月 22 日。

    * expect（ɪk'spɛkt）v. 預計；預期

195. (**C**) 根據使用者評論，對男士以及他妻子而言，什麼破壞了音樂會？

    (A) 音樂家們的彈奏走調。

    (B) 工作人員很無禮。

    (C) <u>有些聽眾干擾他人。</u>

    (D) 表演的某些部份太吵。

    * musician（mju'zɪʃən）n. 音樂家
       tune（tun）n. 曲調；和諧   ***out of tune*** 走調；不協調
       staff（stæf）n. 職員；工作人員   rude（rud）adj. 無禮的
       disruptive（dɪs'rʌptɪv）adj. 破壞的；擾亂的

參考以下的電子郵件和傳單，回答第 196 至 200 題。

寄件人：	莫妮卡・蒙塔古 <m.montague@sunsetcoop.com>
收件人：	布萊恩・皮爾森 <brian.pierson@thriftyprint.com>
主　旨：	T 恤訂單 #TP-9986
日　期：	10 月 9 日

親愛的皮爾森先生：

身為日落合作小學活動協調人，我最近下了一筆 400 件 T 恤的訂單，上面印有我們的校徽。我明確指定我們的 T 恤四種顏色要一樣的數量。

當我取出 T 恤，我們卻發現有 200 件綠色、100 件藍色，以及 100 件黃色。沒有紅色 T 恤，而我們收到預期中兩倍數量的綠色 T 恤。

每年秋天的節慶，我們需要四種不同的顏色，以代表我們學校四個不同的隊伍，所以我們還需要 100 件紅色 T 恤。我們有可能在 10 月 22 日前拿到 T 恤嗎，如此我們的隊伍才能在節慶那天穿？

這對我們來說是很重要的傳統，所以我們在那之前真的需要那些衣服。

謝謝你，

莫妮卡・蒙塔古
活動協調人，日落合作

** flyer〔'flaɪɚ〕*n.* 傳單　　order〔'ɔrdɚ〕*n.* 訂購；訂單
activity〔æk'tɪvətɪ〕*n.* 活動
coordinator〔ko,ɔrdn̩'etɚ〕*n.* 協調者
sunset〔'sʌn,sɛt〕*n.* 日落；黃昏
cooperative〔ko'ɑpə,retɪv〕*adj.* 合作的
elementary〔,ɛlə'mɛntərɪ〕*adj.* 基本的；初步的
elementary school 小學　　recently〔'risn̩tlɪ〕*adv.* 最近

place an order 下訂單   print〔prɪnt〕v. 印；印染

logo〔'logo〕n. 標誌；標識   *school logo* 校徽

specify〔'spɛsə,faɪ〕v. 明確說明   equal〔'ikwəl〕adj. 相等的

unpack〔ʌn'pæk〕v. 解開；從包裹取出

discover〔dɪs'kʌvɚ〕v. 發現

missing〔'mɪsɪŋ〕adj. 不見的；下落不明的

twice〔twaɪs〕adv. 兩倍   require〔rɪ'kwaɪr〕v. 要求

represent〔,rɛprɪ'zɛnt〕v. 代表   team〔tim〕n. 團隊；隊伍

annual〔'ænjuəl〕adj. 每年的；年度的   fall〔fɔl〕n. 秋天

festival〔'fɛstəvḷ〕n. 節日；節慶   tradition〔trə'dɪʃən〕n. 傳統

寄件人：	布萊恩・皮爾森 <brian.pierson@thriftyprint.com>
收件人：	莫妮卡・蒙塔古 <m.montague@sunsetcoop.com>
主　旨：	T恤訂單 #TP-9986
日　期：	10月9日

親愛的蒙塔古女士：

我已經複查我們的紀錄，也同意節儉印刷犯了錯。

更正妳的訂單是我們首要任務。我們將會立即印製妳們的紅色T恤，並在明天（10月10日）用快遞寄出。妳應該可以最晚在10月12日前收到。如果妳想要保留多餘的綠色T恤，妳可以用我們的批發價每件 3.75 美元購買。如果妳不需要它們，寄回來給我們。我們將把退還的運費存到妳的帳戶。

節儉印刷真的對於妳訂購的問題感到抱歉。請接受以下的禮物，400支鉛筆，顏色和數量符合你們原本訂購的T恤，並客製化加上你們的校徽。也許妳可以在節慶的時候當獎品發送。它們會附在快遞一起送過去。我們很感激和妳做生意，並將盡我們所能維持下去！

節儉印刷業主
布萊恩・皮爾森　謹啓

** review〔rɪ'vju〕v. 複查;檢驗　　record〔'rɛkəd〕n. 記錄

agree〔ə'gri〕v. 同意　　thrifty〔'θrɪftɪ〕adj. 節儉的

error〔'ɛrə〕n. 錯誤　　*make an error* 犯錯

correct〔kə'rɛkt〕v. 修正　　priority〔praɪ'ɔrətɪ〕n. 優先的事

top priority 優先任務　　*right away* 立刻

via〔'vaɪə〕prep. 透過;經由

express〔ɪk'sprɛs〕adj. 快速的;快遞的

service〔'sɜvɪs〕n. 服務　　*at the latest* 最晚;最遲

wholesale〔'hol,sel〕adj. 批發的;大量的　　cost〔kɔst〕n. 價格

per〔pə〕prep. 每　　credit〔'krɛdɪt〕v. 存 (錢)

account〔ə'kaʊnt〕n. 帳戶　　return〔rɪ'tɜn〕n. 退還

shipping〔'ʃɪpɪŋ〕n. 運送　　regret〔rɪ'grɛt〕v. 感到遺憾;抱歉

quantity〔'kwɑntətɪ〕n. 數量　　match〔mætʃ〕v. 符合

original〔ə'rɪdʒən̩〕adj. 原本的

customize〔'kʌstə,maɪz〕v. 訂製;客製化

prize〔praɪz〕n. 獎品　　include〔ɪn'klud〕v. 包含

shipment〔'ʃɪpmənt〕n. 運輸;運送

appreciate〔ə'priʃɪ,et〕v. 感激

regards〔rɪ'gɑrdz〕n. pl. 問候;謹啟

owner〔'onə〕n. 老闆;業主

第五屆年度秋季慶典

日落合作小學很高興能舉辦第五屆年度秋季慶典。

我們過去的慶典建立了一個引以為豪的傳統,學校和當地社區在此齊聚,一起慶祝這難忘充滿娛樂的日子,有乘騎設施、遊戲、音樂等等。

秋季慶典的入場費是 5 美元。

早上 11 點開始玩樂,結束時間是?

來得早,待得晚!

精彩片段

● 除了嘉年華會般的氣氛,該慶典的特色還有一個傳統:拔河錦標賽。今年我們將有四組隊伍競爭最大獎。

日落合作小學

科卡姆街 1234 號，第 46 大道轉角

莫妮卡・蒙塔古：415-334-0099
時間：早上 11 點到？？？
日期：10 月 22 日星期六　　　　　　　　舊金山聯合校區

** delighted〔dɪ'laɪtɪd〕*adj.* 高興的　　host〔host〕*v.* 舉辦
establish〔ə'stæblɪʃ〕*v.* 建立
proud〔praʊd〕*adj.* 自豪的；引以為榮的
local〔'lokḷ〕*adj.* 當地的　　community〔kə'mjunətɪ〕*n.* 社區
come together 聚集　　celebrate〔'sɛlə,bret〕*v.* 慶祝
memorable〔'mɛmərəbḷ〕*adj.* 值得紀念的
entertainment〔,ɛntə'tenmənt〕*n.* 娛樂
ride〔raɪd〕*n.* 乘騎的遊樂設施
admission〔əd'mɪʃən〕*n.* 入場費
highlight〔'haɪ,laɪt〕*n.* 重點的事情；精彩部分
in addition to 除了…（還有）
carnival〔'kɑrnəvḷ〕*n.* 嘉年華會　　style〔'staɪl〕*n.* 風格；型態
atmosphere〔'ætməs,fɪr〕*n.* 氣氛
feature〔'fitʃə〕*v.* 以…為特色　　*tug-of-war* 拔河
tournament〔'tɝnəmənt〕*n.* 競賽；錦標賽
compete〔kəm'pit〕*v.* 競賽　　*compete against* 對抗
each other 彼此　　grand〔grænd〕*adj.* 大的
corner〔'kɔrnə〕*n.* 角落　　avenue〔'ævənju〕*n.* 大道
SFUSD 舊金山聯合校區（= *San Francisco Unified School District*）

196. (**D**) 為何該學校需要好幾個顏色的 T 恤？
　　　(A) 要提供獎品給慶典上不同的比賽。
　　　(B) 要考慮作為目前制服的替代品。
　　　(C) 要給學生更多購買的選擇。
　　　(D) <u>為了要區別校內不同團體。</u>

* offer〔ˈɔfɚ〕*v.* 提供　　contest〔ˈkɑntɛst〕*n.* 比賽
consider〔kənˈsɪdɚ〕*v.* 考慮
replacement〔rɪˈplesmənt〕*n.* 替代品
existing〔ɪgˈzɪstɪŋ〕*adj.* 目前的
uniform〔ˈjunəˌfɔrm〕*n.* 制服
distinguish〔dɪˈstɪŋwɪʃ〕*v.* 區別；分辨 < *from* >

197. (**B**) 蒙塔古女士要求皮爾森先生做什麼？

(A) 把紅色 T 恤換成藍色。

(B) 寄給她訂購的 T 恤。

(C) 改正一些紅色 T 恤上的圖案。

(D) 加倍她原本 T 恤的訂購量。

* exchange〔ɪksˈtʃendʒ〕*v.* 交換 < *for* >
double〔ˈdʌbl̩〕*v.* 加倍

198. (**D**) T 恤何時要穿？

(A) 在 4 月 9 日。　　　　(B) 在 4 月 12 日。

(C) 在 4 月 22 日。　　　　(D) 在 10 月 22 日。

199. (**B**) 皮爾森先生願意支付什麼？

(A) 設計圖案的費用。

(B) 她訂購物品的退還費用。

(C) 印刷在一些物品上的費用。

(D) 舉辦活動的費用。

* design〔dɪˈzaɪn〕*v.* 設計　　item〔ˈaɪtəm〕*n.* 物品

200. (**A**) T 恤最可能是為了什麼目的？

(A) 拔河錦標賽。　　　　(B) 當地的志工。

(C) 教師和家長。　　　　(D) 朋友和鄰居。

* intended〔ɪnˈtɛndɪd〕*adj.* 預期的
voluntary〔ˈvɑlənˌtɛrɪ〕*adj.* 自願的
neighbor〔ˈnebɚ〕*n.* 鄰居

New TOEIC Speaking Test 詳解

Question 1: Read a Text Aloud

題目解說 （ 🔊 Track 2-05 ）

> 最佳的旅遊經驗發生在你到人煙罕至的地方，但那並不意味著一切所謂針對觀光客的地點都是不可以去的。雖然很多地方人潮過度擁擠，讓人不知所措，有些精選的地方值得你費事去探索內在。

** travel〔'trævḷ〕*n.* 旅行　　experience〔ɪk'spɪrɪəns〕*n.* 經驗
happen〔'hapən〕*v.* 發生　　beaten〔'bitṇ〕*adj.* 耗損的；常走的
track〔træk〕*n.* 小路；小道
off the beaten track　偏僻地；人煙罕至
mean〔min〕*v.* 意思是；代表　　***so-called*** *adj.* 所謂的
tourist〔'tʊrɪst〕*adj.* 為了觀光客的　　trap〔træp〕*n.* 陷阱
no-no〔'no‚no〕*n.* 禁忌；禁例
overcrowded〔‚ovɚ'kraʊdɪd〕*adj.* 過度擁擠的
overwhelming〔‚ovɚ'wɛlmɪŋ〕*adj.* 壓倒性的；令人不知所措的
choice〔tʃɔɪs〕*adj.* 精選的　　worth〔wɝθ〕*adj.* 值得…的
inherent〔ɪn'hɪrənt〕*adj.* 天生的；固有的
hassle〔'hæsḷ〕*n.* 困難；麻煩

Question 2: Read a Text Aloud

題目解說 （ 🔊 Track 2-05 ）

> 一國許多最大的城市交通狀況也最糟糕，一點也不意外，但是單單僅就大小來說，不一定就代表著交通延遲。鳳凰城的交通最流暢，而該市的駕駛每年和路易維爾以及舊金山的駕駛浪費了一樣的時間。小城鎮也不乏交通擁塞；諾希維爾和丹佛讓駕駛開車停擺的時間和邁阿密以及達拉斯一樣。

** surprise〔sə'praɪs〕*n.* 意外；奇怪　　***it is no surprise*** 不奇怪的是

nation〔'neʃən〕*n.* 國家　　large〔lɑrdʒ〕*adj.* 大的

worst〔wɜst〕*adj.* 最糟的　　traffic〔'træfɪk〕*n.* 交通

size〔saɪz〕*n.* 尺寸；大小　　alone〔ə'lon〕*adv.* 單單；只

automatically〔͵ɔtə'mætɪkl̩ɪ〕*adv.* 自動地

mean〔min〕*v.* 意思是；代表　　delay〔dɪ'le〕*n.* 延遲

driver〔'draɪvɚ〕*n.* 駕駛；司機　　Phoenix〔'finɪks〕*n.* 鳳凰城

flow〔flo〕*n.* 流動；流通　　wasted〔'westɪd〕*adj.* 浪費的

per〔pɚ〕*prep.* 每…

Louisville〔'luɪvɪl〕*n.* 路易維爾【位於肯塔基州的城市】

San Francisco〔͵sænfrən'sɪsko〕*n.* 舊金山　　town〔taʊn〕*n.* 城鎮

lack〔læk〕*v.* 缺乏　　***not lack for*** 不乏（= *have a lot of*）

backup〔'bækʌp〕*n.* 擁塞　　Nashville〔'næʃvɪl〕*n.* 諾希維爾

Denver〔'dɛnvɚ〕*n.* 丹佛　　downtime〔'daʊn͵taɪm〕*n.* 停止工作期

behind the wheel 開車　　Miami〔maɪ'æmɪ〕*n.* 邁阿密

Dallas〔'dæləs〕*n.* 達拉斯

Question 3: Describe a Picture

 必背答題範例

 中文翻譯　（◎ Track 2-06）

一位女士坐在公園的長椅上。

她正在閱讀一本雜誌。

她也戴著一頂帽子。

她的腳踏車停在附近。

她看似出來騎車兜風。

然後她決定休息一下。

公園裡沒有其他人。

是涼爽的秋日。

從陰影來判斷，是下午稍晚的時候。

長椅是木製的。

有長板可以坐在上面。

公園的長椅鮮少是舒服的。

背景有一棵大樹。

樹幹很粗。

可能是一棵松樹。

女士閱讀完後，她將會回到腳踏車上。

或許她會去拜訪朋友。

去戶外是很棒的一天。

** ────────────

park〔pɑrk〕n. 公園 v. 停放　　bench〔bɛntʃ〕n. 長椅

magazine〔͵mægə'zin〕n. 雜誌　　bike〔baɪk〕n. 腳踏車

nearby〔͵nɪr'baɪ〕adv. 在附近　　appear〔ə'pɪr〕v. 看似

ride〔raɪd〕n. 騎乘　　***go for a ride*** 去兜風

decide〔dɪ'saɪd〕v. 決定　　***take a rest*** 休息

cool〔kul〕adj. 涼爽的　　fall〔fɔl〕n. 秋季

judging from 由…判斷　　shadow〔'ʃædo〕n. 陰影

be made of 由…製成　　wood〔wud〕n. 木柴

slat〔slæt〕n. 細長薄板　　rarely〔'rɛrlɪ〕adv. 罕見地

comfortable〔'kʌmfətəbḷ〕adj. 舒服的

background〔'bæk͵graund〕n. 背景　　thick〔θɪk〕adj. 粗的

trunk〔trʌŋk〕n. 樹幹　　probably〔'prɑbəblɪ〕adv. 可能

pine〔paɪn〕n. 松樹　　***be done V-ing*** 結束；完成

visit〔'vɪzɪt〕v. 拜訪　　outdoors〔͵aut'dɔrz〕adv. 在戶外

Questions 4-6: Respond to Questions

必背答題範例　　（🎧 Track 2-06）

想像一下你正參與一項關於教育的研究。你已經同意回答
電話訪問的一些問題。

** ————————————————

imagine〔ɪ'mædʒɪn〕*v.* 想像
participate〔pɑr'tɪsə,pet〕*v.* 參與 < *in* >
research〔'risɜtʃ〕*n.* 研究　　study〔'stʌdɪ〕*n.* 研究
education〔,ɛdʒə'keʃən〕*n.* 教育　　agree〔ə'gri〕*v.* 同意
telephone〔'tɛlə,fon〕*n.* 電話
interview〔'ɪntə,vju〕*n.* 訪問

Q4: 你對自學的有什麼想法？

A4: 我覺得沒問題。

有些人喜歡在家學習。

我不反對。

** ————————————————

opinion〔ə'pɪnjən〕*n.* 意見
home schooling 在家教育；自學
guess〔gɛs〕*v.* 猜想；認為　　prefer〔prɪ'fɜ〕*v.* 偏好
learn〔lɛn〕*v.* 學習　　***have a problem with*** 不同意；反對

Q5: 你會允許你的孩子在家自學嗎？

A5: 當然。

如果他們有特別的需求。

對小孩最好的我都沒意見。

** ————————————————

allow〔ə'laʊ〕*v.* 允許　　school〔skul〕*v.* 教育
sure〔ʃʊr〕*adv.* 當然　　special〔'spɛʃəl〕*adj.* 特別的
be fine with sb. 某人沒意見

Q6: 在家自學的優缺點是什麼？

A6: 我覺得其中一個好處就是控制。

藉由自學，你可以監控小孩的進步。

那樣一來，父母一方可以參與更多。

此外，這讓小孩有自己的步調。

比較沒有截止日期和期限。

我認為這對孩子的壓力比較少。

另一方面，小孩錯失了社交生活。

他們需要和其他小孩互動。

當他們進入現實生活時，他們可能會覺得難以適應。

** ──────────────

advantage〔əd'væntɪdʒ〕*n.* 好處；優點

disadvantage〔ˌdɪsəd'væntɪdʒ〕*n.* 缺點；劣勢

positive〔'pɑzətɪv〕*adj.* 正面的

aspect〔'æspɛkt〕*n.* 方面　　control〔kən'trol〕*n.* 控制

monitor〔'mɑnətə〕*v.* 監控；紀錄

progress〔'prɑgrɛs〕*n.* 進步　　***in this way*** 如此一來

involved〔ɪn'vɑlvd〕*adj.* 參與的

also〔'ɔlso〕*adv.* 此外　　pace〔pes〕*n.* 步調

deadline〔'dɛdˌlaɪn〕*n.* 截止日期；期限

due〔dju〕*adj.* 到期的　　date〔det〕*n.* 日期

pressure〔'prɛʃə〕*n.* 壓力

downside〔'daʊnˌsaɪd〕*n.* 不利的一面

on the downside 考慮到不好的一面；另一方面

(= *when one considers the disadvantages*)

miss out on 錯失　　social〔'soʃəl〕*adj.* 社交的

interact〔ˌɪntə'ækt〕*adj.* 互動

find it difficult to V. 覺得～很困難

adjust〔ə'dʒʌst〕*adj.* 調整；適應

it is time to V. 該是⋯的時候

the real world 真實世界；現實生活

Questions 7-9: Respond to Questions Using
Information Provided

【中文翻譯】

房租出租
月租 1,000 美金

4 間臥室，2 間浴室，位於東華盛頓大道，埃斯孔迪多市——只要幾分鐘就到聖地牙哥市區。家裡有全新的廚房，花崗岩流理台，新的不鏽鋼器具，浴室有新的洗臉盆和浴室櫃，臥室全部新客製的粉刷以及冠頂飾條，和新的地毯。新的洗衣機和烘乾機。廚房、客廳和浴室有 12 吋客製的磁磚地板。車庫可停兩台車，附有工具區。房子後面有特大的地塊可供停車，房子前有保全閘。先付第一個月和最後一個月的租金。2 月 10 日可入住。請聯絡傑夫，電話 858-405-6982。

　　嗨！我是傑克・史提拉。我打電話來是問有關房子的租金。你會介意我問一些問題嗎？

** rent〔rɛnt〕*n.* 租用；租金　　***for rent*** 出租
per〔pɚ〕*prep.* 每…　　bedroom〔'bɛd,rum〕*n.* 臥室；寢室
bath house 浴室　　avenue〔'ævə,nju〕*n.* 大道
Escondido〔,ɛskən'dɪdo〕*n.* 埃斯孔迪多【位於加利福尼亞州的城市】
downtown〔'daʊn,taʊn〕*adj.* 市中心的
San Diego〔,sændi'ego〕*n.* 聖地牙哥　　***brand new*** *adj.* 全新的
granite〔'grænɪt〕*n.* 花崗岩；花崗石　　counter〔'kaʊntɚ〕*n.* 流理臺
stainless〔'stenlɪs〕*adj.* 不鏽鋼製的　　steel〔stil〕*n.* 鋼
appliance〔ə'plaɪəns〕*n.* 器具　　sink〔sɪŋk〕*n.* 水槽；洗臉盆
vanity〔'vænətɪ〕*n.* 浴室櫃；組合式盥洗盆
custom〔'kʌstəm〕*adj.* 定製的　　paint〔pent〕*n.* 顏料；粉刷
crown〔kraʊn〕*n.* 王冠　　molding〔'moldɪŋ〕*n.* 凹凸形
crown molding 冠頂飾條　　carpet〔'karpɪt〕*n.* 地毯
washer〔'waʃɚ〕*n.* 洗衣機　　dryer〔'draɪɚ〕*n.* 烘衣機

inch〔ɪntʃ〕*n.* 英吋　　tile〔taɪl〕*n.* 磁磚
floor〔flɔr〕*n.* 地板；地面　***living room*** 客廳
garage〔gə'raʒ〕*n.* 車庫　　utility〔ju'tɪlətɪ〕*n.* 有用的工具
utility area 工具區　　extra〔'ɛkstrə〕*adv.* 額外地；特別地
lot〔lat〕*n.* 土地　　***in back of*** 在…後面
parking〔'parkɪŋ〕*n.* 停車　　security〔sɪ'kjurətɪ〕*n.* 安全
gate〔get〕*n.* 大門　　***security gate*** 安全門；保安閘
available〔ə'veləbḷ〕*adj.* 可取得的；可用的
contact〔'kɑntækt〕*v.* 聯絡

 必背答題範例　　（ Track 2-06 ）

Q7: 房子位於哪裡？

A7: 房子在埃斯孔迪多市。
在東華盛頓大道上。
埃斯孔迪多市到聖地牙哥約十分鐘車程。

Q8: 房子有幾間臥室和浴室？

A8: 房子有四間臥室。
兩間浴室。
都是最近整修的。

Q9: 房子有些什麼顯著的特色？

A9: 嗯，首先，地點很棒。
埃斯孔迪多市是個很棒的社區。
它夠接近市區，所以很方便，但卻是很安靜的郊區。

房子有新的廚房，附有花崗岩流理台面，以及新的不鏽鋼
器具。
浴室有新的洗臉盆和浴室櫃。
臥室有新的地毯。

也有新的洗衣機和烘乾機。

車庫可以停兩台車,並有工具區。

而且最後,房子後面有特大的地塊可供停車,房子前有保
安閘。

** ─────────

located〔loˋketɪd〕 *adj.* 位於…的   drive〔draɪv〕 *n.* 車程
recently〔ˋrisn̩tlɪ〕 *adv.* 最近
renovate〔ˋrɛnəˏvet〕 *v.* 翻新;整修
outstanding〔ˋautˋstændɪŋ〕 *adj.* 傑出的;顯著的
feature〔ˋfitʃɚ〕 *n.* 特色   well〔wɛl〕 *interj.* 嗯
first of all 首先   location〔loˋkeʃən〕 *n.* 地點
community〔kəˋmjunətɪ〕 *n.* 社區
convenient〔kənˋvinjənt〕 *adj.* 方便的   yet〔jɛt〕 *conj.* 但;卻
quite〔kwaɪt〕 *adv.* 相當;非常   peaceful〔ˋpisfəl〕 *adj.* 安靜的
suburban〔səˋbɝbən〕 *adj.* 郊外的   finally〔ˋfaɪn̩lɪ〕 *adv.* 最後

Question 10: Propose a Solution

 題目解說

【語音留言】

> 　　我是位於匹茲堡發電廠工地的陳史蒂夫。我收到你的備忘
> 錄,關於從我們日本合作夥伴遞送渦輪機有延遲。這對計劃來說
> 真的是個壞消息。我們已經落後計畫兩個月了,而且董事會開始
> 對這件事感到不耐煩。就如你可能了解的,延遲安裝渦輪機耽誤
> 整體工程很多其他的部分。精確上來說我們將需要等多久呢?我
> 該怎麼對董事會說明呢?這讓我的處境有點尷尬。你一收到這留
> 言請打電話給我。電話是 (312)998-3256。謝謝。

** *voice message* 語音留言　　*This is* ~. 【電話用語】我是～。

power ('pauɚ) *n.* 能量；電　　plant (plænt) *n.* 工廠

construction (kən'strʌkʃən) *n.* 建造；工程

site (saɪt) *n.* 地點；位置　　Pittsburgh ('pɪtsbɚg) *n.* 匹茲堡

memo ('mɛmo) *n.* 備忘錄；內部通知　　delay (dɪ'le) *n.* 延遲

deliver (dɪ'lɪvɚ) *v.* 遞送　　turbine ('tɝbaɪn) *n.* 渦輪機

partner ('partnɚ) *n.* 夥伴；合作者

project ('pradʒɛkt) *n.* 計畫　　schedule ('skɛdʒul) *n.* 行程

behind schedule 落後預定計畫；誤期

board of directors 董事會　　impatient (ɪm'peʃənt) *adj.* 不耐煩的

maybe ('mebi) *adv.* 可能；或許　　realize ('riə,laɪz) *v.* 知道；了解

install (ɪn'stɔl) *v.* 安裝　　*hold up* 耽擱

overall ('ovɚ,ɔl) *adj.* 整體的；全面的　　process ('prasɛs) *n.* 過程

exactly (ɪg'zæktlɪ) *adv.* 準確地　　*a bit of* 一點

tight (taɪt) *adj.* 緊的　　*tight spot* 處境困難

as soon as 一…就　　message ('mɛsɪdʒ) *n.* 信息；留言

 必背答題範例　（ Track 2-06 ）

 中文翻譯

史帝夫，

朱莉・弗魯姆回覆你的電話。

我已經聽到你的留言，我們來看看我能怎麼幫忙。

渦輪機的情況幾乎已經解決了。

它們在海關耽擱了異常長的時間。

我剛已經收到消息，它們已經清關完畢準備運送。

在接下來的一兩天，我們預計渦輪機會裝載到洛杉磯的

聯結車。

從那裡，一週後它們就會到匹茲堡。

我一收到裝載的帳單，我會用電子郵件寄給你一份。

我已經想過你可能可以對董事會說什麼。

當然，我完全了解它們越來越不耐煩。

落後計畫兩個月是很不幸的。

我相信誠實為上策。

告訴他們實話。

渦輪機不知道為什麼被海關耽誤。

為了安全起見，何不說渦輪機兩週後會到達。

那樣子，如果有任何延遲，你可以替自己辯解。

而如果它們提早到，每個人都可以很驚喜。

** ————————————————

return〔rɪˋtɝn〕v. 回覆　　situation〔͵sɪtʃʊˋeʃən〕n. 情況

resolve〔rɪˋzɑlv〕v. 解決　　customs〔ˋkʌstəmz〕n. 海關

unusually〔ʌnˋjuʒʊəlɪ〕adv. 異常地；不尋常地

receive〔rɪˋsiv〕v. 收到　　word〔wɝd〕n. 消息

clear〔klɪr〕v. 批准；通過（海關）

transport〔ˋtræns͵pɔrt〕n. 運輸　　expect〔ɪkˋspɛkt〕v. 預期

load〔lod〕v. 裝載；裝貨　　semi〔ˋsɛmɪ〕表示「半」的字首

semi-truck〔͵sɛmɪˋtrʌk〕n. 半掛式卡車；聯結車

L.A. 洛杉磯（= *Los Angeles*）　　arrive〔əˋraɪv〕v. 到達

email〔ˋi͵mel〕v. 用電子郵件寄　　copy〔ˋkɑpɪ〕n. 一份

bill〔bɪl〕n. 帳單　　lading〔ˋledɪŋ〕n. 裝貨；裝載

give some thought to 考慮；思考　　*of course* 當然

completely〔kəmˋplitlɪ〕adv. 完全地

growing〔ˋgroɪŋ〕adj. 增長的

impatience〔ɪmˋpeʃəns〕n. 不耐煩；焦躁

unfortunate〔ʌnˈfɔrtʃənɪt〕 *adj.* 不幸的

believe〔bəˈliv〕 *v.* 相信　　honesty〔ˈɑnəstɪ〕 *n.* 誠實

policy〔ˈpaləsɪ〕 *n.* 政策；策略

Honesty is the best policy. 【諺】誠實為上策。

tell the truth 說實話

inexplicably〔 ɪnˈɛksplɪkəblɪ 〕 *adv.* 無法說明地；難以理解地

Why not~? 何不～？　　***that way*** 那樣一來

cover〔ˈkʌvə〕 *v.* 保護；辯解

pleasantly〔ˈplɛzn̩tlɪ〕 *adv.* 愉快地

Question 11: Express an Opinion

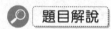

> 　　有些專家預測，風力和潮汐發電是未來最有希望的能源。你同意或不同意，為何？

** expert〔ˈɛkspɜt〕 *n.* 專家　　predict〔prɪˈdɪkt〕 *v.* 預測
promising〔ˈprɑmɪsɪŋ〕 *adj.* 有希望的
energy〔ˈɛnədʒɪ〕 *n.* 能量　　source〔sɔrs〕 *n.* 源頭
agree〔əˈgri〕 *v.* 同意　　disagree〔ˌdɪsəˈgri〕 *v.* 不同意

 （ Track 2-06 ）

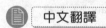

我同意天然可更新的能源，如風力和潮汐發電，最有希望。

很遺憾地，我不認為它們有充分發揮潛能。

以下就是原因。

首先，石油公司和貪婪的政客不會讓這發生。

除非他們能夠控制能源的分配，且併吞利潤，它們誓死會阻止能量情勢的改變。

他們不在意能源或是環境；他們關心錢。

第二，一般的人民不知道也不關心能源來自何處。

他們唯一在意的是，當他們打開開關，燈會亮。

對他們來說，保持無知、什麼都不知道簡單多了。

同時，政府不會願意發展這些資源。

他們不想要和擁有石油公司的夥伴作對。

他們彼此勾結。

因此，這都歸結到錢的問題。

因為風力和潮汐發電是無限的，而且基本上是免費的，幾乎不可能跟人民索取費用。

他們唯一可以索價的是分配，而那無法賺到很多錢。

依我之見，風力和潮汐發電要發揮潛能的唯一方法，就是我們耗盡石油。

有些專家說，那可能要下個世紀才會發生。

有些專家則說，我們可能永遠不會用完。

**

natural〔'nætʃərəl〕*adj.* 天然的
renewable〔rɪ'njuəbl̩〕*adj.* 可更新的
resource〔rɪ'sors〕*n.* 資源　　hold〔hold〕*v.* 持有；擁有
promise〔'prɑmɪs〕*n.* 希望
unfortunately〔ʌn'fɔrtʃənɪtlɪ〕*adv.* 不幸地；遺憾地
develop〔dɪ'vɛləp〕*v.* 發展

potential〔pə'tɛnʃəl〕n. 潛力；潛能

to one's full potential 充分發揮潛能　　oil〔ɔɪl〕n. 石油

company〔'kʌmpənɪ〕n. 公司　　greedy〔'gridɪ〕adj. 貪婪的

politician〔͵pɑlə'tɪʃən〕n. 政客　　**be able to V.** 能夠～

control〔kən'trol〕v. 控制

distribution〔͵dɪstrə'bjuʃən〕n. 分配

absorb〔əb'sɔrb〕v. 吸收；吞併　　profit〔'prɑfɪt〕n. 利潤

fight to the death 奮鬥到底

prevent〔prɪ'vɛnt〕v. 阻止；預防　　change〔tʃendʒ〕n. 改變

landscape〔'lænd͵skep〕n. 風景；情勢

environment〔ɪn'vaɪrənmənt〕n. 環境

average〔'ævərɪdʒ〕adj. 一般的；普通的

citizen〔'sɪtəzn̩〕n. 市民；平民

flip〔flɪp〕v. 迅速打開；按（開關）

switch〔swɪtʃ〕n. 開關　　remain〔rɪ'men〕v. 保持；依然是

ignorant〔'ɪgnərənt〕adj. 無知的；不知道的

uninformed〔͵ʌnɪn'fɔrmd〕adj. 未獲情報的；無知的

meanwhile〔'min͵hwaɪl〕adv. 同時；另一方面

government〔'gʌvənmənt〕n. 政府

reluctant〔rɪ'lʌktənt〕adj. 不願意的；勉強的

cross〔krɔs〕v. 和…作對；惹怒

buddy〔'bʌdɪ〕n. 密友；好友　　own〔on〕v. 擁有；掌控

cahoot〔kə'hut〕n. 合夥；共謀　　**in cahoots with** 串通；勾結

thus〔ðʌs〕adv. 因此　　**boil down to** 歸結爲

limitless〔'lɪmɪtlɪs〕adj. 無限的

basically〔'besɪklɪ〕adv. 基本上　　free〔fri〕adj. 免費的

charge〔tʃɑrdʒ〕v. 索價；收費　　**in one's view** 依某人之見

reach〔ritʃ〕v. 達到；完成　　**run out of** 用光；耗盡

some…others 有些…有些　　century〔'sɛntʃərɪ〕n. 世紀

New TOEIC Writing Test 詳解

Questions 1-5: Write a Sentence Based on a Picture

答題範例

A1: The couple are in formal attire.
這對情侶穿著禮服。

A2: The man is riding an elephant.
男士正騎著大象。

A3: The woman is discussing her plans with a consultant.
女士正在和顧問討論她的計畫。

A4: The woman is talking on a cell phone.
女士正在講電話。

A5: Two cars collided in the middle of an intersection.
兩台車在十字路口中間相撞。

** ——————————————

couple (ˈkʌpl̩) *n.* 情侶；一對　　***be dressed in*** 穿著
formal (ˈfɔrml̩) *adj.* 正式的　　attire (əˈtaɪr) *n.* 衣服
formal attire 禮服　　ride (raɪd) *v.* 騎

discuss〔dɪ'skʌs〕v. 討論　　plan〔plæn〕n. 計畫
consultant〔kən'sʌltn̩t〕n. 顧問　***talk on the phone*** 講電話
collide〔kə'laɪd〕v. 相撞　　***in the middle of*** 在…中間
intersection〔͵ɪntɚ'sɛʃən〕n. 十字路口

Questions 6-7: Respond to a Written Request

➤ Question 6:

🔍 題目翻譯

　　說　明：閱讀以下的電子郵件。

寄 件 人：big_bob_boss@gmail.com>

傳送日期：五月五日，星期日

收 件 人：girl_fly_22@yahoo.com

主　　旨：作家群組

黛比：

當我在台北搜尋寫作社團，我有幸巧遇到你們的群組。你
們有可能還收社員嗎？我是個自由業的中英翻譯員，但是
我也希望在夏季前能完成電影劇本，並尋找創意的刺激和
反饋。

期待收到妳的消息。

謝謝，

鮑伯・特拉維斯

説明：以寫作群組的領導者，寫信給鮑伯。邀請他加入群
組，並給至少兩個關於群組的細節，也就是何時和
何地聚會等等。

** writer〔'raɪtɚ〕*n.* 作家　　group〔grup〕*n.* 團體；族群
fortune〔'fɔrtʃən〕*n.* 機會；運氣　　stumble〔'stʌmbḷ〕*v.* 絆倒
stumble upon 巧遇；偶然發現
search〔sɜtʃ〕*v.* 搜尋；尋找 *<for>*　　club〔klʌb〕*n.* 社團
chance〔tʃæns〕*n.* 機會；希望　　member〔'mɛmbɚ〕*n.* 成員
freelance〔'frilæns〕*adj.* 自由職業的
translator〔træns'letɚ〕*n.* 翻譯人員
complete〔kʌm'plit〕*v.* 完成
screenplay〔'skrin,ple〕*n.* 電影劇本
scavenge〔'skævɪndʒ〕*v.* 搜尋 *<for>*
creative〔krɪ'etɪv〕*adj.* 有創意的；創新的
fuel〔'fjuəl〕*n.* 燃料；刺激因素
feedback〔'fid,bæk〕*n.* 反饋；回饋；反應
look forward to 期待　　***hear from sb.*** 收到某人的來信
leader〔'lidɚ〕*n.* 領導者　　invite〔ɪn'vaɪt〕*v.* 邀請
at least 至少　　detail〔'ditel〕*n.* 細節
i.e. 也就是；意即是（= *id est*）　　***etc.*** 等等（= *et cetera*）

🖋 答題範例 ∗

鮑伯：

謝謝你詢問關於台北作家群組的事。湊巧，我們有
一個空缺，而我想要邀請你加入我們。聚會在每隔
週六的下午，地點在師大附近的丹堤咖啡。聚會下
午三點開始，而且通常是一個半小時，或是更長，
取決於我們正在討論的東西。

至於群組的大小，我們已經發現十個人是最好處理，
而且最有生產力的數量，但是實際提出作品作家的
數量每週不同。那樣子，我們會收到穩定數量的材
料，也有足夠的人可以給予反饋。

讓我知道你是否決定接受邀請，而我可以給你我們
下次聚會的細節。

黛比・諾爾斯　謹上

** inquire〔ɪnˈkwaɪr〕v. 詢問 < about >
as it happens 碰巧；正好　　spot〔spɑt〕n. 場所；地點
open up 開放；產生　　**would like to V.** 想要～
join〔dʒɔɪn〕v. 加入　　**every other** 每隔
p.m. 午後；晚間 (= post meridiem)
typically〔ˈtɪpɪlɪ〕adv. 典型地；經常
last〔læst〕v. 維持；經過　　**depending on** 取決於
material〔məˈtɪrɪəl〕n. 材料；物質
as for 至於　　size〔saɪz〕n. 尺寸
manageable〔ˈmænɪdʒəbḷ〕adj. 容易處理的
productive〔prəˈdʌktɪv〕adj. 有生產力的
number〔ˈnʌmbɚ〕n. 數字；人數
actual〔ˈæktʃʊəl〕adj. 實際的
submit〔səbˈmɪt〕v. 提交；提出　　work〔wɝk〕n. 作品
vary〔ˈvɛrɪ〕v. 變化；差異　　**from week to week** 一週接一週
that way 那樣一來
consistent〔kənˈsɪstənt〕adj. 一致的；一貫的
amount〔əˈmaʊnt〕n. 量　　**come in** 傳來；接收到
decide〔dɪˈsaɪd〕v. 決定　　invitation〔ˌɪnvəˈteʃən〕n. 邀請
yours〔jʊrz〕n. 謹上

▶ Question 7:

題目翻譯 *

說　明：閱讀以下的電子郵件。

寄 件 人：劉露西
傳送日期：四月四日星期六
收 件 人：布萊恩・費什曼
主　　旨：停車位

布萊恩：

我非常苦惱，我昨晚回家發現你把車停在我的停車位——
又來了。更糟的是，停車場又沒有其他的車位，我被迫要
停到兩個街區外。再猜猜發生什麼事？今天早上我發現我
的車被侵入，而且遭到破壞。

儘管我反覆地要求你不要停在我的車位，你依然不理我，
而隨心所欲繼續如此。或許我一直以來都太寬容了，讓你
利用我們的友誼和我的善意。那樣子的日子結束了，兄
弟。我認為你要負責我車子受到的破壞。

你可以預期會收到我律師的信，而且我以已經向大樓管理
人員提起控訴。同時，下次你停在我的車位，你的車會被
拖走。

露西　謹上

說明：你昨晚沒有停在露西的車位。用證據證明此事。

** spot〔spɑt〕*n.* 地點；位置

parking spot 停車位（= *parking space*）

distressed〔dɪ'strɛst〕*adj.* 痛苦的；苦惱的

to make matters worse 更糟的是

extra〔'ɛkstrə〕*adj.* 額外的　　lot〔lɑt〕*n.* 一塊土地

therefore〔'ðɛr,for〕*adv.* 因此　　force〔fɔrs〕*v.* 強迫

park〔pɑrk〕*v.* 停放　　block〔blɑk〕*n.* 街區

guess〔gɛs〕*v.* 猜想　　discover〔dɪ'skʌvə〕*v.* 發現

break into 入侵；闖入　　vandalize〔'vændḷ,æɪz〕*v.* 故意破壞

despite〔dɪ'spaɪt〕*prep.* 儘管

repeatedly〔rɪ'pitɪdlɪ〕*adv.* 反覆地

continue〔kən'tɪnjʊ〕*v.* 繼續；持續

ignore〔ɪg'nɔr〕*v.* 忽視；不理會　　***do as*** one ***please*** 隨心所欲

perhaps〔pə'hæps〕*adv.* 或許

lenient〔'linɪənt〕*adj.* 寬大的；仁慈的

allow〔ə'laʊ〕*v.* 允許　　***take advantage of*** 利用

friendship〔'frɛnd,ʃɪp〕*n.* 友誼

kindness〔'kaɪndnɪs〕*n.* 好意；善意

over〔'ovə〕*adj.* 結束的

buddy〔'bʌdɪ〕*n.* 夥伴；兄弟；好友

hold sb. ***responsible for*** 認爲某人應該對 ~ 負責

personally〔'pɝsṇḷɪ〕*adv.* 親自；本人

damage〔'dæmɪdʒ〕*n.* 破壞　　expect〔ɪk'spɛkt〕*v.* 預期

lawyer〔'lɔjə〕*n.* 律師　　file〔faɪl〕*v.* 提出；申請

complaint〔kəm'plent〕*n.* 控訴；控告

file a complaint 提出控訴

management〔'mænɪdʒmənt〕*n.* 管理；管理人員

tow〔to〕*v.* 拖　　evidence〔'ɛvədəns〕*n.* 證據

prove〔pruv〕*v.* 證明

⊗ 答題範例 ·

露西：

首先，讓我說幾句，聽到關於妳車子的事，我很震驚。是的，我的確一年前，在請求妳的同意後，曾停在妳的車位一次。然而，我昨晚並沒有停在妳的車位，主要是因為我不會不經允許就停在妳的車位，而事實上，我上週都在拉斯維加斯。實際上，我到星期二才會回家。

所以我很遺憾知道妳很生氣，但是我和這件事情完全沒關係。妳的確知道大樓有好幾個人都開黑色的BMW，不是嗎？先祝妳好運能把這件事情解決，但是別把我牽涉進去。謝謝。

布萊恩　敬上

** *first of all* 首先　　horrified〔'hɔrə,faɪd〕 *adj.* 震驚的
do + *V.* 的確～；真的～　　once〔wʌns〕 *adv.* 曾經；一次
ask for 要求；請求　　permission〔pə'mɪʃən〕 *n.* 允許；許可
mainly〔'menlɪ〕 *adv.* 主要地　　*in reality* 事實上
Las Vegas〔lɑs'vegəs〕 *n.* 拉斯維加斯　　*in fact* 事實上
sorry〔'sɔrɪ〕 *adj.* 遺憾的　　upset〔ʌp'sɛt〕 *adj.* 生氣的
not have anything to to with 和…無關
realize〔'rɪə,laɪz〕 *v.* 了解；明白
complex〔'kɑmplɛks〕 *n.* 綜合大樓
BMW 寶馬【德國一家跨國豪華汽車、機車和引擎製造商】
good luck 祝你好運　　*straighten out* 整頓；解決
leave out 排除　　sincerely〔sɪn'sɪrlɪ〕 *adv.* 誠摯地；敬上

Question 8: Write an Opinion Essay

🔍 **題目翻譯**

> 科技讓這世界變成更好居住的地方嗎？提出理由或例子來說明你的看法。

** technology〔tɛkˋnɑlədʒɪ〕*n.* 科技
reason〔ˋrisn̩〕*n.* 理由　　example〔ɪgˋzæmpl̩〕*n.* 例子
explain〔ɪkˋsplen〕*v.* 說明；解釋
opinion〔əˋpɪnjən〕*n.* 意見；看法

📝 **答題範例**

> 　　首先，我愛科技，而且在我心中，科技無疑地讓世界變得更好。然而，科技對人性有負面的影響。大多數的我們開車，而這些開在路上的車用更高的標準製造，而且也比以前快——但是有代價。代價就是很多工作現在被淘汰了，因為機器的使用，而沒有人力，我們身體的活動力更低了。身體活動力更低導致身體健康的負面影響更大，而這不是只限於道路的發展。每個你可以想到的行業都減少人力，用效率非常高的機器取代，而這只會變得更糟糕。

** ***for starters*** 首先　　doubt〔daʊt〕*n.* 懷疑
adversely〔ədˋvɝslɪ〕*adv.* 不利地；有害地
affect〔əˋfɛkt〕*v.* 影響　　human〔ˋhjumən〕*adj.* 人類的
nature〔ˋnetʃɚ〕*n.* 本性　　majority〔məˋdʒɔrətɪ〕*n.* 大多數
standard〔ˋstændɚd〕*n.* 標準　　***than ever before*** 比起以前
price〔praɪs〕*n.* 價格；代價
obsolete〔ˋɑbsəˌlit〕*adj.* 落伍的；過時的　　***due to*** 因為；由於
machinery〔məˋʃinərɪ〕*n.* 機器

manual〔'mænjʊəl〕*adj.* 人工的　　labor〔'lebɚ〕*n.* 勞力；辛苦
level〔'lɛvḷ〕*n.* 程度；水平　physical〔'fɪzɪkḷ〕*adj.* 身體的
inactivity〔ˌɪn'æktɪvətɪ〕*n.* 不活動；閒置　***lead to*** 導致
health〔hɛlθ〕*n.* 健康　condition〔kən'dɪʃən〕*n.* 狀況；情形
isolate〔'aɪsḷˌet〕*v.* 孤立；隔絕；區隔
development〔dɪ'vɛləpmənt〕*n.* 發展
industry〔'ɪndəstrɪ〕*n.* 工業；產業　***think of*** 想到
highly〔'haɪlɪ〕*adv.* 非常；相當
efficient〔ɪ'fɪʃənt〕*adj.* 有效率的　　worse〔wɝs〕*adj.* 更糟的

　　電腦科技的進步，而特別是即時通訊的發展，已經改變了我們溝通和交際的方式。身為成人，我們必須學會我們小孩正在溝通的方式，但是代價不能是基本的禮貌。我最近聽說，一位母親透過臉書叫她兒子把樓下的電視「音量關小聲」。傳統溝通的喪失也可以在餐廳的團體看到，大多人從事手機活動，而幾乎沒有講話。

** advancement〔əd'vænsmənt〕*n.* 進步
　in particular 特別；尤其
　instant〔'ɪnstənt〕*adj.* 立即的；迅速的
　information〔ˌɪnfɚ'meʃən〕*n.* 資訊；消息
　communicate〔kə'mjunəˌket〕*v.* 溝通
　socialize〔'soʃəˌlaɪz〕*v.* 社交；交際　adult〔ə'dʌlt〕*n.* 成人
　expense〔ɪk'spɛns〕*n.* 費用；代價
　at the expense of 以…為代價　basic〔'besɪk〕*adj.* 基本的
　manners〔'mænɚz〕*n. pl.* 禮貌　recently〔'risn̩tlɪ〕*adv.* 最近
　turn down 把…的音量關小　volume〔'vɑljəm〕*n.* 音量
　downstairs〔'daʊn'stɛrz〕*adj.* 樓下的
　loss〔lɔs〕*n.* 消失　traditional〔trə'dɪʃənḷ〕*adj.* 傳統的
　communication〔kəˌmjunə'keʃən〕*n.* 溝通
　engage〔ɪn'gedʒ〕*v.* 參與 *< in >*　mobile〔'mobḷ〕*adj.* 移動的
　mobile phone 手機　activity〔æk'tɪvətɪ〕*n.* 活動
　engage〔ɪn'gedʒ〕*v.* 參與；從事 *< in >*

科技的存在是讓生活更簡單，但是有時候我希望有祖父母告訴我的那種簡單的生活。那時候的日子，大多的人在工作日時有身體的活動，而走路去上班無異於我們現在在健身房所使用的跑步機，要價兩萬元。那樣的日子已不復在，早茶和下午茶是熱烈談笑的時光，而不是用文字訊息打哈哈大笑，即使你有好幾個月都沒大笑了。那些日子，晚餐是用盤子供應，而不是用得來速窗口，但那樣的時光已經消失了。

** **simple** 〔ˈsɪmpl̩〕*adj.* 簡單的　　**wish for** 希望；想要
work day 工作日　　**as good as** 一樣好；幾乎；無異於
treadmill 〔ˈtrɛdˌmɪl〕*n.* 跑步機　　**gym** 〔gɪm〕*n.* 健身房
gone 〔gɔn〕*adj.* 消失的；不見的
robust 〔roˈbʌst〕*adj.* 健壯的；蓬勃的
discussion 〔dɪˈskʌʃən〕*n.* 討論　　**laughter** 〔ˈlæftɚ〕*n.* 笑；笑聲
LOL 大笑（= *laughing out loud*）　　**text** 〔tɛkst〕*n.* 文字
message 〔ˈmɛsɪdʒ〕*n.* 信息；留言　　**text message** 簡訊
out loud 大聲地　　**serve** 〔sɝv〕*v.* 供應
plate 〔plet〕*n.* 盤子　　**rather than** 而非
drive-thru 得來速【一種商業服務，常見於餐廳。顧客將車輛駛入，但仍然留在他們的車內而無需下車，透過麥克風或藉由一扇窗戶直接面對服務人員點餐及提出服務需求，服務人員會向顧客結帳並提供商品或服務】
no longer 不再　　**exist** 〔ɪgˈzɪst〕*v.* 存在

現在我也知道當時簡樸的日子有本身的困難，但是一定要有平衡。我們現在處於「沒有平衡」的日子，而除非我們有「平衡」，否則我們的社會，會像個失去平衡的人一樣崩塌。

** **own** 〔on〕*adj.* 自己的　　**balance** 〔ˈbæləns〕*n.* 平衡
presently 〔ˈprɛzn̩tlɪ〕*adv.* 目前；現在　　**lose** 〔luz〕*v.* 失去
society 〔səˈsaɪətɪ〕*n.* 社會　　**fall down** 倒塌；崩潰

初級英語檢定複試測驗⑩詳解

寫作能力測驗詳解

第一部份：單句寫作

第 1～5 題：句子改寫

1. Linda has been skiing for two years.
   Linda began skiing ——————————————————————.

   重點結構：時間的說法

   解　　答：<u>Linda began skiing two years ago.</u>

   句型分析：主詞＋begin＋動名詞＋時間副詞

   說　　明：題意原為：「琳達滑雪兩年了」，換句話說，就是
   「琳達兩年前開始滑雪」，表示「兩年前」，用
   「two years ago」。

   * ski〔ski〕v. 滑雪

2. My brother is braver than I.
   I am ————————————————— than my brother.

   重點結構：劣等比較級的用法

   解　　答：<u>I am less brave than my brother.</u>

   句型分析：主詞 A＋be 動詞＋less＋形容詞＋than＋主詞 B

   說　　明：提示句的意思是「我哥哥比我勇敢」，意即「我比
   我哥哥還不勇敢」，用劣等比較時，在形容詞前面
   加上副詞 less。

   * brave〔brev〕adj. 勇敢的

3. Please turn out the lights when you leave the room.

   Don't forget _____.

  重點結構：forget 的用法

   解　答：<u>Don't forget to turn out the lights when you</u>
     <u>leave the room.</u>

  句型分析：否定助動詞＋forget＋to V.＋副詞子句

   説　明：forget（忘記）有兩種寫法：

       { forget＋to V. 忘記去做～（動作未完成）
         forget＋V-ing 忘記做過～（動作已完成）

     依句意，「當你離開房間的時候，別忘了關燈」，
     動作還未發生，用不定詞 forget to V. 來表示。

  * ***turn out*** 關掉（電源）　　　light〔laɪt〕*n.* 燈

4. I like the dog with the long tail.

   I like the dog whose _____.

  重點結構：whose 的用法

   解　答：<u>I like the dog whose tail is long.</u>

  句型分析：主詞＋動詞＋受詞（先行詞）＋whose＋名詞＋
     動詞

   説　明：依提示「我喜歡長尾巴的狗」，意即「我喜歡狗的
     尾巴很長」，用關係代名詞的所有格 whose 來引導
     形容詞子句，修飾先行詞 the dog。

  * tail〔tel〕*n.* 尾巴

5. Tom can't swim, and Bill can't, either.

   Tom can't swim, and neither _____.

重點結構：neither（也不）的用法

解　答：<u>Tom can't swim, and neither can Bill.</u>

句型分析：主詞 A ＋否定助動詞＋原形動詞＋, and ＋ neither
＋助動詞＋主詞 B

說　明：本題的意思是：「湯姆不會游泳，比爾也不會」，
neither 在此是副詞，表「也不」，本身已有否定的
意思，故用在肯定句型，放在句首，主詞與 be/助動
詞須倒裝，故 Bill can't, either 改為 neither can
Bill。

第 6～10 題：句子合併

6. Mrs. Edwards told me to do something.

She ordered me to clean the window.

Mrs. Edwards had _____.

重點結構：使役動詞的用法

解　答：<u>Mrs. Edwards had me clean the window.</u>

句型分析：主詞＋ have/has ＋受詞＋原形動詞

說　明：have 為使役動詞，接受詞後，可接「原形動詞」表
「主動」，「過去分詞」表「被動」，人關窗為主
動，故寫成 clean the window。

* order〔'ɔrdɚ〕v. 命令

7. The fruit is ripe.

The farmer is going to harvest it.

The fruit _____ enough _____.

重點結構：enough 的用法

解　答：<u>The fruit is ripe enough for the farmer to harvest (it).</u>

句型分析：主詞＋be 動詞＋形容詞＋enough＋for＋受詞＋to V.

説　明：enough 作「足夠」解，後面的不定詞做副詞，用來修飾 enough，表結果，而 enough 則修飾其前的形容詞或副詞。這題的意思是「水果熟到足以讓農民採收了。」

＊ ripe〔raɪp〕*adj.*（水果、穀物）成熟的
harvest〔'hɑrvɪst〕*v.* 收穫；採收

8. Rick can't cook eggs.

Rick can't cook soup.

Rick ＿＿＿＿＿＿＿＿＿＿ or ＿＿＿＿＿＿＿＿＿＿.

重點結構：or（或）的用法

解　答：<u>Rick can't cook eggs or soup.</u>

或　：<u>Rick can't cook soup or eggs.</u>

句型分析：主詞＋否定助動詞＋原形動詞＋A＋or＋B

説　明：or 在此是對等連接詞，連接文法功能相同的單字、片語或句子，此題的 or 連接兩個名詞。

＊ soup〔sup〕*n.* 湯

9. Don't waste food.

It is important.

It is important ＿＿＿＿＿＿＿＿＿＿＿＿＿.

重點結構：It 為虛主詞的用法

解　答：<u>It is important not to waste food.</u>

句型分析：It＋be 動詞＋形容詞＋not＋to V.

說　明：這題的意思是說「不要浪費食物是很重要的」，
It 是虛主詞，真正的主詞是句尾的不定詞片語，即
to waste food，表否定時，則在不定詞片語之前
加 not。

* important〔ɪmˈpɔrtn̩t〕*adj.* 重要的　　waste〔west〕*v.* 浪費

10. Here are the papers.

You were looking for the papers.

Here are _____.

重點結構：關係代名詞引導形容詞子句

解　答：<u>Here are the papers (that) you were looking for.</u>

句型分析：指示代名詞＋be 動詞＋名詞（先行詞）＋(that)＋
主詞＋動詞

說　明：這題的意思是「這是你在尋找的文件」，用關係代
名詞 that 引導形容詞子句，即「關代＋主詞＋動
詞」，修飾先行詞 the papers，而關代在子句中做
受詞時，可省略。

* papers〔ˈpepɚz〕*n. pl.* 文件　　***look for*** 尋找

第 11～15 題：重組

11. _____.

this letter / by / was / the mailman / delivered

重點結構：被動語態的用法

解　答：<u>This letter was delivered by the mailman.</u>

句型分析：主詞＋be 動詞＋過去分詞＋by＋受詞

說　明：依句意，「這封信是郵差送來的」，主詞 this letter 只能「被」遞送，用被動語態來表示，即「be 動詞 ＋過去分詞」。

* deliver〔dɪ'lɪvɚ〕v. 遞送
mailman〔'mel͵mæn〕n. 郵差

12. Never ＿＿＿＿＿＿＿＿＿＿＿＿＿＿＿＿ you.
I / lie / to / will

重點結構：Never 開頭的倒裝句

解　答：Never will I lie to you.

句型分析：Never＋助動詞＋主詞＋原形動詞

說　明：否定副詞 never（絕不）置於句首，可加強語氣，其後的主詞與動詞須倒裝，所以助動詞 will 須放在主詞 I 的前面。「lie to sb.」表「對某人說謊」。

13. ＿＿＿＿＿＿＿＿＿＿＿＿＿＿＿＿＿＿.
us / to / ten dollars / eat / it / cost / lunch

重點結構：cost（花錢）的用法

解　答：It cost us ten dollars to eat lunch.

句型分析：It＋cost＋受詞（人）＋金額＋不定詞

說　明：cost 的寫法有兩種：

$$\begin{cases} \text{It}＋\text{cost}＋\text{人}＋\text{金額}＋\text{to V.} \\ \text{物}＋\text{cost}＋\text{人}＋\text{金額} \end{cases}$$

此題為第一種寫法，句意為「我們花了十美元吃午餐。」

14. Josh _____.

twenty minutes / his / on / hair / spent

　　重點結構：spend「花（時間）」的用法

　　解　答：<u>Josh spent twenty minutes on his hair.</u>

　　句型分析：主詞＋spend＋時間＋on＋N.

　　說　明：spend 的寫法有兩種：

$$\begin{cases} 人 + spend + 時間 + on + N. \\ 人 + spend + 時間 + (in) + V\text{-}ing \end{cases}$$

此題為第一種寫法，句意為「喬許花了二十分鐘弄頭髮。」

15. Natalie _____.

is / dates / late / often / our / for

　　重點結構：be late for～ 及頻率副詞的用法

　　解　答：<u>Natalie is often late for our dates.</u>

　　句型分析：主詞＋be 動詞＋頻率副詞＋形容詞＋for＋名詞

　　說　明：「be late for～」表「～遲到」，後面接名詞或動名詞，故本句寫成 is late for our dates；而 often 為頻率副詞，放在主要動詞前或 be 動詞後。本句句意為：「我們的約會娜塔莉經常遲到。」

　　* date〔det〕n. 約會

第二部份：段落寫作

題目： 昨天 Tim 睡過頭了。請根據以下的圖片寫一篇約 50 字的短
　　　 文。**注意**：未依提示作答者，將予扣分。

　　　 Yesterday, Tim overslept. He had set his alarm for 7:00
as usual, but he accidentally turned off the alarm. He did not
wake up until 10:00! Tim rushed to put on his clothes and
then ran out the door to get to school as soon as possible. But
he had forgotten something else. Yesterday was Sunday, and
he did not have to go to school.

　　　 昨天，提姆睡過頭了。他像往常一樣把鬧鐘設七點，但他無意中
把鬧鐘關掉。他到 10 點才起床！提姆匆忙穿上衣服，然後儘快跑出
門去上學。但是他忘了別的事。昨天是星期天，他不必去上學。

oversleep〔'ovɚ'slip〕 v. 睡過頭
　　　【三態變化：oversleep-overslept-overslept】
set〔sɛt〕 v. 設定【三態變化：set-set-set】
alarm〔ə'lɑrm〕 n. 鬧鐘（＝ *alarm clock* ）
as usual 像往常一樣
accidentally〔,æksə'dɛntl̩ɪ〕 adv. 偶然地；無意中
turn off 關掉　　　 *not…until~* 直到~才…　　　 *wake up* 起床
rush〔rʌʃ〕 v. 匆忙　　 *put on* 穿上　　 *get to* 抵達
as soon as possible 儘快　　 else〔ɛls〕 adj. 其他的；別的

口說能力測驗詳解

* 請在 15 秒內完成並唸出下列自我介紹的句子：

My seat number is （複試座位號碼後 5 碼）, and my test
number is （初試准考證號碼後 5 碼）.

I. 複誦

共五題。題目不印在試卷上，由耳機播出，
每題播出兩次，兩次之間大約有一到二秒
的間隔。聽完兩次後，請馬上複誦一次。

1. Be careful with that knife. 小心那把刀子。

2. Are you sure that Tom is coming?
   你確定湯姆會來嗎？

3. The book is too long to finish in one day.
   這本書的內容太長了，無法一天之內看完。

4. Both of the boys are playing the piano.
   兩個男孩都在彈鋼琴。

5. You won't tell anyone, will you?
   你不會告訴任何人吧，會嗎？

【註】 careful〔ˈkɛrfəl〕*adj.* 小心的　　knife〔naɪf〕*n.* 刀子
　　 too…to~ 太…以致於無法~
　　 finish〔ˈfɪnɪʃ〕*v.* 完成　　***play the piano*** 彈鋼琴

II. 朗讀句子與短文

共有五個句子及一篇短文，請先利用一分
鐘的時間閱讀試卷上的句子與短文，然後
在一分鐘內以正常的速度，清楚正確的朗
讀一遍，請開始閱讀。

One : There is no reason to hurry.
沒有理由要這麼趕。

Two : The shopping mall is always crowded with people.
購物中心總是擠滿了人。

Three : Did you arrive here at noon?
你是中午到這裡的嗎？

Four : Unfortunately, the tickets are sold out.
遺憾的是，票都賣完了。

Five : My phone is out of order.
我的電話故障了。

【註】reason (ˈrizn̩) n. 理由　hurry (ˈhɝɪ) v. 匆忙；趕快
shopping mall 購物中心
crowded (ˈkraʊdɪd) adj. 擁擠的
arrive (əˈraɪv) v. 到達　noon (nun) n. 中午
unfortunately (ʌnˈfɔrtʃənɪtlɪ) adv. 不幸地；遺憾地
ticket (ˈtɪkɪt) n. 票　*sell out* 賣完
phone (fon) n. 電話　*out of order* 故障

Six : From the moment you step into Sally's Spa, you will feel like you are in a different world. Guests may enjoy a variety of services while they relax in the calm and quiet atmosphere. This week only, the spa is also offering a two-for-one price on all beauty treatments.

從你踏進莎莉水療館的那一刻起，你會覺得自己像是置身在不同的世界。當顧客在非常安靜的氣氛中放鬆時，能夠享受各式各樣的服務。僅限本週，水療館也提供所有的美容療程，兩人同行，一人免費。

【註】 moment〔'momənt〕*n.* 時刻　　step〔stɛp〕*v.* 踩；踏
spa〔spa〕*n.* 水療　　different〔'dıfrənt〕*adj.* 不同的
world〔wɜld〕*n.* 世界　　guest〔gɛst〕*n.* 客人；來賓
enjoy〔ın'dʒɔı〕*v.* 享受
variety〔və'raıətı〕*n.* 種類；多樣性
a variety of 各式各樣的　　service〔'sɜvıs〕*n.* 服務
relax〔rı'læks〕*v.* 放鬆　　calm〔kɑm〕*adj.* 平靜的
quiet〔'kwaıət〕*adj.* 安靜的
atmosphere〔'ætməs,fır〕*n.* 氣氛
offer〔'ɔfə〕*v.* 提供
two-for-one *adj.* 兩人同行，一人免費的
price〔praıs〕*n.* 價格　　beauty〔'bjutı〕*n.* 美
treatment〔'tritmənt〕*n.* 治療
beauty treatment 美容療程

Ⅲ. 回答問題

共七題。題目不印在試卷上,由耳機播出,
每題播出兩次,兩次之間大約有一到二秒的
間隔。聽完兩次後,請馬上回答。每題回答
時間爲 15 秒,請在作答時間內盡量的表達。

1. **Q** : Are you a good singer?
   你很會唱歌嗎?

   A1: I think I'm not bad. I often sing with my friends at a KTV. I'm also a member of the school singing club.
   我認爲自己唱得不差。我經常跟朋友到 KTV 唱歌。我也是學校歌唱社的成員。

   A2: No, I'm not. I really can't carry a tune. Everyone covers their ears when I sing.
   不,我不是。我眞的五音不全。當我唱歌的時候,大家都會把耳朵摀起來

   【註】 singer〔ˈsɪŋɚ〕 *n.* 歌手　　 member〔ˈmɛmbɚ〕 *n.* 成員
   　　　 club〔klʌb〕 *n.* 社團
   　　　 carry〔ˈkærɪ〕 *v.* 傳送;傳達
   　　　 tune〔tun〕 *n.* 曲調;旋律　　 ***carry a tune*** 唱準旋律
   　　　 cover〔ˈkʌvɚ〕 *v.* 遮住;蓋住

2. **Q** : Are you involved in any extracurricular activities in your school?
   你有參與學校任何一種課外活動嗎?

   A1: Yes, I am. I belong to the guitar club. I also play on the volleyball team.
   是的,我有。我屬於吉他社。我也有參加排球隊。

A2: No, I'm not. I don't have enough free time for that.
But I'd like to try it next year.

不，我沒有。我沒有足夠的空閒時間做那些事。但是我明
年想試試。

【註】 involve〔ɪnˈvɑlv〕v. 使參與　***be involved in*** 參與
extracurricular〔͵ɛkstrəkəˈrɪkjələ˚〕adj. 課外的
activity〔ækˈtɪvətɪ〕n. 活動
belong〔bəˈlɔŋ〕v. 屬於 <*to*>
guitar〔gɪˈtɑr〕n. 吉他　　play〔ple〕v. 打球
volleyball〔ˈvɑlɪ͵bɔl〕n. 排球　　team〔tim〕n. 隊
free time 空閒時間　　***would like to*** + *V.* 想要～

3. **Q** ： What do you usually eat for lunch?

你午餐通常吃什麼？

A1: I usually eat in the school cafeteria. So my usual
lunch is rice, meat, and vegetables. It tastes pretty
good, and it's healthy, too.

我通常在學校的自助餐廳吃。所以我常吃的午餐是飯、肉，
以及蔬菜。那嚐起來相當好吃，而且也很健康。

A2: I usually bring my lunch from home. I often eat a
sandwich and some fruit. I don't like to eat a lot in
the middle of the day.

我通常從家裡帶午餐。我經常吃三明治和一些水果。我中
午不喜歡吃很多東西。

【註】 cafeteria〔͵kæfəˈtɪrɪə〕n. 自助餐廳
usual〔ˈjuʒʊəl〕adj. 通常的　　rice〔raɪs〕n. 米；飯
meat〔mit〕n. 肉　　vegetable〔ˈvɛdʒətəb!〕n. 蔬菜
taste〔test〕v. 嚐起來　　pretty〔ˈprɪtɪ〕adv. 相當

healthy〔ˈhɛlθɪ〕*adj.* 健康的
sandwich〔ˈsændwɪtʃ〕*n.* 三明治　　fruit〔frut〕*n.* 水果
middle〔ˈmɪdl̩〕*n.* 中間　　***the middle of the day*** 中午

4. **Q**：If you could travel anywhere, where would you go?
　　如果你可以到任何地方旅行，你會去哪裡？

A1：I would go to Australia. I want to see koala bears and kangaroos. I would also have a chance to practice English. 我會去澳洲。我想看無尾熊和袋鼠。我也會有機會練習英文。

A2：If I could go anywhere, I'd go to another planet! I want to see something no one else has ever seen. Maybe I'd even discover a new form of life.
如果我可以去任何地方，我想去另一個行星！我想看從來沒有任何人看過的東西。或許我甚至會發現新的物種。

【註】travel〔ˈtrævl̩〕*v.* 旅行　　Australia〔ɔˈstreljə〕*n.* 澳洲
　　　koala〔koˈɑlə〕*n.* 無尾熊　　bear〔bɛr〕*n.* 熊
　　　koala bear 無尾熊　　kangaroo〔ˌkæŋgəˈru〕*n.* 袋鼠
　　　chance〔tʃæns〕*n.* 機會　　practice〔ˈpræktɪs〕*v.* 練習
　　　planet〔ˈplænɪt〕*n.* 行星　　else〔ɛls〕*adj.* 其他的
　　　ever〔ˈɛvɚ〕*adv.* 曾經　　maybe〔ˈmebɪ〕*adv.* 或許
　　　even〔ˈivən〕*adv.* 甚至　　discover〔dɪˈskʌvɚ〕*v.* 發現
　　　form〔fɔrm〕*n.* 種類　　life〔laɪf〕*n.* 生物

5. **Q**：How often does your family have a reunion?
　　你的家人多久團聚一次？

A1：We all get together once a year, at Chinese New Year. We have a big dinner and talk a lot. We always have a great time.

我們一年會團聚一次，在農曆新年的時候。我們會吃大餐，並且說很多話。我們總是會玩得很愉快。

A2: My family gets together several times a year. We celebrate all the major holidays together. We also have birthday parties for one another.

我們家人一年會聚在一起好幾次。我們會一起慶祝所有重要的節日。我們也會互相會幫對方舉辦生日派對。

【註】 family (ˈfæməlɪ) *n.* 家人
reunion (riˈjunjən) *n.* 團聚
get together 聚在一起　　once (wʌns) *adv.* 一次
Chinese New Year 農曆新年
big (bɪg) *adj.* 豐盛的
have a great time 玩得很愉快　　***get together*** 聚集
time (taɪm) *n.* 次　　celebrate (ˈsɛlə,bret) *v.* 慶祝
major (ˈmedʒɚ) *adj.* 較重要的
holiday (ˈhɑlə,de) *n.* 節日　　have (hæv) *v.* 舉辦
birthday (ˈbɝθ,de) *n.* 生日　　party (ˈpɑrtɪ) *n.* 派對

6. **Q** : Would you rather live in a small town or a big city?

你寧願住在小鎮，還是大城市裡？

A1: I'd like to live in a small town. I enjoy peace and quiet. I think that the people there are also friendlier.

我想住在小鎮。我喜歡安靜。我認為那裡的人也比較友善。

A2: I want to live in a big city. There is a lot more opportunity in a city. It's also very exciting.

我想住在大城市。城市裡有比較多的機會。也非常刺激。

【註】 ***would rather*** 寧願　　town〔taʊn〕*n.* 城鎮

city〔'sɪtɪ〕*n.* 城市　　enjoy〔ɪn'dʒɔɪ〕*v.* 喜歡

peace〔pis〕*n.* 寂靜　　quiet〔'kwaɪət〕*n.* 安靜

peace and quiet 安靜　　friendly〔'frɛndlɪ〕*adj.* 友善的

opportunity〔͵ɑpɚ'tjunətɪ〕*n.* 機會

exciting〔ɪk'saɪtɪŋ〕*adj.* 刺激的

7. **Q**：What are you going to do tomorrow?

你明天要做什麼？

A1：I'm going to sleep in. Then I'll meet my friends for lunch. I think we'll enjoy the holiday.

我要睡到自然醒。然後我會跟朋友見面吃午餐。我想我們會享受假日。

A2：I have another test to prepare for, so I will probably study. But I will also do something with my family. Maybe we will go out for dinner or see a movie.

我有另一個考試要準備，所以我可能會讀書。但是我也會跟我的家人一起做一些事。也許我們會出去吃晚餐，或是看電影。

【註】 ***sleep in*** 早上起得晚；睡過頭

meet〔mit〕*v.* 和～見面　　test〔tɛst〕*n.* 測驗；考試

prepare〔prɪ'pɛr〕*v.* 準備

probably〔'prɑbəblɪ〕*adv.* 可能

＊請將下列自我介紹的句子再唸一遍：

My seat number is （複試座位號碼後 5 碼）, and my test number is （初試准考證號碼後 5 碼）.